路上风景

张新文 著

远方出版社

序言

蓦然回首　风华依旧

◎肖亦农

扫码查看
· 聆听作者解说
· 收藏路上风景
· 观览城市魅力

  初春的一天傍晚，我在小区内散步，偶遇张新文。她对我说，最近将几十年来写的一些文章进行了搜集整理，编辑了两本书，现正送出版社审校。通过后，想请我做一个序。新文是文友，她对我这般信任，我自然很高兴地应诺了。过了一段时间，新文打电话给我，说是她的文稿已经通过了，我的序言也可以考虑动笔了。我让她把文稿电子版发给我，也好一睹为快。

  新文把书稿发给了我，我认真阅读了两遍，多少捕捉到了一些新文的人生轨迹和思想脉络。读好书是让人心情愉悦的事情，尤其是读朋友和熟人的作品。咀嚼新文朴实的文字，不时被其思想火花的闪烁和文字的闪光所感动。新文的文章是有功力的，行文也是生动、酣畅的。其实我早就注意到了新文的文章，她是鄂尔多斯文坛的才女之一。记得十多年前，中国作家协会的一些作家朋友来东方控股集团采风时，集团播放了一部记录集团农民工联队发展壮大故事的纪录片，故事非常感人，文字和画面直击人心，纪录片已经放完了，作家们仍坐在椅子上默默回味，我当时看到一些作家泪眼蒙蒙的，一时不知说些什么好。当时我是代表东道主负责接待这些作家的，忽然坐在我身边的一位女作家轻轻问我："张新文是谁？她在吗？"

  我知道这部纪录片的总编导是张新文，字幕挺醒目地标着，我急忙寻找张新文。那位女作家顺着我的目光向集团员工坐的方向远远望去，我刚要冲新文打招呼，想让她过来一下，女作家却笑了笑说："不用了，我已经见到她了，和我想象的样子差不多，是穿红外套的那位吧？"

那天新文正穿着红色的上衣。

我点点头说："神了，你咋知道的？"

女作家说："腹有诗书气自华，你没听说过？这人挺有气场的。"

我笑了笑说："我咋觉不出？"

女作家说："你是待久了，处惯了。看得出这个集团员工队伍的素质挺高的。这部纪录片搞得非常专业。"

我告诉那位女作家，张新文原本是电视台的资深编导，集团领导为了把她挖过来，可是没少下力气，现在在公司宣传部当部长。

女作家道："我说哩，这没点功夫真做不好，素质这东西真不是拿钱能堆起来的。"

我得承认，女作家的眼光够毒的。女作家能从人群中一眼认出张新文，说高素质的人都挂着相呢！我想了想，觉得女作家说得有道理。

我想起了那年我们在迪拜旅游，第一天参观的是阿拉伯古堡，我们一群人正出神地看着，忽然听到我们的参观队伍中有用英语发问者，我一看，是张新文在兴致勃勃地向导游询问这个古建筑的历史，那位导游立即精神头十足地同张新文交谈了起来。听得出，新文的英语不是很流利，只能做些简单的交流，但这也让我刮目相看了。

有一段时间，我只要一遇见张新文，脑海中就会浮现青年时期的张新文刻苦读书的模样。她一定是这样，我相信自己的判断，果然，若干年后我证实了我的判断。

张新文的视野是开阔的，她将笔端凝结于她走过的祖国山河中。她的心灵、思维同伟大的祖国一起律动。《路上风景》一书，实则也是一次心灵的伟大抒情。新文视野是开阔的，心绪是澎湃的，这是一位作家行文著书的基本要求。新文能在每一处风景中抒发大情感是需要功力的。她在贵州省的青岩古镇，即兴吟诵道：

我在崇山中穿行
聆听峻岭的呼吸
高山用起伏的胸脯告诉我
山脉的流线型设计
是大自然超级艺术家的杰作

我在瀑布下吸凉
感受悬水下冲的力量
飞流用富有节奏的韵律警醒我
天河之水的垂直
是山的高度给予了平台

我在青岩古镇漫步
回望悠悠岁月的足迹
飞檐砖瓦折射了厚重历史的沧桑
民俗文化的传承
记录着中华血脉的流淌

我在五彩的秋天里触摸
大江南北的温差
形成云贵川绿水青山的主色
大美中华的魅力
激发爱我家园的情怀

  自然之旅、人文之旅、红色之旅，一步一步的足迹，一点一滴的观察，一心一得的感悟，一笔一画的记录，《路上风景》虽然是快餐式旅游的衍生产品，却也是新文将旅游与地理、历史与人文有效结合后，经过再吸收、再消化而有所感悟的心声记录，是挖掘景点背后故事的独特体验；是对"上车睡觉，到了景点拍照"旅游模式的推翻和反思；是对足下走路，心头感悟式旅游的一种全新注解。书中有红色景点的挖掘和展现，有文化的传承和城乡巨变的展示。《路上风景》向我们呈现了个性特征和作者体验，每一个视角，都是一个窗口；每一篇游记，都是时间、地点和不同风景的观察，相信读者会从中了解、感受和认识不同景点给大家带来的不同收获，这，大概是作者创作《路上风景》的初衷吧，也是对"旅游是一种深层次的文化博览"这一观点的一种诠释！

在路上，新文成了诗人；在景中，新文成了景点背后文化的挖掘者和传播者。在《路上风景》中，新文的才情得到了充分彰显和流露。胸中有丘壑，路边有风景，心中有格局，文思注笔端。这本游记式的《路上风景》，让读者看到了新文的雅兴、才情和诗兴。

心中有祖国，才能感受到自己成长的根基；心中有人民，才会有爱国爱家的情怀。在读书和行路中，我们可以揣摩到中华民族传统文化的脉搏；在旅行和感悟中，我们可以体会到山川依然，文化绵延……

一位作家的思想是要和什么东西联系在一起的，比如说土地、人民、情感等，这样才能出大作。张新文努力笔耕几十年，真真正正地做到了这一点。阅读完《路上风景》，掩卷沉思，忽感新文姗姗走来。蓦然回首，新文仍是那样朝气蓬勃，文采四溢。在心与灵、情与路的征途上，我们期待着张新文永远笔耕不辍，风华依然……

是为序。

注：作者为第六届鲁迅文学奖报告文学奖获得者，内蒙古作协名誉主席。

2023年4月10日

我的诗和远方

◎张新文

我没有刻意追求所谓的诗和远方,只是平淡生活,真情记录。人在旅途,要用脚走完自己的一生,其中,有蹒跚学步,开启征程;有脚踏实地,坚定不移;有面对挫折,勇毅前行;也有晚年回首,品味来路。如今已过了花甲之年的我,在回望自己人生之路的同时,觉得应该梳理一下自己走过的风景名胜,虽然这些景点只是我旅程中的一部分,而且大多是匆匆游览,走得不深,看得不细,但经过我的咀嚼、消化和梳理,发现也是一本内容颇丰的游记,整理于此,就是想和大家分享我的感受、体会,让旅游变成一种文化博览,让读万卷书和行万里路有效融合,将诗赋予远方以品位,让远方给予诗以内涵。

我的足迹不足以丈量,但它是我生活中的一个内容,也是我认知世界的一个视角,希望各位读者能和我一起游览祖国山河,了解祖国之大,在诗和远方中丰盈自己的精神文化生活,构建自己的知识架构,让自己的人生足迹更踏实,步履更坚定。

1969年冬季,10岁的我第一次离开生我养我的地方——内蒙古伊克昭盟东胜县,第一次乘坐长途汽车和火车,随父亲踏上赴呼和浩特市看望姥姥的旅程，那一次，我晕车了。迷迷糊糊中，我感觉走出东胜城区，满是沟壑的丘陵绵延起伏，看似红色胶泥的山峦险峻而挺拔，其实，那只是东胜县添尔漫梁乡的部分区域。大班车载着我们一路前行，大青山似一道天然屏障，将呼市以北的视线遮挡，山外还有山吗？世界有多大？我第一次向自己发出了这样的疑问。半夜下了火车，呼和浩特市让我目不暇接，路灯、柏油路、商店、公园，各式建筑都是当时的东胜不可媲美的。

1979年国庆节，我20岁。那时刚开始改革开放，我和妹妹第一次随父亲回湖北老家探亲，途经北京时，父亲专门用一周的时间带我们游览了北京。路途中的青龙桥、詹天佑雕像，北京的故宫、天安门、天坛、颐和园、北海、北京动物园、军事博物馆、农业展览馆、毛主席纪念堂、中国美术馆、天文馆、公交、地铁……爸爸带着我们，一路讲解，一路体验，我至今记忆犹新。故乡湖北，荆门竹林、水稻田埂、武汉三镇、长江大桥、黄鹤楼、东湖美景等，爸爸的讲解，让我眼界开阔，第一次的湖北行是我难忘的记忆。

1989年，已当了5年记者的我，更多的足迹留在了鄂尔多斯的山山水水之中。1995年和1996年，我开始了福建行的采访，还游览了香港，祖国的辽阔和南北人文风光的迥异让我眼界开阔，思想解放。在之后隔三岔五的旅游中，我的视野逐步打开。

1997年和1999年，香港、澳门先后回归祖国。2003年，我第二次去香港，第一次去澳门。2007年，我第一次去台湾。2009年，我第一次去西藏。2016年，我第一次去新疆。尽管到这些地方的游览都是蜻蜓点水，浮光掠影，许多地方也是只见树木不见森林，但中华之博大，文化之精深，资源和民俗风情等方面的差异还是让我增长了见识，热爱祖国之情油然而生。

2018年底到2021年6月，我走过了祖国的西南、华东、华南、东北和华北部分地区，做了一些记录，一是为了强化记忆，深化旅游收获，二是为了将读书与行路有效结合，让旅游变成行走的阅读。遗憾的是，由于当时忙于他事，疏于动笔，早年间更多旅游地点的故事、印象及人文典故我都没有及时梳理和记录，如今已不好回忆了……

退休以后，我开始相对用心地记录旅游见闻，只想用笨拙的笔墨，将我走过的国内旅游景点粗略勾勒，描绘祖国的美好河山，培养旅游情趣，提升自身品位。

诗和远方，让我永远在路上；诗和远方，让我领略了路上不断变换的风景。这风景，也许是仁者见仁、智者见智；这风景，会让你透过风景看内涵，这也许就是旅行的意义与价值。读书与旅行总有一个在路上，险峻的高山，让人仰之敬之；南北的差异，让人认识到世界之不同；悠久的历史，让人触摸到岁月的久远；厚重的文化，仿佛让人饱览山河之美和人文之精华。如果把旅游和知识、文化、人文、历史及健身等结合起来，旅行就是一种身心的体验和感知，是一次次的学习和提升。

那山、那水，会让你感知诗与画的辩证关系；那楼、那亭，会让你想起古代的名篇佳句；那峰、那云，会让你有一览众山小的胸襟；那人文、那典故，会让你了解它们背后的故事和文化的传承。当你心有障碍时，也许你会觉得眼前的山峰会变成足下的泥丸，面前的江河会变成脚下的溪流，我们抬腿可过的坎儿，就不会阻挡我们前行的脚步。旅行可以说是一种大自然对灵魂的净化，对情趣的陶冶，我想，这正是我记录旅游见闻的初衷吧！

2023年1月26日

云端印象馆

作者解说 作者亲临 为你在线解读本书

路上风景 高清大图 赏鉴收藏路上风景

城市魅力 云游采风 在线领略城市特色

摄影佳作 艺术大赏 鉴佳作学摄影技巧

图书在版编目（CIP）数据

路上风景 / 张新文著 . -- 呼和浩特 : 远方出版社，2023.12

ISBN 978-7-5555-2006-1

Ⅰ. ①路… Ⅱ. ①张… Ⅲ. ①游记—作品集—中国—当代 Ⅳ. ① I267.4

中国国家版本馆 CIP 数据核字 (2023) 第 254531 号

路上风景
LUSHANG FENGJING

著　　者	张新文
责任编辑	蔺　洁
封面设计	李鸣真
版式设计	王改英
出版发行	远方出版社
社　　址	呼和浩特市乌兰察布东路666号　邮编 010010
电　　话	（0471）2236473 总编室　2236460 发行部
经　　销	新华书店
印　　刷	内蒙古爱信达教育印务有限责任公司
开　　本	787毫米×1092毫米　1/16
字　　数	330千
印　　张	21.5
版　　次	2023年12月第1版
印　　次	2023年12月第1次印刷
标准书号	ISBN 978-7-5555-2006-1
定　　价	69.80元

如发现印装质量问题，请与出版社联系调换

目录

路上风景

领略路桥奇迹　/ 1

红色之旅　时代记忆　/ 10

名山古镇　/ 20

老区开启红色之路　新区引领开放征程　江西篇　/ 32

老区开启红色之路　新区引领开放征程　广西篇　/ 42

老区开启红色之路　新区引领开放征程　广东篇　/ 51

老区开启红色之路　新区引领开放征程　港澳情深　/ 58

山河壮美　领略中华　安徽篇　/ 62

山河壮美　领略中华　福建篇　/ 69

山河壮美　领略中华　浙江篇　/ 84

山河壮美　领略中华　上海、江苏篇　/ 91

山河壮美　领略中华　河南、山西篇　/ 100

太行风骨　感受中华　/ 109

白山黑水踏春波　最东最北访边疆　/ 126

魅力台湾　/ 180

摘得彩云　壮美西藏　/ 183

天山之旅　心之辽阔　/ 188

神州北极行　/ 196

长征印记　甘南山水　/ 213

齐鲁大地　根脉之旅　/ 240

壮锦清秀　文史绵延　/ 270

傣乡风情游　民族歌舞现　/ 286

"三同"悟同心　探访桃力民　/ 294

红色印记　时代长征　/ 298

探中华文脉　寻民族精神　/ 307

后记　/ 331

领略路桥奇迹

七律·（中华新韵）

九州通达遍芳草

高山让道水弯腰，天地盘旋枕碧涛。
穿越时空观伟绩，拨开雾霭赏新潮。
九州踏遍寻根脉，中华通捷过路桥。
芳草呈鲜香古韵，情传永续美多娇。

2018年10月18日至11月12日，我与朋友以自驾的形式，驱车跨越了陕西、重庆、四川、云南、贵州、湖南、湖北，最后经陕西回到鄂尔多斯。

我们参观了我国西北地区在地质地理条件存在诸多困难的情况下修建的全国最长公路隧道秦岭终南山隧道、四川省雅西公路、荣获古斯塔夫斯金奖的贵州省北盘江大桥，"超级工程"云南省龙江大桥，目睹了四川省金沙江大桥、云南省普立大桥、湖南省矮寨大桥的雄伟，走过了邓小平故居、遵义会议旧址、延安枣园、重庆渣滓洞和白公馆、陕西省延川县梁家河村等红色之旅，观看了四川建川博物馆、大邑刘氏庄园博物馆、云南陆军讲武堂旧址，聆听黄果树瀑布的涛声，感受贵州天河潭的清凉，领略成都宽窄巷子的婉约，抚摸贵阳青岩古镇的悠远，品味茅台酒的韵味，攀登梵净山，踏上张家界，走上武当山，登上黄鹤楼，走进凤凰古城，观看昆明世博园，了解了祖国厚重的历史文化和名山大川，途经西安、重庆、成都、昆明、贵阳、长沙、武汉，目睹和体会了改革开放40年来我国城乡各地发生的巨大变化。回味此次大西南之旅，云端天路、最美大桥、红色之旅、浓缩历史、民俗文化、自然山水、边界风情等是留给我最为深刻的印象。下面，就让我们一同回味一下此次大西南之旅的经典片段吧。

云端天路

　　车子飞驰，高山盘旋。我们离开内蒙古后的第一个省份便是陕西省。将关中平原和巴蜀水乡严格分割的秦岭像一道不可逾越的屏障，将蜀道变得更难了。建设者克服了断层、涌水、岩爆等施工中的难题和通风、火灾、监控等运营中的重大技术课题，历时5年，于2007年元月顺利通车的全国最长公

雅西高速公路

路隧道秦岭终南山隧道，使得西安至柞水段130千米的路程缩短到65千米，短短15分钟就可轻松穿越秦岭。

该隧道单洞长18.02千米，双洞共长36.04千米，是沟通黄河经济圈与长江经济圈的交通枢纽，是西安至安康高速公路的重要组成部分。

在四川雅安前往西昌的路上，大家面对不断穿越的隧道，走过大西南地质灾害频发的深山峡谷和不断向上蜿蜒的山路，已切实感受到了雅西高速公路地形的险峻。

"横断山，路难行"，《长征组歌·四渡赤水出奇兵》中这句脍炙人口的歌词，昭示了横断山脉的天堑之路。从四川盆地边缘向横断山区爬升，每向前延伸一千米，平均海拔高程就上升7.5米，在这样地质结构复杂、气候条件多变、生态环境脆弱、建设条件艰苦、安全营运难度极大的条件下修建高速公路，其难度可想而知，大家纷纷被车窗外环绕在险峻山峰中的云端天路所震撼！在收费站旁找好合适的停车位置，大家立刻从坐车的疲惫中转为亢奋状态，观看路边展板上的简介，用镜头记录这"云端天路"。

习惯了内蒙古路况的我，几乎想象不到在中国的大西南会有什么样的山脉和险峰，更想象不到"云端天路"的景象。目睹雅西高速公路这"空中盘旋的公路"，让我们连连称赞。观看展板后，我们才了解到，雅西高速公路全长约240千米，是北京至昆明高速公路（G5）和8条西部大通道之一，是甘肃兰州至云南磨憨公路在四川境内的重要组成部分。它起于雅安对岩镇，止于凉山州冕宁县泸沽镇，四车道，设计速度80千米/小时，总投资约206亿元。2007年动工，2012年4月全线通车。

雅西高速公路跨越青衣江、大渡河、安宁河等水系和12条地震断裂带，整条线展布在崇山峻岭之间，山峦重叠。穿山越水，云端铺路，有路必有筑路人；攀峰缘崖，有桥必有架桥人。雅西高速公路是中国大西南的筑路奇观，其全线桥隧比高达55%，有桥梁270座，其中特大桥23座，大桥168座；有隧道25座，其中特长隧道2座，长隧道16座。拖乌山至石棉这段51千米长的路堪称"魔鬼路段"，几乎全是长下坡，这种路况在亚洲高速公路中也属罕见。这里海拔高，临崖临壁，急转弯多，对于货车来说危险系数很大，路上设置了多达6个避险车道。

我曾在网上俯视过雅西高速公路的雄伟和壮美，盘旋在空中的高速公路，如金蛇飞舞，如银燕展翅，凌空傲世的感觉让人叹为观止！近距离欣赏雅西高速公路，险峻的山峰飞鸟难过，如果俯身向下看，更多地会带来恐高和惊吓的感觉，也许我会腿发颤、心狂抖，很可能会寸步难行。哦，山之险峻，有路相连；峰之陡峭，有桥贯通。我惊叹英雄的筑路人！雅西公路，不愧为中国"最美公路"，它是中国筑路人在崇山峻岭中创造的神话，它是架桥人铺就在蓝天白云间的彩虹！

筑路奇观惠人间（中华新韵）
——观雅西高速公路有感

青崖锁雾仰头望，四面环山似问天。
筑路奇观银链舞，修桥壮举彩虹跹。
螺旋递进云峰入，站立攀升峻岭悬。
妙笔凌空书伟业，连通血脉为人先。

从事了大半辈子路桥建设的我们无不对这条"云端天路"发出阵阵感慨和啧啧赞美。这真是筑路奇迹，山中奇观，云中壮举！这是路桥人书写在大地上的华章，这是筑路人献给祖国的厚礼！我们为路桥人感到骄傲！

龙江大桥

进入云南省保山市，大家又一次被眼前的超级工程龙江大桥所震撼！龙江特大桥是保腾高速公路的重点工程，也是云南省首座大跨径钢箱加劲梁悬索桥。大桥脚下，有关于龙江大桥的介绍。设置在展板旁边的圆形望远镜，为游客提供了观赏龙江大桥的新视觉体验。从这里望去，龙江大桥像一把利

龙江大桥

剑,由近到远,直指前方。之后,我站在桥墩下,双手托举桥面,犹如桥墩承载桥面,感受着承基的力量和磅礴。我的同行者随即用手机帮我拍下了这一瞬间,让我留住了这力量之美、气势之美。我只是在大桥下面做了一个托举的动作,而真正修建这座桥的建设者才是让人敬重的人!

S10保腾高速公路在云南省西部、横断山脉南段,经过高黎贡山断裂带,地震烈度高,沿途多为火山地貌,山高谷深,边坡稳定处治难,大桥抗震设计标准高,抗震体系设计复杂。大桥采用双塔单跨钢箱梁悬索桥设计,垂直跨越龙江,为国内首次在全风化玄武岩地区采用该种锚碇类型。工程建设中的"云南强震山区千米级大跨悬索桥关键技术研究"被列为西部交通建设科技项目,龙江大桥被列为云南省公路建设信息化试点项目。

龙江大桥全长2470多米,高度280米,最高的索塔顶到江面470米,抗震等级按Ⅸ度设防。2016年5月1日,经过近5年的施工建设,亚洲跨径最大的钢箱梁悬索桥云南龙江大桥正式通车。龙江大桥如锁在火山中的巨龙,为人们打开了历史文化之旅、自然景观之旅的通道。

如果说雅西高速公路为"云端天路",那么龙江大桥也可称为"云中大桥"。大桥通车后,保山至腾冲可实现全程高速,驾车时间节省了半个小时。

路上风景

北盘江大桥

车轮在云贵高原上飞旋，大家正在透过车窗拍摄云南普立大桥的美景，不经意间，又被贵州省六盘水市都格镇的北盘江大桥所震惊！一座两侧斜拉的红色钢筋大桥铺设在两座陡峭的山峰之间。仰头望去，相当于200层楼高的北盘江大桥横跨两座险峰，桥下云雾缭绕。

围绕北盘江大桥几乎全是盘山公路。我们在弯弯曲曲的山路中盘旋、上升，寻找着欣赏北盘江大桥的最佳位置。这时，一位骑摩托车的当地小伙子在路边给我们简单介绍了一下北盘江大桥，并给我们指了路。

坐落于云南宣威与贵州水城交界处的北盘江大桥，横跨云贵两省，由云贵两省合作共建，全长1341.4米。据查，北盘江大桥桥面到谷底垂直高度约565米，大桥东、西两岸的主桥墩高度分别为269米和247米，720米的主跨，在同类型桥梁主跨的跨径中排名世界前列。中国的技术和工程团队克服了山区大体积承台混凝土温控、超高索塔机制砂高性能混凝土泵送、山区超重钢

北盘江大桥

锚梁整体吊装、边跨高墩无水平力的钢桁梁顶推、大跨钢桁梁斜拉桥合龙等五大难题，于2016年底通车。

同行的摄影师那日素面对北盘江大桥的美景，饶有兴致地用航拍机拍摄。在云山雾罩的北盘江大桥区间，无人机展开机翼，时而低空盘旋，时而高悬飞舞，自由翱翔。也许是无人机太留恋北盘江大桥的美景，在一座摄影师看不到的山峰背面失去了踪影，大概是想久留此处。

经判断，航拍机可能是跌落在山峰里或挂在了树枝上。那日素和霍春利重返山间的两座吊桥，上山寻机。不经意间，巧遇刚才问路的那位小伙子，他说，吊桥上坡的山间小屋就是他的家。他熟悉地形又热心，自然成了寻找航拍机的好帮手。但是，茫茫大山，树林丛生，且大家急着赶路，在短时间内找到无人机，谈何容易？

此时，我们一行的领队说："咱们先赶路吧，他如果帮忙找到无人机，给他一些现金奖励。"结果，这位叫作马选军的回族小伙子说什么也不收钱。我们的领队等人于次日带着给小马孩子买的衣服、书包和新买的航拍机

云贵风景

直上云霄

重返北盘江,一是表达对小马的谢意,二是计划用新机寻找旧机。此时,小马经过搜寻,已基本确定了航拍机的大概方位。在小马的热心帮助下,寻机团队利用新航拍机发出的信号,终于找到了丢失的航拍机,留下了沿路拍摄的宝贵资料,也认识了这位北盘江大桥下的小马哥。

北盘江大桥不仅让一行人见识了中国路桥人的架桥伟业,也让我们认识了山间淳朴厚道的小马。好风景下面有热心人,寻找航拍机的故事,成为此行大家最难忘、最生动和最美丽的记忆。

此外,四川省金沙江大桥、湖南省矮寨大桥、武汉长江大桥等桥梁也给我留下了深刻的印象。

领略路桥奇迹,感受祖国巨变。我们见识了云端天路、"最美大桥",领略了路桥领域的中国奇迹,感受了大美中华的力量之美、速度之美和豪迈之美,同时也激发了我的创作热情。在路上,我创作了三首歌词,现将其中的一首收录于此,让我们共同感受筑梦中华修路桥的魅力吧!

筑梦中华修路桥

作词　张新文
作曲　张新化

高山让路河改道，天路盘旋枕云涛。
拨开云雾建大桥，穿越时空春来早。
大地欢歌百姓笑，幸福家园乐陶陶。
路通业兴日子好，小康路上不能少。

通天公路奇迹造，高速环绕建立交。
劈开峻岭穿隧道，跨越山川看新貌。
改善民生党领导，百姓生活节节高。
九州通达遍芳草，筑梦中华修路桥。

2018年12月1日

雅西高速公路

红色之旅　时代记忆

毛泽东同志故居

韶山冲出红日升，伟人光照千秋业。湖南韶山，伟人毛泽东的故乡，我们此行中的许多人都对韶山有记忆或曾来过。

2001年我曾来过韶山，而如今的韶山景区已远不是当年可比了。2018年11月8日，在记者节这个让我有着特殊情感的节日里，我又一次来到韶山。

在我们的车前往韶山的路上，就被沿途的导游"拦截"，说是她们可以为我们做导游，帮助安排停车等。一进景区，新建的韶山纪念馆在宽阔的广

毛泽东同志故居

场上矗立,青山翠柏,田园环抱,游览标识明显,服务配套设施齐全。游人如涌动的潮水,故居管理人员在警戒线内有序疏导着游客,显示着景区旺盛的人气和人民群众对毛主席的崇敬与爱戴。

毛泽东同志故居内简陋的卧室、书房、堂屋和厨房等记录着20世纪初毛泽东所处的家庭环境和时代背景,展厅内的照片讲述着毛泽东领导下的新民主主义革命和社会主义建设的不朽伟业。

重游韶山,一是感觉景区面积扩大了,设施增加了,配套设施齐全了;二是游人大大增加,旅游管理更有秩序了;三是游客对毛泽东的感情更加深厚且浓郁了,且游客队伍年轻化,许多学生身着校服排队参观。广场上还有许多团队游客,身着红军服在毛主席铜像前敬献花篮,鞠躬,或在党旗下重温入党誓词。这是一次重温历史,缅怀伟人的教育活动。

遵义会议纪念馆

11月5日,冒着蒙蒙细雨,我们来到了贵州省遵义会议纪念馆。

遵义会议纪念馆位于贵州省遵义市红花岗区子尹路96号,周边商铺林立,街道狭窄,不好停车。步入院内,才觉这个四合院朴素宽敞,正前方是遵义会议纪念馆,右侧拐角就是我们经常在图片上看到的二层楼结构的遵义会议旧址。

遵义会议旧址

遵义会议复原后的会场

灰色瓦格造型的遵义会议旧址,外面用几根柱子做支撑,小二楼格局的会议旧址原系国民党第二十五军第二师师长柏辉章的私邸。走进会场,一张长方形桌子上摆着两盏煤油灯,几只白色茶缸和几个粗瓷大碗大致显示着当年开会的人数,甚至我们还能感受到当年会议的热度。几把有些斑驳的木椅显示出这间会议室年代的久远。旁边参谋人员的宿舍里,洁白的床铺和简易的陈设显示出当年生活的简朴。

具有伟大转折意义的遵义会议旧址用实景、实物和图片加讲解的方式带领游客一同感受中国共产党在1935年1月中旬召开这次会议的重大意义。

一件件实物,一幅幅照片,一部部影视作品,一个个场景,真实地再现了遵义会议的内容,也阐述了这次会议在中国革命史上的历史作用。

参观完遵义会议纪念馆,我不禁感慨,一个组织,一个政党,确定其前进方向是多么重要,正是由于有了毛泽东和党中央的正确领导,才有了红军长征在极端困难条件下取得的最后胜利,才有了中国革命从胜利走向辉煌的伟大成就。

延安枣园

在延安宝塔山下的枣园窑洞里,在富有陕北气息的环境里,我们寻找着长征后中国革命指挥中心的岁月痕迹,感受着一代伟人在艰苦环境中产生的军事思想、战略智慧和亲民情怀。

在这之前,我至少三次来过延安,但此次重访延安,感觉又有诸多不同。宝塔山下,车水马龙,街道熙熙攘攘,散发着现代化的城市气息。

如今,便捷的道路交通已将延安城和枣园融为一体,早已没有了过去参观枣园还要前往延安附近的农村才能看到的感觉。

毛泽东、朱德、刘少奇、彭德怀、王稼祥、任弼时等老一辈革命家的窑洞故居和书记处礼堂等也都一一翻新、绿化,管理井然有序,讲解生动传神。简陋的窑洞,却是中国共产党在抗日战争和解放战争时期的指挥中心;简朴的书桌旁,诞生了一篇又一篇指导中国革命理论和实践的鸿篇巨制。

延安故事,用它的生动实践和历史地位为我们讲述了延安精神,即坚定正确的政治方向,解放思想实事求是的思想路线,全心全意为人民服务的根本宗旨,自力更生、艰苦奋斗的创业精神。这或许也是延安至今仍是人们向往的精神家园,游客热衷的旅游之地的原因之一吧!

梁家河知青点

隶属延安市的延川县梁家河村,距延安不到75千米。

走进梁家河村,小米、苹果、红枣等特产,显示着浓郁的陕北特色。买门票,坐电瓶车,我们在沟沟岔

梁家河知青旧址

岔、梁峁山洼中铺就的柏油路上穿山而过。

这里有免费的讲解服务，向游客介绍了知青井、磨坊、代销店、缝纫铺、铁业社、沼气池、知青旧居等一个个参观点，诉说着当年的知青生活；村史馆、苹果示范园、现代化养殖基地、特产专卖店、窑洞宾馆、文体广场错落有致地分布在村道两旁，见证着这片土地上发生的创新与变革。

梁家河村党支部和村委会门前，有一条河流穿过，据考证，这条河流早在北宋时期就有，梁家河大概也因此而得名。

渣滓洞　白公馆

位于重庆歌乐山的渣滓洞原是重庆郊外的一个小煤窑，因渣多煤少而得名。1939年，国民党军统特务逼死矿主，霸占煤窑，在此设立了监狱，被关押在此的有江竹筠、许建业、何雪松等，最多时这里关押着300余人。

白公馆位于重庆沙坪坝区歌乐山，关押的都是军统认为案情严重的政治犯。此地还曾居住过"小萝卜头"和他们一家人。1949年11月27日，国民党特务在溃逃前夕策划了震惊中外的大屠杀，仅15人脱险。电影《烈火中永生》、小说《红岩》、歌剧《江姐》等就是以此为原型的文艺作品。如今这里成为游客接受历史教育的生动课堂。

1999年5月，我第一次来到渣滓洞和白公馆，加之少年时读过小说《红岩》，对这段历史略有所知。渣滓洞和白公馆用手铐和脚镣讲述着共产党人的信仰和坚强，对眼看曙光初照，江姐等革命志士却惨遭国民党杀害，深表痛心和遗憾。这里让我感受到了共产党员对党的忠诚及他们的钢铁意志，还有他们对理想信念的坚定追求。

大邑刘氏庄园博物馆

大邑刘氏庄园博物馆，那不是大地主刘文彩的庄园吗？来到这里之前，我对这里充满了期待,因为我上小学时就看过纪录片《收租院》,那些栩栩如生的人物雕塑至今深刻地印在我的脑海里。

走进刘氏庄园,一座充满年代感的老式建筑出现在花朵鸟兽雕刻的门楼下,我们从一个拱形门洞入内,穿斗式木结构,发黑发旧的建筑显示出它岁月的久远。这是始建于清道光年间的刘氏祖居。祖居原占地面积约1600平方米,建筑面积500多平方米,庭院式四合院中,有房屋20余间。祖居宅地原属大邑县胡氏,清初,刘氏自雅安名山迁来,胡、刘两家联姻,后来,胡氏将此宅给了刘氏。自刘氏大邑六世祖开始,刘氏在此聚族而居。八世祖刘公赞去世后,祖居由其六个儿子,即刘文渊、刘文彩、刘文辉等各持一股继承。刘氏兄弟发迹后,在祖居周围大兴土木,修建公馆。之后,祖居并入刘文渊公馆。刘氏祖居是清朝中晚期至民国初年,川西农村一种比较典型的建筑形态,反映了当时的建筑理念及传统民俗,也是一段社会历史变迁的实物见证。

大邑刘氏庄园内雕塑

由刘氏祖居等建筑构成的刘氏庄园博物馆,南部是1932年建造的刘文彩的老公馆,北部是1942年落成的刘文彩为自己和弟弟刘文辉建的新公馆,博物馆

大邑刘氏庄园内景

内，主人的住房、居室、展览室、书房、小姐卧室、粮仓、鸦片烟库等用陈旧的色调记录着20世纪40年代刘氏家族的生活，是目前国内保存最完好的一处封建地主庄园。

在这里，我最感兴趣的当数雕塑作品《收租院》了。《收租院》曾是我幼年时对大地主刘文彩的记忆，饥饿的小孩，骨瘦如柴的妇女，农民愤怒的眼睛，暴突的青筋、满是老茧的双手……一个个特写，深藏在我小学时代的记忆之中。东胜一完小的美术老师张明冀在20世纪60年代中后期创作的类似《收租院》的雕塑作品《半碗水》深受好评，印象中书店里好像还有《半碗水》的连环画。

然而，《收租院》只是刘氏庄园博物馆中的一个部分，20世纪中叶，纪录片《收租院》给我留下的房套房、门连门的豪宅记忆基本上就是大地主剥削穷苦人的生动写照。此行走进刘氏庄园博物馆，儿时印象中收租院的泥塑依然在这里陈列，这些似曾相识的泥塑用丰富的细节，包括服饰、眼神、表情、动作，甚至笸箩、推板车等劳动工具表现了佃户在验租、过斗、算账等环节遭受盘剥的样子，刻画了地主对农民的剥削和农民反抗、愤怒的情绪。这些传神的刻画，堪称雕塑的精品。

如今，刘氏庄园作为全国重点文物保护单位、国家4A级旅游景区、全国文物系统优秀爱国主义教育基地、全国青少年教育基地，成为游客了解中国半殖民地半封建社会经济、文化及中国四川军阀史、民俗学的重要场所。

四川建川博物馆聚落

博物馆是浓缩的历史，时代的记忆。告别大邑刘氏庄园博物馆，我们来到了四川建川博物馆聚落。

四川建川博物馆聚落由民营企业家樊建川创建，占地500亩，建筑面积10余万平方米，拥有藏品1000余万件。四川建川博物馆聚落以"为了和平，收藏战争；为了未来，收藏教训；为了安宁，收藏灾难；为了传承，收藏民

四川建川博物馆聚落内雕塑作品

俗"为主题,建设了四大系列30余座分馆,已建成开放25座场馆。

走进博物馆,仿佛将我们带入了历史的走廊。抗战人物历史群雕还原时间记忆,人物形象逼真,让人感觉到抗战的烟云与和平的可贵。仰头望去,博物馆天幕上旧报纸中醒目的日军侵华的日期,中国人因战争死亡的数字,展柜中日军侵华的武器等,同一件件实物、一座座雕塑、一张张图片一道成为震撼心灵的时代浓缩。

展馆中5.12汶川大地震灾区的残垣断壁、钢筋水泥等地震残损建筑,向游客展示着那令人撕心裂肺的伤痛记忆。

四川建川博物馆聚落是目前国内民间资本投入最多、建设规模和展览面积最大,收藏内容最丰富的民间博物馆。

云南陆军讲武堂旧址

离开四川,我们直奔云南。坐落在云南省昆明市闹市区的云南陆军讲武堂旧址成为我们的目的地，黄色门楼，两个岗哨，依然用它的严肃和军威展示着中国近代史上著名军事院校的校史。院内一块方形砖石上雕刻着"中国远征军"的字样，成为20世纪40年代初抗日战争时期，中国远征军入缅作战的印记。

步入云南陆军讲武堂旧址，松软的草坪上冒出稀疏的绿芽，看得出，这是当年的操场，四周同样是用黄色刷过的二层教室保持着20世纪三四十年代的样子。教室内，桌凳有序排列，每张桌子上都放着四个大粗碗，估计是课桌兼餐桌；宿舍里，简易的床铺上被褥整齐叠放。这里用各种展览、实物讲述着它的历史。

开办于1909年的云南陆军讲武堂系清朝为编练新式陆军，加强边防而设的一所军事学校。1935年，云南陆军讲武堂被改编为"中央陆军军官学校昆明分校"。1945年9月，该分校奉令停办。云南陆军讲武堂、讲武学校共办了22期，蔡锷曾在此担任教官。讲武堂共培养出朱德、叶剑英等各类军官、军士约9000人，培养了数百名将军，成为我国近现代史上军事人才的摇篮，它与地处云南的西南联大成为我国著名的"一文一武"两所大学。

红色之旅，时代记忆；浓缩历史，警示后人。抚摸历史，我感慨万千，不禁作词一首，用《幸福之路暖心间》为今天的生活而歌。

幸福之路暖心间

作词　张新文
作曲　张新化

高速公路在神州大地上延伸
高架桥是筑路人给江河的奉献
走亲访友因你而快捷
游山玩水因你而方便
幸福之路通四海让我们骄傲
穿越时空走四方让我们自豪

桥架云端风景好
中国万里行再谱新篇

车轮滚滚在崇山峻岭中穿梭
通天路是架桥人铺设的彩练
多彩生活因你而美好
祖国腾飞因你而跨越
其乐融融奔小康喜上眉梢
团结奋进齐努力跃马扬鞭
路通八方奔向前
中国万里行迎接明天

2018年12月20日

路上风景

名山古镇

扫码查看
- 聆听作者解说
- 收藏路上风景
- 观览城市魅力

梵净山

　　名气很大的梵净山是我长久以来的旅游向往地，此行可圆我此梦，我当然高兴至极，但天公不作美，这天细雨霏霏，雨下得使我们几乎睁不开眼睛，更谈不上欣赏美景了。一进景区，梵净山自然保护中心的展馆出现在面

贵州云海

前。它向游人介绍了这里珍稀动物的名称和种类，各种动物标本展陈于此，其中最醒目和最有影响力的要数黔金丝猴了。

位于贵州省铜仁市的中国佛教名山梵净山为武陵山脉主峰，这天，我们在烟雨蒙蒙中乘大巴车、坐索道，踏上了梵净山。下了索道，我们在雨中拾级而上，湿滑的山路让我不敢有半点儿懈怠，双目不离脚，生怕摔倒，结果一是水雾太大，看不清沿途美景，二是集中精力看路，顾不上看景。经过了雨雾中的缓步攀登，我们终于走近了其主峰"蘑菇石"。

这片在梵净山升腾起的蘑菇云，就像我国1964年爆炸成功的第一颗原子弹凝固的形状，高耸的蘑菇云螺旋式上升后，又凝结成一团云雾在侧面固定。它似凝望，似回观，好像在与对面鸟头形状的山峰对话，让人产生无限的遐想……

国家级自然保护区梵净山，山势雄伟，层峦叠嶂；坡陡谷深，群峰高耸；溪流纵横，飞瀑悬泻，是中国五大佛教名山之一，因其特殊的地质层次结构，形成了动物、微生物赖以生存的栖息地。这里有国家重点保护动物黔金丝猴等14种，是黔金丝猴的唯一分布区，每年都有大批摄影爱好者专门到梵净山拍摄黔金丝猴。梵净山以其较高的知名度和较强的影响力吸引了大批游客，我们也在雨中体验了登山的乐趣，体味着运动带来的快乐。

云游张家界

贵州湘西，唇齿相依。离开梵净山，我们走入张家界，同样是雨雾天气的张家界如面纱锁雾。我们踏上了从市区乘坐的索道前往张家界，全长大约7千米的索道上下站水平高差1279米，是世界最长的单线循环脱挂抱索器车厢式索道。行程大约40分钟的索道犹如一道彩虹飞渡天际，又像一条巨龙腾飞于苍穹，依山借壁，拔地冲天，俯瞰地面，盘山公路如玉蛇绕山，险峻壮观，成为天门山景区的"四大奇观"之一。

这是我第二次游览张家界，但绝对不会是重复旅游，因为即使是同样的

张家界盘山公路

景点，你游览的时间和所处的位置不同，欣赏到的风光都会不同。况且，我每次游览张家界都是匆匆半天，新奇还不够呢，哪里会觉得重复？

历史文化积淀深厚的天门山，也被誉为"湘西第一神山"和"武陵之魂"。换乘索道，走完12节次的手扶旋梯，大家终于来到了天门山的天门洞。

万仞高山中，一个椭圆形的山洞凌空穿山而过，仿佛是"天门洞开云气通，江东峨眉皆下风"。天门洞高131.5米，宽50余米，南北对开于千寻峭壁之上的天门洞，是罕见的高海拔穿山溶洞。从下往上看，雨雾中的天梯连洞，天路通天，天门洞用巍峨高绝的造型尽显造化神奇的冠世奇观。

此行我们冒着小雨，在天门山玻璃栈道上挪步前行，仿佛是在天上踏云而行，在氤氲蒸腾中感受仙境。山险峻，云飞舞，雾缭绕，景迷幻，在张家界游览，只感叹时间不够、眼睛不够，太多的美景需要静心欣赏，太多的感受需要用心体验，大自然的神奇又一次俘虏了我的双眼，震撼了我的心灵。

尽管是小雨天气，我还是被张家界云雾缭绕的仙、美、壮所折服，在无奈和遗憾中，我匆匆告别了张家界……

武当山胜景（摄影 王广东）

武当山

刚登佛教名山梵净山，又踏道教圣地武当山。位于湖北省十堰市丹江口的武当山同样云雾缭绕，仙气十足。国家重点风景名胜区、国家5A级风景区武当山是联合国公布的世界文化遗产地之一，也是武当武术的发源地，被称为"亘古无双胜境，天下第一仙山"。这天，虽然云雾缭绕，但风势比较大，云山雾罩时而被风吹走，露出奇山险峰；时而被云雾蒸腾，如走进梦幻。走入紫霄宫、踏上金顶山，武当山胜景尽在眼中。武当山的宫阙庙宇集中体现了元、明、清三代建筑艺术水平。

哦，梵净山、张家界、武当山，难得的几大名山连线游，却赶上了云雾缭绕的天气，使我们没有尽情尽兴地欣赏美景。带着遗憾，我们匆匆告别贵州、湖南的几大名山，期待有机会再睹风采……

黄果树瀑布

离开名山，仿佛雨过天晴，贵州黄果树瀑布在蓝天的映衬下，尽显妩媚。虽然我是第二次欣赏黄果树瀑布，但其水流的变化，设施的完善，还

黄果树旋律

是让我感受到了景区的诸多不同。壮美的黄果树瀑布如银色的河流,飞泻而下,垂悬在青山绿水之中;如大自然弹奏的五线谱,清澈、流畅、跳跃,让人赏心悦目,流连忘返。

离开大瀑布,又赏小瀑布。一路前行,一路观景,水与绿树的搭配,水与山势的融合,水与流线的匹配,水与河流的欢愉……一切的一切,都显得那么协调、融洽,其气势和壮美,富有韵律和节奏的美感,让人不忍离去;其诗与画的美,让人无限眷恋……

归途中,黄果树瀑布景区的盆景也是景致各异,错落有致,让人目不暇接,其科普性、观赏性、美育性俨然是一所奥妙无尽的植物课堂。哦,怎奈我的拙笔无法描绘其魅力之万分之一。

青岩古镇

贵州省黄果树瀑布磅礴大气,豪迈秀美,天河潭景区则充满了灵秀和细腻婉约,犹如一位身姿绰约的少妇,婆娑倒影,溪水成河,瀑布清秀,绿树成荫,美得精致,美得俊美。与之相距不远的青岩古镇也以悠悠风情让人仿佛漫步在历史的隧道之中。

卧龙湖畔,瀑布清流,离开青山绿水的天河潭,我们又来到位于贵州省贵阳市南郊29千米处的花溪区青岩镇,建于明洪武十年(1377年)。这座古镇设计精巧,工艺精湛,明清古建筑交错密布,寺庙、楼阁,雕梁画栋、飞角重檐,彰显着徽派建筑的艺术之美。古镇内有近代史上震惊中外的青岩教案遗址、贵州历史上第一个文状元赵以炯状元故居、平刚先生故居、红军长征作战指挥部等。周恩来的父亲、邓颖超的母亲、李克农及其家属均在青岩秘密居住过。明朝时青岩古镇是军事要塞。抗战期间,这里是浙江大学的西迁办学点之一。

青岩古镇

漫步青岩古镇，青石悠悠，小店连连，木石雕刻、特色美食、苗族服饰，熙熙攘攘的人流如同在中国传统文化的历史走廊中穿梭，淳朴的民风演绎着精彩的人文历史画卷。卤猪脚、鸡辣角、茅台酱香陈酿、桃酥、玫瑰糖、银器、紫砂壶、工艺包等各类特色食品和工艺品，让小镇呈现出别样的风情。街头还偶尔可见上了岁数，身着蓝色布衣的苗族或布依族打扮的老人，挑着担子走街串巷。在状元楼下，不时可见着银项圈，头戴银牛角着苗族服饰的姑娘在河畔留影。抬头远望，写有"城南旧事状元宴"的旧式阁楼仿佛在讲述着赵氏状元的故事……

游走于黄果树瀑布、青岩古镇，我即兴赋诗一首：

美在祖国山水间
——贵州天河潭、青岩古镇随笔

我在崇山中穿行
聆听峻岭的呼吸
高山用起伏的胸脯告诉我
山脉的流线型设计
是大自然超级艺术家的杰作

我在瀑布下吸凉
感受悬水下冲的力量
飞流用富有节奏的韵律警醒我
天河之水的垂直
是山的高度给予了平台

我在青岩古镇漫步
回望悠悠岁月的足迹

飞檐砖瓦折射了厚重历史的沧桑

民俗文化的传承

记录着中华血脉的流淌

我在五彩的秋天里触摸

大江南北的温差

形成云贵川绿水青山的主色

大美中华的魅力

激发爱我家园的情怀

天坑寨子

中国的博大和文化的厚重，不仅地域辽阔和历史悠久，更有众多民族地区丰富的民俗文化。重庆武隆区天坑寨子民俗文化旅游区，集雄、奇、峻、秀、幽、绝等特色于一体，置身其中，仿佛穿越千年时空，进入与世隔绝的世外桃源。虽已秋季，但云雾缥缈萦绕于坑间，演绎着梦幻田园的自然画卷。

天坑寨子中石院天坑直径达645米，是世界上口部最大的圆形天坑，因其轮廓形如爱心，又有"大地之心"的美誉。天坑四周陡壁峭岩，深邃的天坑内，鸟语花香，诗意田园，别有洞天。

寨子里近50户苗族、土家族等居民世代居住于此，他们依照古法纺织、耕作，延续着数千年前的习俗，跳着传统的民族舞蹈，唱着古老的山歌，住着富有特色的吊脚楼。在这里，我们观赏了当地民间艺人表演的火上踩钢板、唱山歌、竹竿舞和舞刀等节目，感受了土家族、苗族文化的魅力。

天坑寨子以它独有的民俗文化成为活态化的民俗博物馆、世界自然遗产地、非遗传承人集结地、非物质文化遗产保护传承基地。

宽窄巷子

成都市宽窄巷子由宽巷子、窄巷子、井巷子平行排列组成，青砖黛瓦的四合院落，是成都遗留下来的较成规模的清朝古街道，与大慈寺、文殊院一起并称为成都三大历史文化名城保护街区。这条清代街区记录了老成都的沧桑历史，街道在形制上属于北方胡同街巷，其主要特色为鱼脊骨形的道路格局，便于街道居民自发式管理，奠定了安静、悠闲的生活基调。随着岁月的沉淀，宽巷子渐渐成为"闲生活"区，是老成都生活的再现；窄巷子是"慢生活"区，展示了老成都的院落文化，这里大多被颇有格调的酒吧、餐厅占据，游客和文青们扎在巷子里，闲散地享受着时光的停驻。

漫步在宽窄巷子中，仿佛游走在清朝和民国时期，屋宇式建筑、格子式门窗，还有各式小吃。酒吧、咖啡、音乐、青砖、雕塑、门楼、川剧……我目不暇接，尽情享受着历史文化和民俗风情的浸染，感受着休闲生活的慢节奏……

和顺古镇

云南省保山市的腾冲，气候舒适，城市干净，街道宽敞。腾冲是古代川、滇、缅、印南方陆上"丝绸之路"的必经之地，以华侨、侨属多而成为著名的侨乡。

腾冲是中国三大地热区之一，有80多个温泉，沸泉遍布各地，尤以热海的地热活动最具代表性。腾冲火山口是中国第二大热田，由热海石、大滚锅、浴谷、怀胎井、珍珠泉、美女池等构成，最高水温达102度，也是中国地热疗养之地。

然而，最令人难忘和留恋的还是始建于明代的和顺古镇，它完整地保留了明清时代的文化特色，既可以领略到徽派建筑粉墙黛瓦的神韵，也可以寻觅到西方建筑的元素。老宅的门窗木雕造型栩栩如生，宅院中尤具地域特色的是以火山石堆砌的石阶，可以起到雨天防滑的作用。和顺古镇幽静、优美，山水相连，小桥古坊，处处兼景，着实让人流连忘返。

和顺古镇

凤凰古城

步入湖南省境内，已是傍晚时分。凤凰古城的一间客栈成为我们湖南之行的第一站。精干的老板娘指挥着我们的车辆在寸土寸金的车库内停好了车。随后，大家在雨中听导游讲解，开始了湘西凤凰古城之行。

位于湖南省湘西土家族苗族自治州西南部的凤凰古城毗邻贵州铜仁，始建于明嘉靖三十五年（1556年）。400多年的历史，洗刷着岁月的痕迹，沱江掩映的石桥，街头矗立的牌楼庙祠，沿街的各类店铺都用古色古香营造着凤凰古城的韵味。夜幕降临，灯带亮起，宝塔、游船、城楼、明清时代的特色民居和各式建筑轮廓清晰，灯光璀璨。已被雨水打亮的石板街道光影照人，好一座玲珑剔透的特色古城。

凤凰古城的岁月

作家沈从文、美术家黄永玉故居更使凤凰古城声名鹊起。雨中漫步,雨丝淅沥,雨中的凤凰古城让我们在清凉中感受古城的特色。

东方欲晓再起航

作词　张新文
作曲　姚盛昌

我的心　在翱翔
我的情　在飞扬
东方之路通四方
车轮滚滚越山岗
神州巨变看辉煌
万里征程聚力量
改革硕果美名扬
东方欲晓再启航

我的国　谱华章
我的家　情暖阳
穿越南北山河壮
长征记忆细思量
今非昔比大变样
文化厚重国力强
激励后人斗志昂
祖国大地绽芬芳

2018年12月26日

老区开启红色之路 新区引领开放征程
江西篇

2019年早春三月,我开启了赣桂粤港澳之行。南昌起义的枪声,庐山雾锁云霭的神秘,两广的秀丽风光,广州、深圳现代化的城市风貌,都给我留下了老区开启红色之路,新区引领开放征程的印象。

红色起点

在淅淅沥沥的小雨中,我们打着雨伞,来到了江西省南昌八一起义纪念馆。一进大门,周恩来、贺龙、叶挺、朱德、刘伯承等人的雕塑赫然矗立,"一代英豪"为游客们打开了1927年8月1日凌晨的记忆之门……

漫步展厅,一件件实物讲述着历史岁月,一张张图片和声光电组合的模拟场景,展示着当时中共武装力量的聚集和兴起。

南昌起义打响了武装反抗国民党反动派的第一枪,成为中国共产党独立领导武装斗争和创建革命军队的开始。南昌城,英雄城,血与火的洗礼,诞生了伟大的中国人民解放军,我向英雄致敬!

我曾于1999年6月初和2005年3月底到过庐山,虽说都遇到了云雾天气,但对庐山瀑布、仙人洞、美庐别墅、庐山会议旧址等还有一些印象。再访庐山,原本期待着能云开雾散,让我一睹庐山的真面目,却不想,这次上庐山，是我历次到庐山天气状况最差的一次，雨雾先不说，最让我受不了的是阴冷的天气。酒店的房间冷到不敢入住，同行者甚至用灌满热水的矿泉水瓶子焐被子。可能是冷暖空气对流造成湿气和雾气过大，那天能见度也就30米，庐山将它的美深藏起来。

南昌八一起义纪念馆内雕塑

阴雨伴着寒冷，我们步行几分钟，便来到了中共庐山会议旧址。听着讲解，看着实物，历史烟云仿佛就在昨日，让我深感今日之幸福生活来之不易。

江西，用红色的土地孕育了红色的摇篮，在这里，打响了南昌起义的第一枪，创建了中国共产党第一个农村革命根据地，建立了中国共产党第一个苏维埃政权，迈出了中国工农红军二万五千里长征的第一步……这里太多的第一，给我们打开了红色的记忆。

共和国的摇篮——瑞金

庐山的雨雾仿佛一直跟随我们到了瑞金。对于瑞金的印象，我只停留在小学课本中《吃水不忘挖井人》的课文和图片中。我向往瑞金，因为这里是共和国的摇篮。在中华人民共和国成立70周年的日子里，我能亲临瑞金，了解历史，感受巨变，这是多么难得的机会啊！

走进瑞金，宽敞的街道，现代风格的建筑，绿色环抱着功能齐全的城市，让我感受到了与时俱进的瑞金新貌。大约是离城五六千米的样子，一排排黄色土墙搭建起的房屋映入眼帘，瑞金革命遗址建筑群仿佛把我们一下子带入20世纪30年代初。

瑞金红军烈士纪念塔

1931年9月,毛泽东和朱德指挥根据地军民粉碎了敌人第一、二、三次"围剿",在叶坪村建立、发展和巩固中央革命根据地,中国共产党苏区中央局迁驻瑞金,中国共产党的领导核心机关就此在叶坪村落户。导游带领我们逐一参观了中华苏维埃共和国临时中央政府、中共苏区中央局旧址以及红军烈士纪念塔、纪念亭、红军检阅台等,这个旧址虽然在1934年后遭到破坏,但20世纪50年代和80年代,国家对旧址进行了两次全面修复,游客依然可以在这里感受到当年的气息。外形像个子弹头的红军烈士纪念塔矗立在广场北面,塔的正前方地面上,有8个用煤渣铺写的苍劲有力的大字——"踏着先烈血迹前进",与烈士塔形成一幅完整的构图。据说,当时修建烈士塔时,当地的群众纷纷捐款捐物。

纪念塔的正对面,有一个面积并不大的红军检阅台,是当年红军集会领导讲话的地方。从检阅台向南,一棵大概拥有三个枝干的老槐树遮天蔽日,弯曲的身躯向人们讲述着这里的历史,最让人难忘的是一颗被雨水冲刷得又黑又亮的炮弹依然躺在树干上，述说着当年的硝烟和战火。

红　井

1933年4月，为了安全防空，在叶坪村的中华苏维埃中央政府迁到沙洲坝。当毛主席看到沙洲坝村民挑池塘里的脏水喝时，就考察当地的水源条件，亲自带人挖了一口水井，从此沙洲坝人民喝上了甘甜的井水。

1934年10月红军长征离开瑞金后，国民党反动派多次填掉这口井，敌人白天填井，群众夜晚挖开，就这样填了又挖，挖了又填，在红军北上的日子里，每逢遇到困难和受到欺压时，乡亲们总是悄悄来到井边，思念着远方的红军，思念着共产党。

1950年，沙洲坝人民为了迎接毛主席派来的南方老革命根据地慰问团，将毛主席带领军民开挖的这口水井进行了全面整修，并取名为红井，立了一块儿刻有"吃水不忘挖井人，时刻想念毛主席"的牌匾，表达了瑞金人民对毛主席的崇敬和思念。

在修葺一新的红井旁，放着一对儿水桶和一根扁担，仿佛再现了当地群众挑水吃水的生活景象，渗入心田的甘霖成为当年中国共产党关心群众生

红井

活，为群众办实事的历史见证。

聆听历史，感受当年。在瑞金参观的这天，虽然一直下着雨，但没有减退我们的游兴，我们打着雨伞，听着讲解，触摸共和国摇篮的历史，抚摸红军和百姓情感的温度，心怀感恩之情，解读着共产党的初心。

瑞金随感（中华新韵）

冒雨追先瑞金行，穿云拜访叶坪陵。

红军起步沙洲坝，战士相随宝塔城。

草地长征赢困境，山河笑舞胜欢声。

摇篮奠定根基正，井水浇得万物丰。

井冈山的火炬

"久有凌云志，重上井冈山。"一踏入井冈山，街道两旁用火炬造型的路灯在雨雾蒙蒙的天气中泛着红光，如星星之火，照亮行人前行的道路。2005年春天第一次来到这里，井冈山给我留下了极好的印象，茅坪、大井、黄洋界、井冈山革命博物馆等让我对秋收起义、朱毛会师、三湾改编等有了更加直观和感性的认识，特别是对马克思主义同中国革命的具体实践相结合而产生的伟大理论有了更深刻的理解。

此行井冈山，由于天气和时间的原因，我们只在茨坪参观了毛泽东旧居和井冈山革命博物馆。

走进位于茨坪中心东山脚下的毛泽东旧居，仿佛是走入了历史的长廊，淅淅沥沥的春雨掩映着旧居中的新绿，其实，这里原本是一栋农民的住房，中共井冈山前敌委员会作为办公地点租用后，毛泽东每天的工作生活就在这里。从1927年10月至1929年1月，毛泽东同志常在这里的右后间居住和工作。在这里，他代表井冈山前委起草了《井冈山的斗争》一文，从理论上全面系统地总结了创建井冈山革命根据地的经验，阐明了"工农武装割据"的新思想，并多次在这里主持召开党、政、军会议，研究部署根据地的各项工作。

1929年1月14日，毛泽东、朱德率红四方面军主力出击赣南后，敌军一度占领了井冈山，这个旧居同茨坪的大部分房屋被敌烧毁。1961年，井冈山人民按历史原貌将其恢复，国务院就此公布毛泽东旧居为全国重点文物保护单位。

抚摸着留着近百年历史气息的桌椅，看着一件件沉浸着当年红军体温的军装，仿佛把我带回了20世纪20年代末。秋收起义的枪声，井冈山的星火，马克思主义和中国革命具体实践相结合的理论创新和实践创新，都让我对早期共产党人的胆魄、胸襟和意志肃然起敬！

离开毛泽东旧居，我们前往茨坪的井冈山革命博物馆参观。在茨坪街头，整齐排列的星星火炬路灯像一排排威武的战士，在阴雨连绵的街道上为行人送来红色的光芒。

建筑宏大，雄伟气派的井冈山革命博物馆像一部史书，记录了井冈山作为中国革命摇篮的探索和实践，湘赣边界秋收起义的枪声、黄洋界的炮声、"星星之火，可以燎原"的气魄，让井冈山的星火呈燎原之势，在中华大地上延展。

红色的土地，是江西五万名英烈的鲜血和百位共和国将帅引领的人民武装染红的；红色的旗帜，开辟了一条"农村包围城市，武装夺取政权"的道路；红米饭，养育了战士们的血肉之躯；杜鹃红，装点了井冈山漫山遍野的美丽风景！红色记忆，成为中国革命用鲜血染成的底色。

井冈山足迹

雾霭茫茫上井冈，烟云袅袅锁黄洋。
星光点起燎原势，火炬燃升指路航。
建立农村根据地，掀开历史普天祥。
今朝烈焰红颜旺，换了人间美誉扬。

滕王阁

江西,不仅是中国革命的策源地之一,也是历史悠久的文化大省。"落霞与孤鹜齐飞,秋水共长天一色。"文以阁名,阁以文传,滕王阁历千载沧桑而不衰,源于唐代诗人王勃的名篇《滕王阁序》。

初建于唐永徽四年(653年)的滕王阁,是中国古典建筑的巅峰之作,与湖南省的岳阳楼、湖北省的黄鹤楼齐名,号称中国古代的三大名楼,为唐高祖李渊之子李元婴任洪州都督时所建。李元婴出生于帝王之家,受到宫廷生活熏陶,"工书画,妙音律,喜蝴蝶,选芳渚游,乘青雀舸,极亭榭歌舞之盛"。据史书记载,永徽三年(652年),李元婴迁苏州刺史,调任洪州都督时,从苏州带来一班歌舞乐伎,终日在都督府里盛宴歌舞。后来又临江建此楼阁为别居,实乃歌舞之地。因李元婴在贞观年间曾被封于山东省滕州,故为滕王,且于滕州筑一阁名为"滕王阁",后滕王李元婴调任江南洪

滕王阁(摄影 王广东)

景德镇陶瓷

等一系列的工艺制作，是一个完整精致的系统工程，仅上釉，就有釉前、釉中、釉后等环节。具有凹凸感的陶瓷牡丹花制品，具有通透感的镂空瓷器，都让人在观赏的同时，生出爱慕之心，敬佩之心！

在景区里，我还参观了不同时代的陶瓷烧窑，了解了元代的馒头窑、宋代的龙窑、明代的葫芦窑、明清御窑等不断演变的过程，并向这些非物质文化遗产的传承人致以深深的敬意！

你见过羊毛地毯，但你见过陶瓷挂毯和陶瓷地毯吗？

墙上的陶瓷挂毯，从视觉上看，极富毛绒制品的柔性质感；地上的陶瓷地毯，嵌花边框，美观大气，高档排场；走廊地毯，凹凸防滑，美丽实用。这些精美的陶瓷制品，视觉上以假乱真，装饰效果别具一格。

实用陶瓷、观赏陶瓷、礼品陶瓷、装饰陶瓷……置身于琳琅满目的各类陶瓷制品中，让我目不暇接，只觉得美不胜收，精美绝伦，深深地被中国的陶瓷艺术折服。

老区开启红色之路　新区引领开放征程
广西篇

桂林山水

漓江山水，美甲天下。这天，我们入住在桂林市中心地带的酒店。傍晚时分，酒店对岸的两江四湖景观双塔错落，绿树婆娑，灯光绚丽，湖泊倒影，游船漂浮，游人如织，好一幅诗意画卷！

桂林的两江四湖，指漓江、桃花江，木龙湖、桂湖、榕湖、杉湖，其环城水系全长7.33千米，水面面积38.59万平方米。最早形成于北宋年间的两江四湖，舟楫纵横，游人如织，兴盛一时。由于年代久远，一些湖塘已被填没。为了再现当年桂林水城的繁荣景象，恢复桂林宋代水上游的城市游览模式，1998年，桂林市政府提出"两江四湖"工程的构想。1999年8月启动该工程，经过建设者们1000多个日日夜夜的艰苦奋战，"两江四湖"于2002年6月2日实现了通航。"千山环野立，一水抱城流"，再现了桂林山水之城的魅力。

早春三月的桂林，已是碧水清波，枝头滴翠，山石起伏。漫步在两江四湖的人行道上，欣赏着水中之城的美景，体味着古老的漓江文化，让人游兴盎然。

漓江风韵（摄影　王广东）

夕阳西下，晚饭后，我们又信步走到酒店西北角，观看每晚20点30分上演的瀑布喷泉。

伴随着钢琴协奏曲《黄河大合唱》刚劲、富有弹跳力的音乐节奏，轻如薄纱，透如溪水的酒店瀑布一泻而下，汩汩流淌，这是漓江山水再现的别样风采，是水与乐的水乳交融，是建筑与流水的动静结合，是自然与人工的完美融合，这是悬挂在城市中央的水中天幕！大约15分钟的瀑布喷泉表演让我们赞叹，心中波涛汹涌，激情迸发，瀑布与音乐的结合何尝不是一首令人心动的交响乐呢？

第二天，我们当然要欣赏"甲天下"的桂林山水了！

大约20年前我曾来过桂林，但如诗如画的桂林山水还是像优美的山水画一样吸引着我。依然是蒙蒙细雨，走阳朔，看桂林，赏山水，拍美景，漓江山水在雾中、在雨中、在心中。

山青、水秀、洞奇、石美是漓江山水的主要特色，一江（漓江）、两洞（芦笛岩、七星岩）、三山（独秀峰、伏波山、叠彩山）是富有代表性的桂林山水的精华所在。

百里漓江，百里画廊。欣赏着山的俊秀，水的涌动，绿的鲜活，光的倒影，耳畔仿佛响起了刘三姐婉转悠扬的歌声："唱山歌来，这边唱来那边和。山歌好比春江水来哟哎呀，不管险滩弯又多，弯又多！"

漓江像一条青绸玉带，环绕在极具流线型美感的山峦之间，看惯了北方粗犷险峻的山峰，这里的山峰与倒影显得是那样柔美、婉约。它们在起伏的波涛中，仿佛用幻觉幻影勾勒出山的流畅，且线条的清晰和婀娜也表明，这

雾中漓江（摄影　王广东）

桂林山水

样的流线美、动感美，也只有在这里才能欣赏到。

期间，九马画山、望夫山、冠帽山、朗石、青峰倒影、独秀峰……一个个鬼斧神工的造型，富有人文气息。这些会说话的景点极具灵性，多年来，被当地人和导演赋予了诸多的传说和故事，使其具有了无穷的神秘色彩。

一上游轮，工作人员便开始向我们介绍起沿江的景点，同时介绍说："游船总共行驶一小时左右，美景稍纵即逝，想拍照的看过来……"

我抬头望去，山峰临江而立，石壁如削，黑灰色的峭崖上，在充满水分的湿气中，长满了绿色的苔藓，一座座山峰五彩斑斓，形状各异，给人留下了诸多遐想的空间。著名的九马画山，远望如一幅巨大的画屏，细细端详，画屏中一群骏马，或立或卧，或昂首嘶鸣，或扬蹄奋飞，或悠然觅食……导游用激光笔给游人指出了其中的七匹马，留下两匹让游人自己寻找。我使劲发挥着自己的想象力，寻找着另外两匹马，终于数清了这神态各异的九匹马！开动脑筋的旅游一旦和想象力结合起来，似乎更有趣了，成了真正的游乐活动。

游览途中，导游把要拍照的游客编了号，每到一个景点，便呼号拍照，游客们瞬间集结完毕，按照摄影师的提示，迅速摆好姿势，完成摄影。

美甲天下的桂林山水在匆匆忙忙中转瞬即逝。似乎赏景不过瘾，拍照也不过瘾，体味诗情画意更是没能静下心来，一边赏景，一边仓促拍照，雨中的漓江在淅淅沥沥的诉说中与我们仓促告别。在返程的古镇街头，我依然回头，向美丽的漓江山水投去眷恋的目光，带走难舍的情分……

走下游船，没有尽兴的我们又来到距市中心仅1.5千米的七星公园。俯瞰七星公园的七座山头，就像天上的北斗七星，前面有三座山峰，像斗柄，叫月牙山；北面有四座山峰，像斗勺，叫普陀山。两山七峰，好像天上的北斗七星。整个公园环境优美、空旷开阔，早在隋唐时期便是游览胜地了。

穿园而过，走园内的"北斗七星"，望"驼峰赤霞"，赏"月牙虹影""普陀石林"等胜景，集桂林山水的山、江、洞、石之美于一身的七星公园，留给了我美好的回忆。

到桂林游览，不能不去象鼻山公园。明孔镛《象鼻山》诗云："象鼻分明饮玉河，西风一吸水应波。青山自是饶奇骨，白日相看不厌多。"描绘了象鼻山的独特之处，象鼻通过"饮河""吸水"的动作，使山有了传神之美。

桂林城市的象征象鼻山，位于桂林市漓江与桃花江汇流处，看外形，仿佛一头驻足漓江边临流饮水的大象。经考证，其山体由3.6亿年前海底沉积的纯石灰岩组成，园内还有象眼岩、水月洞、云峰寺等景观，北边临水的三个游乐岛组成的爱情岛，成为情侣和游人乐于拍照地方。

象山公园水波浩渺，奇山绿藤，极具奇、险、秀、美、幽之特点。其千姿百态的造型特征，是丹霞地貌的景观集锦。

回望烟雨朦胧的桂林山水，回味导游给我们讲述"月亮妈妈"的故事，耳畔回响着极具壮族特色的刘三姐对歌，我不禁感叹：桂林不仅山美水美，而且人美歌美！

美丽家园，美丽天堂，美丽歌声，美丽使者，大美中国，就在你我之间！

南宁青秀山

广西南宁，我向往已久。其宽敞、干净和现代化程度似乎超过桂林市，交通秩序好像也好于桂林市。到了南宁，已是中午，午休后，只有半天的游览时间，我们只好选择了青秀山这一个景点。

在南宁市东南方向约10千米处，风景秀丽的青秀山群峰起伏、林木青翠、泉清石奇、江环如带，森林遮天蔽日。苏铁林、棕榈园和雨林大观等亚热带特色植物园把青秀山装扮得郁郁葱葱。

青秀山童话小屋

本身就是天然大氧吧的青秀山素以"山不高而秀，水不深而清"著称，被誉为"绿城翡翠，壮乡凤凰"。它山青、水秀、草绿、花艳，到处呈现出大自然的天然之美。眼下虽然是早春三月，但已是郁郁葱葱。

　　置身其中，仿佛任何绘画大师的作品都会显得苍白，至少是其作品只能呈现出它的局部美，而我在这里，能感受到草坪碧绿辽阔，植物品种繁多，花朵艳丽芳香、色彩斑斓，空气清新湿润，到处是人与自然的和谐之美。再加上园艺师的精雕细琢，青秀山里的园艺景观仿佛一件件色彩斑斓的植物雕塑作品，你瞧，这座我在游览中发现的花房多么像童话故事中充满浪漫色彩的小木屋啊！

　　青秀山的山道弯弯，有电瓶车走的路，有健身步道，有上山的攀缘之路，也有小船荡漾湖泊的悠闲体验。在这里，你既能感受到公园配套设施的完备，也可体验大自然的奇特俊秀。这天，微微细雨伴随我们一路同行，其润肺之爽，让我们在健步行走和休闲游览中，得到了一次清凉体验。

　　青秀山顶的龙象塔堪称广西最高塔，俗称青山塔，是青秀山的标志性建筑。青山塔为明万历四十六年（1618年）所建，次年竣工，取佛经"水行龙力大，陆行象力大"之意命名为龙象塔。明天启四年（1624年）被雷击塌顶端两层，一直未修复。1937年时值抗日战争，邕宁县政府担心塔成为日机轰炸南宁的导航目标，将塔拆除。

　　1986年，南宁市人民政府在原址重建了龙象塔。它青砖碧瓦，八角叠檐，登上塔顶，眺望远处邕江的风光，俯瞰南宁琅东新城的景色，抚今追昔，不胜感慨。

　　我们一行中有几人前往龙象塔，结果因下雨，中途返回，留下了再次前往的理由。

　　匆匆半天的南宁之旅，给我留下了蓝天青山绿水，花红碧草多姿的印象。青秀山，用它清秀美丽、清爽宜人的自然环境和悠久的历史文化迎接着四面八方的游客。

北海银滩

也许是季节和气候的原因，和我去过的海南三亚、河北秦皇岛、山东烟台、厦门鼓浪屿等海滨相比，3月上旬的广西北海银滩显得更加清净、悠闲。

从我们居住的酒店出发，十几分钟就到了著名的北海银滩，这里原来的标志性建筑钢塑不久前被拆除，准备重新修建。我们直奔银滩，相对冰冷的海水中，只有几位敢于挑战的人在海滨浴场中游泳，更多的人是乘游艇或摩托艇冲浪游览。

穿过绿色的热带树林，我们脚踩银白细软的沙子，走向北海。海风习习，海浪轻涌，从草原中走来的我们，不由自主地伸开双臂，拥抱大海。

银滩东西绵延约24千米，海滩宽度在30～3000米之间，总面积约38平方千米，滩面平缓宽广而无礁石，沙滩均由石英砂堆积而成，在阳光的照射下，洁白、细腻的沙滩会泛出银光，故称银滩，其有"滩长平、沙细白、水温净、浪柔软、无鲨鱼"的特点。

旺季时，这里游人和泳者聚集，海滨浴场可同时容纳上万人游泳。但我们来时，乍暖还寒，加上海风习习，下水游泳显然是不可能的，但海的辽阔，浪的涌动，水的波涛，沙的细腻，依然吸引着我，我即兴用草原人民的激情在沙滩上舞之蹈之，尽情享受着海水的抚摸，感受着大海的气息……

北海老街

离开银滩，步入老街。

始建于1821年的北海老街，最初是一条长200米，宽4米的商业老街，受19世纪末，英、法、德等国在北海市建造领事馆等西方卷柱式建筑的影响，临街墙面以不同式样的装饰和浮雕形成了南北两组空中雕塑的长廊。这些建筑的骑楼部分，既是道路向两侧的扩展，又是铺面向外部的延伸，人们在骑楼下，既可遮风挡雨，又可躲避烈日。古罗马建筑风格的骑楼柱子，体现了中西方文化的融合。

1927年以前，北海老街主要经营苏杭绸缎，鱿鱼、沙虫、虾米、鱼干等干海货和缆绳、渔网、渔灯、风帆布等渔民所需用品。随着时间的推移，老街逐渐失去了昔日的繁华，除了稀稀落落的几间店铺经营渔具，多数店铺成为民居，街道建筑日渐老化。

2009年10月，北海市旅游文化等部门和企业承办的首届北海老街文化艺术节，将奇石、海贝、古船木、明清家具和百年老街、百名佳丽、百米"T"形台、街舞秀、行为艺术、乐队表演以及老街图片展、摄影大赛等活动融为一体，将厚重的文化积淀转化为经济活力，聚集人气，改善形象，推动老街商业旅游。经过几年的发展，老街已成为长1.44千米，宽9米的历史文化老街。

走进老街，如同阅读一部厚重的历史书籍，让我们触摸和了解明清以来，特别是近代以来，北海作为中国南疆的窗口之一，在海事、商业贸易和文化交流等方面的发展变化。

走进老街，如同走进一幢幢中西文化互相影响、交融的建筑博览园，在这里，可以观赏到风格各异的建筑，既有或俄式，或欧式的建筑，又有中国传统的楼堂牌坊式建筑，其建筑风格相互渗透、交融，足以让你感受到建筑是凝固史诗的内涵。我们还可以从街边不远不近，造型各异的雕塑中观望历史，这些雕塑人物的服饰、配饰及配套使用的工具等都是时代的印记和文化的烙印。

匆匆一天的北海游览，我们重点看了银滩和老街，清爽宜人的风景，特色浓郁的老街，给我留下了深刻而难忘的印象。

再见北海！相约广东！

老区开启红色之路
新区引领开放征程
——广东篇

自力村开平碉楼与村落

离开广西，前往广东。

自力村开平碉楼与村落位于广东开平市塘口镇，自力村由三条方姓自然村安和里、合安里和永安里组成。虽然现在还有民居，但已作为旅游景区接待游人参观。

早春的广州乡村已是一片绿色。走在通往自力村的小道上，翠绿的田野，清澈的荷塘，摇曳的树枝，还有灿烂的鲜花，清脆的蛙鸣……一路美景，相随而行。

这里最初建村的是犁头咀，即现在的安和里，建于清道光十七年（1837年），因地形像犁头而得名。合安里于清光绪三十一年（1905年）建村。三个方姓村庄现在保留下来的共有15座风格各异、造型精美、内涵丰富的碉楼，多数碉楼建于20世纪二三十年代。

民居为什么像碉楼呢？鸦片战争后，人民生活困苦，加上资本主义国家发展生产需要大量劳动力，来华招募劳工，这里的很多人背井离乡，到国外谋生。后来乡亲们赚了钱，便纷纷回来购田置业，之后再去国外，循环往

自力村开平碉楼与村落

复,这里也成了华侨之乡。20世纪20年代间,因土匪猖獗、洪涝灾害频繁等原因,侨胞为保护家乡亲人的生命财产安全,陆续兴建了15座能居能守的碉楼。

沿着村内小道,我们参观了若干个碉楼。这些碉楼楼身高大,标准层为二至三层,多为四五层。建筑风格有柱廊式、平台式、城堡式,也有混合式的。建造碉楼的材料多为进口,为了防御土匪劫掠,碉楼一般都设有枪眼。

独院独户的碉楼气派、豪华,建筑外形有西方建筑特色,一些院落、楼内保存着生活设施、生产用具和厨具、衣柜、桌椅等生活用品,其房间布局和家具尽显中华传统文化,体现了当年华侨生活的特点。

自力村的碉楼将中国传统乡村建筑文化与西方建筑文化巧妙地融合在一起,体现了近代中西方文化的广泛交流,形成了独特的世界建筑艺术景观。

在一户碉楼的侧墙上,一幅画有一头奋力向前的耕牛画像前,巧妙地拴了一根绳子,游客可以拉绳做耕田状,或娱乐,或拍照,体验自力更生的感觉。我想,自力村的"自力"之意也源于此吧!

建筑是凝固的历史,文化传承将生生不息。百年自力,百年风云,在田园风光,诗情画意的中国村落中,这些矗立着的具有民居、防御功能的集群碉楼，体现了中西方文化的融合和时代动荡的影响，它是历史的浓缩，文化的见证，更是当地居民自强不息的外在表现。如今，自力村作为"中国最美乡村"之一，用它的独特魅力吸引着大批中外游客，可见民俗文化的影响力。

广州市云台花园

广州，中国改革开放的前沿城市之一，我曾于20世纪90年代中期和21世纪初来过若干次，但每次都是蜻蜓点水。20世纪90年代中期，我对广州的印象是天空灰蒙蒙，空气灰雾雾，街上的摩托车疾驰而来，风驰电掣般地飞奔而过。虽然摩天大楼鳞次栉比，但街道边上的海鲜地摊还是连绵不绝，把个街头搞得满是海鲜的味道。繁华的北京路、上下九步行街，卖小家电和服装的店面一个接一个，顾客可谓摩肩接踵。如今的广州市，少了摩托车的洪流，多了行驶有序的汽车流；少了街头的地摊儿，多了现代化的建筑。

云台花园

早春的广州市已是绿意盎然、百花芬芳了。这天上午，我们来到了位于风景秀丽的白云山入口处的云台花园。云台花园因背依白云山的云台岭及园中名贵的中外花卉而得名。云台花园1995年9月建成开放，是白云山风景区的新景点之一。

2001年和2018年，我曾去过昆明的世博园，广州市的云台花园从视觉上看，虽然没有昆明世博园的面积大，但风格各异，景色不同，还是让人流连忘返。

走进云台花园的大门，花瓣式的造型银泉四溢，形成滟湖，中轴线上的台阶直通上方，东西两侧的景观展现了中西合璧的风格。

太阳广场，飞瀑流彩，造型各异的四季珍贵花木集欧陆风情与东方园林于一体，园林景观与花卉造型交相辉映，漫步园中，我仿佛走在了童话世界，百花园中。

这是花的海洋，这是彩的荟萃，听着喷泉的汩汩水声，看着百花的多彩芬芳，我的心在歌唱，我的情在流淌，这艳丽的世界，这愉悦的场景，其赏心悦目似乎可以淡化烦恼，找回童心……

"小蛮腰"

在花城汇广场走着走着，广州市的地标建筑"小蛮腰"映入眼帘。仿佛一个身材婀娜、秀气端庄的窈窕淑女，亭亭玉立，其美感、质感和风格独特的建筑设计让人过目难忘。

屹立在广州城市新中轴线与珠江景观轴线交汇处的广州塔，地处城市中央商务区，以其独特的设计造型，将力量与艺术完美结合，展现了广州这座城市的雄心壮志和磅礴风采，成为新中轴线上的亮丽景观。

广州塔塔身设计为椭圆形的渐变网格结构，其造型、空间和结构由两个向上旋转的椭圆形钢外壳变化生成，一个在基础平面，一个在假想的450米高的平面上，两个椭圆彼此扭转135度，在腰部收缩变细，格子式结构底部比较疏松，向上到腰部则比较密集，腰部收紧固定了，像编织的绳索，呈现出"纤纤细腰"，最小处直径只有30多米，再向上格子式结构放开，由逐渐变细的管状结构柱支撑。"小蛮腰"建筑是目前世界上建筑物腰身最细的建筑。

记得1996年我到广东电视台，记不清楼层和高度了，那已是当时广州市比较高的建筑了。眼下的广州新电视塔是目前世界高度排名第二的电视观光塔。

建筑是凝固的音乐，镌刻着时代的印记。"小蛮腰"是人们对传统建筑横平竖直风格的挑战，是设计师和用户对审美要求的转换，是大众眼光对建筑风格的新期待，也是现代科技和建筑技术水平发展的象征，更是广州作为中国大都市之一的时尚和气度。

新广州，新地标。放眼望去，号称"小蛮腰"的广州塔刷新了广州建筑的新高度。广州塔集都市观光、时尚餐饮、婚庆会展、影视娱乐、环保科普、文化教育、购物休闲等多功能于一体，向世人展示腾飞广州、挑战自我、面向世界的视野和气魄。

从花城汇开始游览，我沿途欣赏了广州城市新中轴线一带的现代化建筑。这里，仿佛是改革开放时代脚步的缩影，大手笔、大气度、大格局，让我感受到了广州这座改革开放前沿城市的风貌和气息，人的视野和思路仿佛也在变大、变宽……

不觉时光已接近中午，广州的一位朋友早已为我们在周边安排好了广式早茶。

广式早茶，其实是广东人利用吃饭和休息时间谈工作、谈生意的一种社交方式。广东的早茶文化的长盛不衰，与广东自古以来贸易兴盛，经济发展迅速是分不开的。生意人把茶楼当作商谈重地，普通人则在此纾解压力，换得浮生半日闲。

广式早茶中，茶水已经成为配角，茶点却愈发精致多样，这种传统文化不但没有随着广东经济的迅速发展而消失，反而越来越成为广东人休闲生活中一道亮丽的风景线。

我们刚落座，服务员就频繁地穿梭于我们的桌前，不时地端来各种精致的茶点，在我看来，那些分明是叫不来名字的袖珍小笼包子或各种精致的点心。

虾仁蒸饺、薰衣草杏香包、香茜海鲜包、金沙海虾红米肠及美味可口的皮蛋粥、鱼片粥、猪红粥、艇仔粥、状元及第粥，还有山竹果酥，各种美味可口的煲汤等，这么多的种类，让我不得不佩服广州人对于吃的精益求精。花样繁多的精美食品，一样点一筷子或尝一口就足可以让我有了饱腹感。吃惯了大烩菜的我，这天的确享受到了不一样的美味佳肴。

我国传统的"八大菜系"中，粤菜的发源地便是广州。在享受广式早茶的美味时，我不由得佩服广东的饮食文化。在吃上的讲究，说明了广东人的生活精致；在餐饮上的创新，说明了广东人喜欢变革……难忘的广式早茶，让我体味到了不同的收获。

深　圳

广式早茶结束后，我们离开广州，前往深圳。我们的车在高速公路上行驶，在早春三月，感受着春天的故事。

从20世纪90年代中期我第一次去香港时途经深圳，到现在去深圳已有五六次了，但每次都是匆匆过客或是局部游览，怀着对改革开放40年领略深圳巨变的冲动，我渴望仔细地了解深圳、感受深圳。但此次同样是以旅游为目的的深圳之行，无法满足我的愿望。深圳莲花山公园成了我们此行深圳的唯一参观点。

沿着绿色的椰风林草坪，欣赏着人工湖景色，感受着热带、亚热带的风情，我们沿山中小径缓步登上了莲花山。

莲花山的海拔并不高，只有532米。站在以大理石铺设而成的山顶平台，倚着花岗岩栏杆，望着鳞次栉比的现代化城市建筑群，俯视近处的福田中心区，一种"会当凌绝顶，一览众山小"之感油然而生，深圳的动力、活力、魅力，似乎是一种滚滚而来的生机，焕发着无限的朝气。

远望生机勃发的深圳，不由得感慨，40年来，改革开放让深圳从一个默默无闻的边陲小镇发展到拥有近2000万人的现代化国际都市，今天的深圳，高新技术企业云集，拥有大型集装箱港、陆路口岸、航空港，拥有数家世界500强企业，成为一座具有影响力的国际性都市。创新成为深圳经济发展的第一动力。

这是中国改革开放的缩影，这是历史告诉未来的宣言，深圳，用它的速度成就了中国改革开放的高度。

仓促的深圳之行，依然让我留下了不尽的遗憾，感受深圳，也只能从车窗外的景观和城市风貌上猎取了。深圳之味道，有待于我再次探究……

老区开启红色之路 新区引领开放征程
港澳情深

2019年3月12日,我们告别深圳,进入香港。这是我第四次来香港。此次香港之行,我们主要参观了太平山、金紫荆广场,维多利亚港湾,并在铜锣湾一带感受了一下商业气息。

环山乘车步入太平山顶,游客悠闲,俯瞰香港全貌,港岛和九龙交相辉映,中环地区高楼林立,香港的繁华可窥见一斑。

香港一景

金紫荆广场的雕塑，是游人必与其合影的景点之一。

十多年的香港之别，况且此次参观的几个景点都是我之前去过几次的，总体感觉，这些景点的游客多了，在维多利亚港的游轮上、餐厅内，就餐排队，上厕所排队，照相排队，上下船排队，游客多到甚至出现了几乎走不动路的情况。至少，这证明香港的旅游业是繁荣的。

也许是在澳门逗留的时间较长，参观的景点较多，也许是澳门的景点不那么拥挤，或是此次澳门之旅我参观的景点更新鲜一些，抑或是澳门的导游介绍得更好一些，总之，我对此次的澳门之行印象不错，更为重要的是我感受到了澳门的变化及与内地的联系。

400多年前，葡萄牙人侵占了澳门，把天主教带到了澳门。1562年，葡萄牙人历经数年，在澳门建起了这座教堂，取名圣保禄教堂，因其前壁与中国传统的牌坊相似，且发音接近粤语中的"三巴"，所以也称大三巴教堂。后来，教堂两次毁于火灾。1602年，圣保禄教堂再次重

澳门金莲花广场

建，历经35年，于1637年完工。1835年的一场大火又把教堂烧毁了，只剩下耗资3万两白银建造的前壁，也就成了今天的大三巴牌坊。整座教堂体现了欧洲文艺复兴时期建筑风格与东方建筑特色的结合，是当时东方最大的天主教堂。

大三巴还见证了近代史上中华民族的血泪屈辱。葡萄牙人最早就是从大三巴下的港口，将鸦片输入中国的。鸦片战争以后，葡萄牙人追随列强，以武力向北扩展，占领整个澳门半岛，开始对澳门实行殖民统治。

作为具有宗教意义、历史意义、建筑意义等特点于一身的大三巴牌坊如今已是赴澳门旅游的必去景点之一。

到澳门旅游，当然少不了要到金莲花广场看一看。

因为土地等原因，澳门大学在珠海设置了澳门大学横琴分校，推进了两地的相融相促，而更进一步拉近澳门与珠海距离的还要算2018年正式通车的港珠澳大桥了。

港珠澳大桥

2019年3月14日上午9点40分，我们乘旅游大巴从澳门出发，经港珠澳大桥前往珠海。2018年10月24日上午9时，历时9年建设的世界最长跨海大桥港珠澳大桥正式通车，作为路桥人，领略一下我国的桥梁之最是很有必要的。

放眼窗外，伶仃洋波涛起伏，海天一线，车子平稳前行。在我目不暇接的观望和拍摄中大约半个小时就过去了，车子停下来时，我们已走过全长55千米的大桥，进入珠海站。据同行的领队介绍，要想领略港珠澳大桥在海洋上的容貌与魅力，有两种方式，一种是从天上看，或利用航拍等手段观看，一种是在海上的游船上看，那样才能领略到其壮观的风采，而我们在桥上坐车行走，只是有在高速公路上行驶的感觉，着实不过瘾，期待着有机会在海上一览大桥的风采吧。

港珠澳大桥的起点是香港大屿山，跨越珠江口伶仃洋海域，是以公路桥的形式连接香港、珠海及澳门的大型跨海通道，最后分成"Y"字形，一端连接珠海，一端连接澳门。全长55千米的港珠澳大桥，包含22.9千米的桥梁工程和6.7千米的海底隧道，隧道由东、西两个人工岛连接，在道路设计、使用年限以及防撞防震、抗洪抗风等方面均有超高标准，具有规模大、工期短、技术新、经验少、工序多、专业广，要求高、难点多的特点。

整座大桥按六车道高速公路标准建设，针对跨海工程低阻水率，水陆空立体交通线互不干扰、环境保护以及行车安全等苛刻要求，大桥采用了桥、岛、隧三位一体的建筑形式，全路段呈"S"形曲线，桥墩的轴线方向和水流的流向大致取平，既能缓解司机驾驶疲劳，又能减少桥墩阻水率，还能提升建筑美观度。

港珠澳大桥桥隧设计汇聚粤港澳三地文化元素，浓缩粤港澳三地共同的文化记忆，是国家工程、国之重器，其建设创下多项世界之最，体现了我国自主创新能力和勇创世界一流的民族志气，不仅代表了中国桥梁的先进水平，更是国家综合国力的体现。

老区开启红色之路，新区引领开放征程。历时半个月的赣桂粤港澳之行，是红色之旅，人文之旅，自然之旅，爱国之旅！庐山、井冈山、瑞金、南昌八一起义纪念馆等让我实地了解了中共早期的发展史、创业史、奋斗史；滕王阁、景德镇、自力村等让我进一步了解了中国传统的人文历史和手工业等传统制造业；桂林山水、青秀山、北海等地让我感受到了祖国的山美水美；广东、深圳等地再一次让我目睹了我国改革开放后的巨变，更加激发了我的爱国热情。

大美中华，深远厚重；大美中华，壮我国威！

2019年9月19日

山河壮美 领略中华

安徽篇

扫码查看
- 聆听作者解说
- 收藏路上风景
- 观览城市魅力

清明过后,春天的柳枝向我们发出了邀请。踏青出游,神州采风,江山如画。穿隧道,过大桥,观美景,看变化,高速公路让我们日行千里,新绿为大地披上春装,拥抱自然,把脉文化,万里征程,路在脚下。

绿回大地,春天的气息,召唤我们向上生长。积聚力量,开启新旅,一路暖阳,照耀前程。过吕梁,越太行,穿中原,入皖闽,道路为我们打开通途,神州让我们提气长志。山河壮美,领略中华。

好风借春光,好景不错过。踏着才露尖尖角的春禾,闻着清香的花草味道,清明节一过,我们就从鄂尔多斯出发,沿山西省晋城市,河南省商丘市、兰考县、明权县入安徽省,行程700多千米,于4月11日到达安徽省合肥市,参观了我们此行的第一个景点包孝肃公祠。

包孝肃公祠

北宋名臣包拯是今安徽合肥肥东人,字"孝肃",历任三司户部判官。包拯廉洁公正,立朝刚毅,不附权贵,铁面无私,敢于替百姓申不平,故有"包青天"及"包公"之名。

包孝肃公祠位于合肥市环城南路东段,原建筑物始建于明弘治元年

（1488年），庐州知府宋鉴在此修建包公书院，故名为包公祠，在太平天国时期遭受战火毁坏。清光绪八年（1882年），李鸿章筹白银加以重建。

五开间的包孝肃公祠正殿，正中端坐一座巨大的包公塑像。塑像高约八尺，一手执笏，一手握笔，古铜色的脸庞上，浓眉长髯，神情端庄严肃，给人以面如铁、气如虹、铁骨铮铮的包青天形象。

祠堂内还有被戏曲化的包公形象，造型各异、栩栩如生的舞台造型，说明了流芳百世的包公在百姓心中的生命力。

六尺巷

安徽桐城，一个让我们体会到中华民族礼让境界的典故，令人过目不忘。

清康熙年间，桐城人张英担任文华殿大学士兼礼部尚书。他老家桐城的官邸与吴家为邻，两家院落之间的巷子供双方出入使用。后来吴家要建新房，想占这条路，张家人不同意。双方争执不下，将官司打到当地县衙。县官考虑到两家人都是名门望族，不敢轻断。张家人一气之下写了封加急信送给张英，要求他出面解决。张英看了信后，认为应该谦让邻里，在给家里的回信中写了四句话："千里来书只为墙，让他三尺又何妨？万里长城今犹在，不见当年秦始皇。"家人阅罢，明白其中含义，主动让出三尺空地。吴家见状，深受感动，也主动让出三尺房基地，"六尺巷"由此得名。

身临六尺巷，伸开双臂似乎能丈量出六尺巷的宽度，但中华民族礼让、互助、互相体谅的品德可不是一伸双臂就能丈量出来的。

如今的六尺巷，经过修复，青墙蓝瓦，幽静复古，石头上张英的家书，六尺巷的故事，对参观者而言，是一种传统美德的教育。

俗话说："心宽一尺，路宽一丈。"快乐与痛苦皆由心生。心宽路就宽，心窄路就窄。心于山巅，一览众山小；心于大海，会当水击三千里。

路上风景

    礼让三尺德三丈

  景仰桐城六尺墙，恭谦礼尚美名扬。
  谐和宰相张英写，解怨家邻子玉商。
  说一处朋甘为让，移三退步纵无妨。
  居民握手真情重，互敬佳篇久耀光。

    黄　山

  1999年，我和黄山有过一次邂逅。那次登黄山，几乎用了13个小时，仗着年轻，我和同行者从早晨6点多爬到晚上7点多，没坐缆车，从山脚下登到

黄山一景

光明顶，又从天都峰走到莲花峰，那是意志和体力的较量。尽管那天走烂了一双旅游鞋，但正因为是步行，所以对黄山的俊美有了充分的感受，至今记忆犹新。20年后再登黄山，依然充满了神往。

此次出行，虽是春日，但巧遇春雨连绵，春寒料峭。为了登黄山，我们于头一天晚上买了保暖裤等御寒衣物。4月12日，开启了登黄山之旅。

老天眷顾，这天，艳阳高照，晴空万里，蓝天白云把黄山的险峻、伟岸和英姿展现得淋漓尽致，我们可以充分领略奇松、怪石、云海、温泉这黄山"四绝"。当然，由于季节原因，此行没能观赏到黄山"冬雪"景观。攀登黄山的体验，欣赏黄山的情趣，领略黄山的文化，挑战自我的意志是此行黄山最大的享受。

黄山不仅风光旖旎，景色秀丽，更是历史悠久，文化厚重。相传，轩辕黄帝曾在此采药炼丹、得道成仙，唐玄宗在天宝六年（747年）改"黟山"为"黄山"。千余年来，黄山积淀了浓郁的黄帝文化，轩辕峰、炼丹峰、容成峰、浮丘峰、丹井、洗药溪、晒药台等景点的名字都与黄帝有关。

此行黄山，由于时间、年龄和体力，加之团队统一行动等原因，我没有像20年前步行登山，而是坐缆车直上光明顶。

"五岳归来不看山，黄山归来不看岳。"黄山以其气势磅礴的壮美，灵秀俊美的雄姿，松林叠嶂的植被，名作名画的盛传，引得无数游人竞折腰。

蓝天给力，白云做主，抓住这好天气，赏景间，我们的团队在光明顶找了块儿合适的地方，开始了航拍。这天，无人机特别随人意、听指挥，或许，它也想把黄山美景尽收眼底。是啊！此情此景，哪里是语言能描绘得了的？哪里是镜头能装得下的？

在光明顶上，我们简单休息并用餐后，开始步行登山，体验攀爬的快乐和愉悦。没有云层的飘逸，显示不出黄山的高大。山峰陡峭，仿佛穿插在云雾中；白云朵朵，仿佛俯首倾听黄山的呢喃。千峰竞秀，万壑峥嵘，怪石林立，叫得上名字的七十二峰，把黄山装扮得挺拔俊俏。植被茂密的松林、杉树、樟树、香果树、楠木等各类树种，使黄山俨然成为天然森林公园。

我们在体力不支时,看一下山中的挑夫;在意志消退时,看一下前行的目标。大家在相互扶持和鼓励中,终于走完了黄山的行程。

大美黄山,难忘之旅,尽管次日便双腿沉重,肌肉酸痛了好几天,但黄山之美,还是让我忍不住想表达心中的赞美!

黄山颂(中华新韵)

黄山雄伟立巅峰,翠柏苍林傲岳腾。
峭壁悬崖云雾走,奇石劲草涧坡登。
中华脊背拔铮骨,瀑布银泉映雪松。
意志无坚摧不倒,攀缘脚下迈新程。

黄山之歌

黄山　你用山的伟岸
写就了民族的性格
壮美　宏伟　挺拔
一览众山不看岳

黄山　你用松的挺拔
铸就了永远的绿色
笔直　刚劲　生机
常青翠柏傲苍穹

黄山　你用石的顽强
塑造了坚强的形象
飞来石　一线天
奇妙造型神来笔

路上风景

黄山　你用云的海洋
成就了无边的辽阔
白浪　雾霭　蒸腾
人间仙境美中华

婺源汪口镇

离开黄山，前往福建省武夷山。行进中，路上的标牌显示出江西婺源的字样。江西省上饶市东北部的婺源县位于皖、浙、赣交界处。"中国最美乡村"、婺源油菜花、婺源梯田、婺源的徽派建筑……我的脑海中，不断闪现着我对婺源的印象和向往。

江西婺源汪口镇

—67—

婺源的旅游资源非常丰富，但由于时间和线路等原因，我曾错过了婺源美景，此行路过婺源的汪口镇，我们是否可以弥补一下缺憾呢？

　　我们和领队商量，得到的答复是来得及！于是，我们稍微绕道，在路边欣赏了汪口镇的美景。

　　在淅淅沥沥的春雨中，我们走上观景台，眼前的汪口镇白墙黛瓦，徽派建筑在水中的倒影充满了梦幻和浪漫色彩。汪口镇充满了碧水汪汪、烟雨江南的味道。

　　据门口的展牌介绍，汪口镇是宋大观三年（1109年）建村。汪口村山环水绕，风景秀丽，人杰地灵，是古徽州一方"徽秀钟灵"之地。

　　"鸟语鸡鸣传境外，水光山色入图中。"细雨蒙蒙中，放眼望去，不远处水浪翻卷，似瀑布，似江涛。倾斜而下的水浪带着我们的思绪上溯到宋明时期，历史上，这里文风鼎盛，文人蔚起，进士、仕人、著作层出不穷，故有"书乡"之称，还走出大批徽商富贾和工篆刻、善书画的名士贤达。

　　蜻蜓点水的汪口镇游览，也算挂一漏万地目睹了婺源风光的别样姿色。水上古镇，文化流长，好一幅清新隽永的水墨画。2007年，汪口村荣膺"中国历史文化名村"。被国内古建专家誉为"建筑艺术宝库"的俞氏宗祠是国家级的文物保护单位。

山河壮美　领略中华

福建篇

武夷山

前往福建武夷山的途中，一路山峦，一路翠绿。行进中，满山的茶田像一簇簇冠状的绿植，引得我们不时停下脚步，欣赏美景。耳畔仿佛响起了采茶舞曲，鼻子仿佛闻到了大红袍茶的香味。

大王峰、玉女峰等，让武夷山名声大噪，以丹霞地貌为主要特征的武夷山是世界文化与自然双重遗产保护区，其山货也是名不虚传。记得1995年4月，我第一次到武夷山时，买了两袋蘑菇，拿回家里，满屋飘香，浓浓的蘑菇香味至今回味无穷。

山清水秀，山水相连。山一旦有了水的映衬，似乎就有了灵性，水一旦有了山的倒影，似乎就有了支撑。祖国的名山大川，大多与宗教、历史、文化有关。三教名山武夷山自秦汉以来，就为羽流禅家栖息之地，留下了不少宫观、道院和庵堂故址。这里也曾是儒家学者倡道讲学之地，是朱子理学的发源地和传播地。明代旅行家徐霞客在此做了大量考察并撰写了游记。

武夷山，森林生物资源丰富，文化遗产厚重。武夷悬棺在我第一次到武夷山旅游时留下了深刻印象。那次在武夷山游九曲溪时，冒雨划着竹筏的船

路上风景

武夷山一景

夫给我们细致讲解，我们游览了两岸山水，大王峰、玉女峰，构成了奇幻百出的武夷山水之胜，也是至今我挥之不去的记忆。

我们到武夷山时已是下午，九曲溪漂流的票已卖完，我们就在景区周围的云和竹筏上做了一次漂流，老人峰、三姑峰，各美其美，沿途水推着山，山映着水，水幕成墙，瀑布垂流，水浪悦耳，当然，筏工的山歌更是别具一格，此时，品着一杯大红袍，赏景悦心，可谓情趣盎然！

因时间关系，天游峰、一线天、水帘洞等景点，特别是晚上的大型演出等活动都与我们擦肩而过，我们只在景区周围赏景散步，呼吸湿润清新的空气。次日早晨，我在酒店周围散步，碧水清流，山雾云海，绿树叠嶂，让我弥补了静心观景的遗憾。

江南好景碧波连（中华新韵）

最美乡村醉婺源，江南好景碧波延。
白墙黛瓦清泉映，红叶苍松绿野连。
徽派民居描画舍，武夷秀水舞山园。
云和纤女茶歌亮，赣闽风情自古仙。

古田会议旧址

4月14日，我们到达了福建省龙岩市上杭县古田镇。古田会议旧址周围，青山环抱，绿树成荫，红灯高挂。

步入古田会议旧址，背靠青山，绿树环抱的会议旧址上，红色的"古田会议永放光芒"几个大字熠熠生辉。

走进会议旧址，我了解到这里曾是一幢清朝宗寺建筑，后改为小学。会场内，小学生用的桌椅，老师讲课时用的黑板等让人们重温历史。

古田会议创造性地回答和解决了"党指挥枪"等军队建设的一系列基本问题，开辟了新型人民军队政治建军的成功之路，铸造了人民军队的军魂，奠定了中国特色军事制度的坚实基础。

南靖土楼

建筑是自然和文化的结合，也是民俗和历史的融合，当然，更有当时的居住、立地条件和建材、建造技术等方面因素的制约。福建省厦门市的南靖土楼巧妙地利用了山间狭小的平地和当地的生土、木材、鹅卵石等建筑材料，是一种自成体系的生土高层建筑模式，不仅具有节约、坚固、防御性强的特点，而且极富美感。

看惯了坐北朝南的中国北方民居，看着眼前的筒形建筑，真是各有千秋，这土楼像炮楼还是更像碉堡？日本建筑学家茂木计一郎将此誉为"天上掉下的飞碟,地上长出的蘑菇"。俯拍土楼,还真像一朵朵蘑菇拔地而起。

建于清雍正十年(1732年)的和贵楼有5层,高21.5米,共140间,这座楼建于沼泽地上却没有桩基,就像一艘大船漂浮在海上,历经200多年仍巍然屹立。

这里最大的土楼顺裕楼建于1937年,4层共288间,楼中又有80间,共368间,其背山面水,气势恢宏,有"王中之王"的盛誉。

怀远楼是这些土楼中建筑工艺最精美、保存最完好的双环圆土楼,直径38米,高4层14.5米,共136间。楼内雕梁画栋,佳联成对,其中的核心位置是家族子弟读书的地方,精巧秀气,古朴天然,置身其中,仿佛能听到琅琅书声。此外还有各具特色的田螺坑、裕昌楼等。土楼除常见的圆形、方形,还有椭圆形、五凤形、斗月形、扇形等。

土楼起源于唐朝陈元光开漳时的兵营、城堡和山寨,是闽南地区自唐以来"外寇之出入,蠹贼之内讧"的特殊社会环境的产物。以圆为形的山区大型夯土民居建筑,依山就势,布局合理,吸收了中国传统建筑规划的理念,

怀远楼

适应聚族而居的生活和防御要求。福建土楼的建筑材料甚为奇特，由黏土、糯米、红糖、竹片、水组成，建成的土楼冬暖夏凉，具有很强的抗台风、抗地震能力。

圆形的民居仿佛让我们看到了淳朴的民风：一家做饭，香飘四邻；一家有难，四邻帮忙。如今的土楼建筑里，还有少量居民。

形状各异的南靖土楼年久的大约已有千年，短的也有百余年历史，它像一位世纪老人，用那个时代特有的生活方式讲述着它的故事。

漫步在南靖土楼之间，不知不觉融入一个充满幽古韵味的古镇云水谣，土楼神奇，古道悠长，灵山碧水，卵石泛光。村落中，溪岸旁，小桥下，拾级而上的人家，遮天蔽日的榕树，盘根裸露的树根，在静默中透着神秘与苍茫，给人宁静超然的感觉。

悠悠古道承载了太多的记忆，百年榕树见证了一代又一代云水谣人的悲欢离合。曲径通幽，漫步其中，土楼胜景、田园风光尽收眼底，情趣盎然。

鼓浪屿

时间好像带着我们在历史的隧道中穿越，昨天还在南靖土楼和云水谣感受古老的韵味，今天我就来到了厦门市，感受充满时尚感的现代化城市风貌。

清晨，我漫步在被誉为世界最美的马拉松赛道的思明区环岛路上，路旁动感十足的马拉松塑像激起了我奔跑的欲望。在这里，游人嬉戏，踏浪拾贝，情人依偎，椰风习习。路间的绿化带镶嵌有《鼓浪屿之波》的乐谱，聆听海浪，轻拂海风，甚是惬意。

到厦门旅游，鼓浪屿是必去之地。这天下午，我们乘轮渡跨过鹭江，到达鼓浪屿。

1995年4月，我第一次到鼓浪屿，方知那里是个步行岛，即踏入鼓浪屿，你必须得步行游览。

舷上风景

鼓浪屿一景

一晃，24年过去了。此次游览鼓浪屿，由于时间相对充裕，参观较为细致。相较24年前，鼓浪屿上的商业气息更浓，比过去繁华了很多。昔日各国领事馆的傲慢回忆着历史，钢琴、风琴博物馆用琴声和海涛声演绎着岛上的浪漫。鼓浪屿中西文化合璧，岛上岩石峥嵘，峭壁沙滩、礁石岩峰相映成趣；海浪扑打，鼓浪声声，名人辈出。

耳畔回响着《鼓浪屿之波》的歌曲，我们悠闲地漫步，海风拍打着海浪，游人追逐于海滩上、建筑旁、楼梯口，随处可见一对对新人拍摄婚纱照，窗下斜吊着的各式花卉以及钢琴、口琴的弹奏声散发着浓浓的文艺气息。万国建筑博物馆、钢琴博物馆、著名妇产科专家林巧稚之墓、郑成功塑像等将鼓浪屿特有的潜质显现出来。融历史、人文和自然景观于一体的鼓浪屿，将诗情画意和历史文化融为一体，让人在养肺养心的同时，更养神！

集美区与陈嘉庚

说起集美区，不能不谈到一个人，那就是著名的爱国华侨、实业家、慈善家陈嘉庚。

走进集美区，现代化的城市干净优雅，集美小学、中学、师范、水产、航海、商科、农林等学校乃至厦门大学都是由集美人陈嘉庚资助创办的。被当地人称为"校主"的陈嘉庚有着极好的评价和口碑，这一点，从讲解员林忠阳身上就能看得出来。

听过他讲解的团队同行者在我们未到时就联系好了这位讲解员。73岁的林忠阳先生骑自行车先于我们到达了集美鳌园，他身着雪白的衬衣、笔直的裤子，手里拿着公文包，内装有关陈嘉庚先生的各种资料，更多的是照片，看得出，他是把每一次讲解都当作一次陈嘉庚事迹的宣讲而精心准备的。

当他洪亮的声音从他的手持话筒中传出来，当他如数家珍地讲述着陈嘉庚的故事时，大家都被他的讲解所感染，当然，更多的是被陈嘉庚的爱国情怀所感动。

1874年10月出生于今厦门市集美区的陈嘉庚先生，17岁时前往新加坡谋生，他从父亲经营的米店做起，先后经营了菠萝罐头厂、橡胶种植和橡胶制品等实业。他替父还债的诚信赢得了众多客户，生意越做越好，但他始终情系家乡，坚决抗日，为祖国解救伤兵、支援难民、运输物资、捐款捐物。

1949年，陈嘉庚回国参加全国政协筹备会，9月，他以华侨首席代表身份参加了中国人民政治协商会议，10月1日，参加了开国大典。他曾任中国人民政治协商会议全国委员会副主席、全国人民代表大会常务委员会委员、中华全国归国华侨联合会主席等职。

陈嘉庚一生节俭，生活极为简朴，却为国家、为教育做了大量募捐，他重视教育和人才培养，所创办的集美学村形成学前教育至小学、初中、高中、本科教育、硕士博士教育的人才培养体系。1990年3月11日，国际小行星中心和小行星命名委员会把一颗编号为2963的小行星命名为"陈嘉庚星"。

漫步在由游廊、集美解放纪念碑、陈嘉庚陵墓三个部分组成的鳌园，抚摸着富有质感和灵性的一组组雕塑，感受着这里诗画般的美景，体会着集美学村为国家作出的人才贡献，我在想，一个人的价值何在？生命的长度应该怎样衡量？陈嘉庚用他实业报国的情怀和爱家爱国的境界赢得后人的敬仰，他的生命在教育事业中延长，在实业报国中永生，在慈善大爱的境界中升华！

一个多小时的参观游览，大家被陈忠阳先生生动感人、富有激情的讲解所吸引、所感染，大家静心聆听，秩序井然，接受了一次生动的爱国主义教育。

华侨榜样数嘉庚（中华新韵）
——参观厦门集美区陈嘉庚故居随感

华侨榜样数嘉庚，乡土情怀润故城。
产业报国集美誉，同盟掠虏起征程。
延安会晤民心暖，厦大联姻教育兴。
善募慈悲传最爱，鳌园有志赛鲲鹏。

崇武古城

离开厦门，我们一行前往惠安。

一座城墙高围，保存完好的明朝崇武古城矗立在我们眼前。巨大的石块儿，威严的堡垒，对面的海岸，不绝的涛声，是历史的记忆，是流淌的时间，更记录了民族的尊严。

坐落于福建省泉州市惠安县东南海滨的崇武古城，是中国仅存的一座保存比较完好的明代石头城，是集滨海风光、历史文物、民俗风情、雕刻艺术于一体的国家4A级旅游景区，也是中国海防史上一个比较完整的史迹。

靠近崇武海岸，仿佛听到了史上战乱的涛声。明洪武三年（1370年），活动在朝鲜和中国沿海的日本海盗集团突然登陆祥芝的蚶江，对泉州一带的安全造成威胁。明洪武二十年（1387年），明太祖朱元璋为了防御倭寇入侵，委派江夏侯周德兴巡视东南沿海。军事工程专家周德兴根据泉州沿海地区海岸线曲折、地形险要的特点，"一郡者设所，连郡者设卫"。当年，泉州设永宁卫，管辖五所，崇武是其中一所；惠安设五城，崇武城为五城之一，隶属福建司永宁卫的一个千户所。

崇武古城还是郑成功大军挥师东渡，收复台湾的据点，也是人民解放军扬帆南征，解放厦门的海上基地。崇武城历代几经增筑维修，从明清到中华人民共和国成立后，特别是改革开放之后的三次较大维修，使古城恢复了昔日海上雄关的胜况，成为中国军事建筑学研究的一份珍贵资料。

在崇武古城，我们还粗览了几部体积巨大、工艺精湛的石雕作品。惠安石雕是南派石雕的代表，被列入第一批国家级非物质文化遗产保护名录。

清源山

1995年我第一次去泉州时，印象比较深的有清源山老君岩石像，还有一棵数百年的菩提树，当时，我还从那里买了两片菩提树叶当书签，并保存了很多年。此次重游清源山，我觉得景区面积仿佛比原来大了很多，绿树成荫，叶舞婆娑，曲径通幽，雕像众多。如果时间充裕，静心游览，可以欣赏到历朝历代文人墨客的诗词名篇和书法墨宝，伊斯兰教、摩尼教、印度教在此皆有迹可循，使之成为多种宗教兼容并蓄的文化名山。

传说当年铁拐李云游至此，见此山苍松翠柏，曲径通幽，一时兴起，用铁拐捅地赞叹。不料用力过猛，将铁拐戳进了山石中，拔出后泉水涌出，后人便称该山为清源山。清源山泉眼众多，城因山得名，称为泉州。

步入山门，我追寻着老君岩的记忆，不一会儿，慈眉善目、一脸笑意的老君岩石像呈现在眼前。饱满的庭堂，顺畅的长髯，一位健康长寿的老者目光深邃且睿智，面容和蔼可亲，用极具亲和力和感染力的笑容迎接着每一位游客。据记载，刻于宋代的老君岩石像是"石像天成，好事者略施雕琢"，

清源山老君岩石像

说明它是一块形状酷似老翁的天然巨岩，巧夺天工的民间工匠略施技艺，把它雕刻成春秋时期著名哲学家、思想家、道教开山鼻祖老子的坐像，背靠青山，坐如洪钟的健康神态，彰显着老子"天长地久，无限生机"的思想。

国家级重点风景名胜区清源山由清源山、九日山、灵山圣墓三大片区组成。清源山景区主峰海拔498米，与泉州市山城相依，相互辉映，雕刻精美，内涵丰富。漫步景区，近代高僧弘一法师的舍利塔，各种具有宗教色彩的小型雕塑栩栩如生、惟妙惟肖。风格各异的塔、寺等，蕴藏着文化故事和历史传说，增添了清源山的人文意蕴。

福州西湖

素知杭州西湖的美名，哪知福州西湖的魅力。此行福州，我们的酒店选在了福州西湖旁，碧水清波的西湖，游船星星点点，游人乐此不疲；晚霞照映，华灯初上，湖面倒影，水波涟漪，煞是美丽。

同在城市闹市区的福州西湖与杭州西湖相同之处在于，都有着悠久的历

福州西湖（摄影 王广东）

史，有历代文人的佳篇赞美。福州西湖至今已有1700多年的历史。据史载，晋太康三年（公元282年），郡守严高筑子城时凿西湖，引西北诸山之水注此，以灌溉农田，因其地在晋代城垣之西，故称西湖。五代时，作为闽王朝御花园的福州西湖同样有着亭、台、楼、榭等湖中景观和建筑，整个水系蜿蜒围绕着西湖书院和西湖社，衬托出古典园林的神韵。

历经朝代更迭，特别是近几年，福州西湖几经扩建，如今已是青春再现，景色迷人。沿着环湖步道漫步，长堤卧波，垂柳夹道。清晨，一缕阳光唤醒了这里众多晨练的居民；傍晚，落日的余晖洒在健身者和游客身上，显示出这座城市的朝气和活力，其悠闲、惬意和浪漫，富有诗意的氛围着实会改变你的心境和情趣,让你心旷神怡!

福州森林步道

  在去福州市的森林步道之前,我以为是在一座充满绿色植被的公园里建设的供游人锻炼行走的步道,没承想就在福州市金牛山的体育中心附近,一条条宛若钢铁盘龙的空中悬桥在山梁和茂密的树林上盘旋。依托原山体而建设的空中栈道,由空心钢管桁架组成,步道既可放松行走,又可满足轮椅通行。

  走上步道,既可在闹市中静心观赏城市美景,又可放松心情,甩臂大步前行,尽情呼吸绿色氧吧的清新空气。闹中有静的森林步道,如螺旋循环,时而缓坡,时而上升,脚下有富有弹性的感觉。轻松清爽,养心养肺的森林步道,也给步道下方的植物最大限度的生长空间,真是福州市民的福道!

  福州福道,健身环保。总投资6亿元人民币的福州森林步道于2015年开工建设,主轴线长约6.3千米,环线总长约19千米。也许是坐车太久的原因,这天,我的腿疼毛病突然犯了,下车后,几乎迈不开步子,心想,这半空盘旋,弯弯曲曲的钢架步道,我只能是望而兴叹了。但不远千里来到了我心仪的森林步道,如果缺少体验感,恐怕也是难以弥补的遗憾!于是,我咬牙坚持踏上了步道,虽然没有走完全部的环线,但主干道的体验依然让我领略了沿线的建筑、观景平台、景观桥梁、山中凉亭等,在享受"览城观景、休闲健身、生态环保"的森林步道的同时,也感受着山在城中,城在山中的山水城市休闲慢行系统。福州福道,名不虚传!

三坊七巷

  离我们入住的酒店大约3千米,就是福州市的文化之根——三坊七巷。
  还没进入三坊七巷,我们就被林觉民·冰心故居所吸引。浏览中才知,林觉民的侄女、民国才女林徽因也曾在这里居住。三位名人的故居，使我游兴大增。

宅院门口，白墙灰瓦，大门左右两边，分别挂着冰心故居和林觉民故居的牌子。走入斑驳的漆门，一间套着一间的房屋划分着当年主人家居室的功能，显示着主人的身份和地位。

穿厅入廊，白墙青瓦，紫藤环绕，听雨赏景，睹物思昔，追忆故人。院内林觉民和妻子的雕塑仿佛给我们讲述着血雨腥风年代的凄美故事。故居内陈列的林觉民和冰心的展览，让游客仿佛回到了历史烟云中。

该故居原系林觉民包括堂兄林长民祖辈七房人家的聚居处。林觉民广州起义殉难后，林家避祸迁离，将房屋售予冰心的祖父谢銮恩。谢家一直在此居住至20世纪50年代。

"街坊邻居"是人们的一句常用语，但现代居民住宅的建筑风格已很难找到"坊"的概念了。福州自汉代始，先后建成了冶城、子城等六次城垣，城市由北向南扩展，整个布局以屏山为屏障，于山、乌山相对，以南街为

三坊七巷

中轴，两侧成坊成巷，讲究对称，逐步形成三坊七巷一条街（"街"指南后街）的城市布局。

离开冰心故居，穿过南后街富有中国传统建筑风格的牌楼，我们便进入三坊七巷。巷内主轴贯通，南北通畅，杨桥巷、郎官巷、安民巷、黄巷、塔巷、宫巷、吉庇巷七巷分明，中轴线两边，衣锦坊、文儒坊、光禄坊分段围墙，这些民居成为坊。三坊七巷形成于唐王审知罗城，堪称"中国城市里坊制度活化石"和"中国明清建筑博物馆"。

三坊七巷内，纵横有序的坊巷内，渗透着幽深的文化气息和古老传说，石板铺成的地面在被淅淅沥沥的雨水冲刷后泛着青光，映照着白墙瓦屋和曲

三坊七巷

线山墙；一些有地位的宅院内点缀着亭、台、楼、阁、花草、假山，特别是一个大户人家的戏楼，楼下的看台高低错落，庭院内的假山后有回音共鸣的设计，其演员通道和更衣处设置巧妙隐蔽。这融人文、自然景观和历史于一体的设计足见古人的智慧。雕梁画栋的门厅、窗户镌刻着三坊七巷当年的风姿，成为中国目前在都市中心保留的规模最大、最完整的明清古建筑街区。

三坊七巷人杰地灵，是出将入相之所在，从三坊的名字和巷内的名人故居、主题展馆和民俗博物馆便可窥见一斑。厚重的文化气息在这里孕育了历代众多著名的政治家、军事家、文学家、诗人、书画家等，近代以后中国重要的历史人物，如林则徐、沈葆桢、曾宗彦、严复、林旭、林长民、左宗棠、王冷斋以及文化名人郁达夫、邓拓等都曾在这里居住或留下足迹。

走过三坊七巷，如同穿越历史，建筑渗透民俗，历史传承文化。三坊七巷，让我进一步了解了中国历史和近代史，增加了对历史名人的敬仰，更重要的是增加了爱国情怀。

油纸伞下听雨巷，铜雕塑旁忆当年；小吃美味爱煞人，忘返欣赏工艺品。三坊七巷，成为我24年后重游福州的崭新记忆……

三坊七巷把脉寻（中华新韵）

清幽小道记风云，古韵商道现遗存。
八闽十州多将相，三坊七巷盛才君。
名流佳辈生根旺，圣祖神灵显脉尊。
地秀人杰活化石，中华精髓把魂寻。

山河壮美　领略中华　浙江篇

扫码查看
- 聆听作者解说
- 收藏路上风景
- 观览城市魅力

龙泉宝剑

　　浙江省不仅人杰地灵，有着在诸多方面引领中国经济的速度，还有悠久的历史文化。2010年被认定为"中华老字号"的龙泉宝剑让我这个平时对刀光剑影并不感兴趣的人也忍不住买了一把剑。

　　浙江丽水的龙泉宝剑一条街上名目繁多、功用不同、样式各异的宝剑让人眼花缭乱，目不暇接。在一家规模较大的龙泉宝剑工厂，我们参观了宝剑的历史沿革、演变过程。参观了档次不一的各式宝剑，听了讲解员的介绍，我才初有所知，历史上，剑的主要功能肯定是重要的兵器之一，现在，作为礼品、健身器材，它依然受到人们的青睐。

　　在东周列国纷争时，战国初期越国人欧冶子发现了铜和铁的不同之处，冶铸出第一把铁剑"龙渊"，开创了中国冷兵器时代的先河，成为龙泉宝剑的创始人。

　　19世纪晚期，枪炮代替了刀剑，宝剑成为武术器具、道教法器、舞台道具及观赏的工艺品。新中国成立以后，国家十分重视恢复龙泉宝剑这一传统工艺品的生产和发展，将其列入国礼。1956年，浙江龙泉组织宝剑艺人，先后成立宝剑生产小组、宝剑生产合作社和龙泉宝剑厂。龙泉宝剑曾被选为国礼赠送给外国元首和友人。

　　走进剑的展厅，工艺剑、健身剑、收藏剑……长短不一，形状各异，功效不同，俨然是一个中国剑文化的历史博物馆，让我不由得想起影视剧中刀与剑的坚韧锋利和刚柔相济。回想起20多年前，我曾和齐总学过太极剑，眼下的退休生活，怎能少得了剑的相伴呢？我随即买了一把，勾画起自己的舞剑生活。

鲁迅故居

　　《呐喊》《彷徨》《朝花夕拾》《中国小说史略》《野草》《南腔北调集》《三闲集》《二心集》《而已集》《且介亭杂文集》等作品在我上中学时就耳熟能详，《狂人日记》《祝福》《百草园与三味书屋》等作品用现实主义手法批判了封建制度，表达了对封建礼教的抗争和对劳动人民的同情，同时也反映了鲁迅青少年时期的读书生活。鲁迅是著名的文学家、思想家、民主战士、新文化运动的重要参与者、中国现代文学的奠基人。

　　穿行在浙江省绍兴市的街巷间，现代化的城市建筑让我很难看到鲁迅笔下的风土人情。坐车前行，很快，一面墙上的鲁迅画像传神地勾勒出鲁迅的风骨，"鲁迅故里"四个大字醒目地告诉游人，这里就是鲁迅故居了。

　　进入鲁迅故居，第一个迎接我们的是"咸亨酒店"的茴香豆。2013年11月，我第一次来这里，就品尝过一个小包装纸袋的茴香豆，6年过去了，茴香豆的生意依然火爆，可见文学的力量和品牌的效应。白墙黑门、古色古香的周家祖居，翰林牌匾，亭堂楼阁，显示着周氏是当年的大户人家。

　　1881年9月25日，鲁迅出生在周家新台门。参观鲁迅故居，摸着光亮的锅台、厨具，我仿佛看到了"头戴一顶小毡帽，颈上套一个明晃晃的银项圈"的闰土。走到百草园，一棵老树，一眼老井，满园的绿草，似乎折射着鲁迅的童趣；三味书屋里，课桌和富有晚清风格的学生帽整齐排列，私塾教堂的学风犹在。一次，鲁迅因故迟到，受到塾师的严厉批评，便在他的硬木书桌上刻下了这个一寸见方的"早"字，用以自勉。

据解释，三味书屋"三味"的意思为读经味如稻粱，读史味如肴馔，诸子百家味如醯醢，即把诗书子史等书籍比作佳肴美味等精神食粮。学生每天上学要先对着"三味书屋"的匾额和《松鹿图》行礼，然后才开始读书。

漫步鲁迅故里，望着小桥流水中的乌篷船，鲁迅笔下的风情和人物在我脑海中再现。鲁迅由此起步，以笔针砭时弊，唤醒民众，成为伟大的文学家、思想家和革命家。

杭州西湖

福州西湖的余兴未尽，我们又来到堪与天堂媲美的杭州西湖。到了西湖，已是晚上，西湖夜景成为我们的首选。光影流彩，灯塔高悬，绿树婆娑，游人如织，杭州西湖用婀娜妩媚展现着她的秀气与艳丽。

位于杭州城区西部的西湖，三面环山，一面临城，山湖相映、历史文化、神话传说、景外有景、园中有园的风光使西湖傍杭州而盛，杭州因西湖而名。"一山、二塔、三岛、三堤、五湖"的基本格局形成了苏堤春晓、曲院风荷、平湖秋月、断桥残雪、柳浪闻莺、花港观鱼、雷峰夕照、双峰插云、南屏晚钟、三潭印月等西湖旧十景。近些年，虽然有"新十景"和"三评十景"的说法，也只能说明西湖的美景的确是数不胜数了。

钱塘潮水，一泻千里；水各有姿，风情万种。西子湖畔，荷映湖面；湖上有亭，亭上有画，画桥烟柳，云树笼纱，画中故事，令人神往。西湖的美，不知催生了多少名人名篇，古有白居易、苏东坡等文豪留下的佳篇绝句，今有对西湖的开发与保护。西湖以不逊天堂的灵秀与妩媚，吸引着无数中外游客。

来到停车场，已是上午九点半左右，顺着通道，我们步入西湖景区游览。湖面上粉莲、白莲等各种荷花漂浮于水面，莲叶片片，似夏日凉帽，给

杭州西湖（摄影 王广东）

人以清爽凉快的感觉。游览中，石雕上"曲院风荷"四个字告诉我们，这里是西湖十景之一。

"曲苑"原是南宋朝廷开设的酿酒作坊，濒临当时的西湖湖岸，湖里种植荷花，每逢夏日，荷香与酒香四处飘逸，令人不饮亦醉。水面上造型各异的小桥成为湖中一景，人从桥上过，如在荷中行，人倚花姿，花映人面，花人相宜。好一个"接天莲叶无穷碧，映日荷花别样红"的迷人景色。

穿行于景点附近，各式灌木造型精致，雕塑传神，游人到了这里，似乎心情更易得到放松，脸上的笑容仿佛也更加灿烂了……

苏堤、断桥、雷峰塔、灵隐寺……西湖众多的美景怎能用半天时间饱览？"水光潋滟晴方好，山色空蒙雨亦奇。欲把西湖比西子，淡妆浓抹总相宜。"宋代苏轼对西湖的评价，使西湖更是蜚声海内外。美艳西湖，美甲天下！

杭州西湖（摄影　王广东）

西湖掠影

西湖翠柳碧萝长，映月清波绿叶香。
鸟语轻言吟浅唱，巢居久住落深藏。
游人赏景思文脉，古韵谋篇写华章。
我为天堂添丽彩，他凭爱意绘新妆。

乌　镇

多年来，我去过许多各有千秋的古镇，有相似性，也有独特性，但2014年世界互联网大会以后我才知道乌镇这个地名，此行乌镇一游，给我留下了深刻的印象和美好的记忆。

进入景区，古街小巷沿河而建，起脊的瓦檐、木质的门窗、雕刻的造型，一幢幢水上之居和白墙灰瓦的建筑演绎着古老的传说；服装、茶艺、工艺品、旅游纪念品和各种小吃、餐馆将乌镇繁华、喧嚣的气氛装点得分外诱人。

有着6000多年历史的浙江省桐乡市乌镇，如同意大利威尼斯一样，是一座"水上之城"，水网体系连接京杭大运河、太湖和乌镇的池塘、水井，河网在乌镇内和主干道重合，连桥成路，流水行船，亦路亦水，有效地解决了农作、饮用、排水、观赏、运输等水资源问题。

乌镇在历史上曾地跨浙江、江苏两省，嘉兴、湖州、苏州三府，受中国传统儒家文化、吴越文化和运河商业文化的影响，小镇水阁、桥梁、石板巷相融和谐，建筑风格轴线明确。以河成街，街桥相连，依河筑屋，水镇一体，体现了中国古典民居"以和为美"的人文思想。其自然环境和人文环境和谐相处的整体美，展现着江南水乡古镇的空间魅力。在水乡乘船游览，

乌镇

穿桥过洞，船上赏景，你是镇上景，我是景中人，诗意画卷，让人遐想无限……

宋代流传至今的蜡染布作坊、三寸金莲展示馆、筷子商铺、江南民俗馆、余留梁钱币馆等众多特色展馆无疑成为中国传统文化的窗口之一，让人目不暇接。

街巷交错，桥路互通的乌镇，真可谓是个迷宫，走着走着就找不着北了，看到有特点的美景或建筑我们就不由得想拍照，结果一不留神就掉队，找不到导游了。

好一个美丽水乡，好一个文化窗口。游览间不知不觉就到了傍晚，此时，彩灯辉映，水波流光，乌镇最美的时刻就是清晨起雾和傍晚落霞时，我们有幸赶上了乌镇最美的一刻。

乌镇干净整齐，建筑风格也颇具仿古特点，白墙青瓦，扇形窗廓，我们边行走边拍照，不经意间，发现一个院落中，一个类似月亮的灯饰在低矮的柱台上散发着柔和的银光。我们走到灯旁，在灯下赏月，如同欣赏着广寒宫的诗意；将其托举，仿佛登上天宫；倚靠其旁，又像入驻童话王国，在浪漫与惬意、天真与清纯中，我们几个旅伴轮番与其合影，好像回到了天真无邪的童年时代。

哦，乌镇，你是诗与画的组合，你是古与今的交融；你是一个传说，又是一部史书。一个气候湿润，古巷悠悠的水上之城，规模之大，风景之美、文化之厚重着实让人留连忘返，就连街头漫步，都会给我们意外的惊喜和欢愉……

乌镇印象（中华新韵）

水镇穿街小巷幽，溪流泛扁荡河舟。
桐乌蜡染传织布，吴越戈争写史秋。
子夜长歌风骨在，千年故里脉搏留。
今朝互网结连理，古道联通踏五州。

山河壮美 领略中华

上海、江苏篇

上海中共一大会址

多年来，中共一大会址一直是我心中的向往。2019年，新中国成立70周年之际，到一大会址参观，更显出探索中共源头的必要性和迫切性。

清晨八点半左右，以前在电视和图片上看到过的一大会址映入眼帘，青灰色建筑在红色雕花造型瓦的装饰下，典雅庄重。还没到开馆时间，门外已有很多人在排队等候入场。

一进入会址大厅，当时参加中共一大的来自全国7个省区的13位共产主义小组代表的头像雕塑就展现在眼前。13名党代表围坐在长方形的桌子旁开会的雕塑再现了当年的场景。

走进当年开会的房间，一张铺着白色台布的长方形会议桌上，放着茶杯与火柴盒，仿佛能感受到当时会议讨论的激烈程度。上海中共一大会址用图片、实物展览、影像资料将会议室的布置恢复了原貌，家具物品也都是按原样仿制的。

这个会址原是出席大会的上海代表李汉俊和他哥哥李书城的寓所。中国共产党第一次全国代表大会就在楼下一间18平方米的客厅内召开，那是1921

中共一大会址

年7月23日，一群共产党员的秘密集会，引起了法国巡捕房一个密探的注意，会场遭到搜查，会议被迫转移到浙江嘉兴南湖的游船上继续举行，直到7月31日才完成了会议的各项议程。

  从1840年到1921年，中国人为了实现富国强兵进行了艰苦卓绝的斗争，以太平天国、义和团等农民为主的运动、以封建统治阶级内部开明人士为主的洋务运动、以民主革命派为主的戊戌变法、以资产阶级为主要力量领导的辛亥革命都没有使中国找到走向光明的途径。中国呼唤一种新的政治力量和新的理论来完成民族民主革命和全面现代化建设，需要一个新的政党来带领中国人民完成富国强兵、民族振兴这样一个伟大的历史任务。此时，一群受新文化运动影响的知识分子结合马列主义的学说和观点，寻找着中国革命的发展之路，陈独秀等人主办的《新青年》等理论刊物如同星星之火，在古老的中华大地上蔓延、燃烧。

随着形势的发展,中共一大召开,通过了中国共产党的第一个纲领和中国共产党第一个决议,选举了中央领导机构,成立了中国共产党。从此,中国历史掀开了新的一页,开始发生翻天覆地的变化。中国共产党的火种成燎原之势,燃遍中华大地,由此掀开了中华民族觉醒、站立和腾飞的新篇章。

在一大会址,我们观看了一大会议的视频,富有感染力的电视片,让参观者更形象生动地了解和认识到"没有共产党就没有新中国"的深刻意义。

江苏华西村

1999年5月底,我第一次到江苏省华阴市华西村参观学习,印象较深的几幅画面有创业初期的一排平房,村子里几座金色的宝塔,村民的别墅住宅,通往住宅的雕梁长廊,还有村子里漂亮的雕塑、建筑、植被等景观,完全不是我们传统意义上"村子"的概念,当时就是一个现代化城市的样子,那时的记忆还有村民可分红,幼儿老人都有公共福利作为生活保障等。

2013年6月,我第二次到华西村,也只是在村门口的照相架子上合了影,大致转了一圈就离开了。此次华西村观光,同样是乘着电瓶车沿着常规旅游线路匆匆转了一圈,电瓶车司机兼导游为我们大致介绍了一下情况。

首先映入我们眼帘的是一座设计高度328米,74层的大楼,这是华西村为迎接和庆祝华西五十年村庆的一个献礼项目,总投资超过30亿元,是一座超五星级酒店标准定位的大型现代化酒店,店内60层有重达一吨的金牛。原来的两座金色宝塔较之已显得大为逊色了。

1961年建村的华西村,早在20世纪60年代就在许多方面成为全国的典型。华西村在老书记吴仁宝的带领下,紧跟时代脚步,抓住历史机遇,20世纪70年代"造田"、80年代"造厂"、90年代"造城",21世纪"育人",华西村建设成了文明和谐的社会主义新农村。

华西村根据自身条件,早在十几年前就创造性地提出以"一分五统"

华西村

管理村子，"一分"即村企分开，村归村，企业归企业；"五统"即经济统一管理、干部统一使用、劳动力在同等条件下统一安排、福利统一发放、村建统一规划。这一特色创新之举，使过去松散式援助变为紧密型帮扶，纳入"大华西"，村子面貌由内而外发生了很大变化。

华西村的共同富裕实践，少分配、多积累的分配制度，敢为人先的创新精神，亦农亦企的产业格局，城乡一体的新农村模式，让人耳目一新，印象深刻。

在市场经济条件下，华西村同样接受着市场的挑战和考验，同样会遇到许多新的问题，我们也真诚地希望，华西村能够走得更好，为新农村建设探索出更加宝贵的经验。

徐州云龙湖

4月24日下午，我们进入了江苏省徐州市。我是第一次到徐州，原以为，徐州是座工业和商业城市，大抵是人口密集，车流攒动的，没想到，这里清风徐徐，湖水灵灵，绿树摇曳，人车疏密相间。三面环山，一面临城的云龙湖以其12千米周长、约6平方千米的水面，装点着这座城市，仿佛是镶嵌在城中的一颗晶莹透亮的宝石，给温暖的城市带来丝丝湿度。依山傍水的城市建筑形成了徐州山水画似的城市风格。

云龙湖清澈的水面在柳枝的掩映下泛着涟漪，偶尔有鸟儿飞旋、蜻蜓点水，颇有诗情画意。和杭州西湖有得一拼的徐州云龙湖以巨大的面积形成了以水上活动和参观游览为主的东湖游览区，以疗养度假为主的西湖游览区和以娱乐和宾馆为主的南湖区。清晨，在湖边迎着朝阳，呼吸着新鲜空气，健步行走，爽心悦目；傍晚，沿湖的景观灯带五光十色，缤纷绚丽，在湖面的倒影中秀出艳丽绝美的画卷，漫步湖边的景观大道，养眼养心！

水中有城，城中有水，移步异景，景水相交，湖水和城市的相融相映，让人心静如水，心旷神怡。桃霞烟柳、杏花春雨、荷风渔歌、苏公塔影、石壁留踪、临湖尝鲜、儿童稚趣、寒波飞鸿、长堤雪月、别有洞天、果树盆艺、水上世界、万人游波、湖滨垂钓、沙岛度闲、云湖泛舟、湖光灯影、索道滑道，云龙湖十八景是诗意的汇集、景观的荟萃。

有《云龙湖赋》曰："仁者乐山，智者乐水。净情于山水者，能尽其心，故能知其性，故能知万物之性也。志缘山而旷迈，心缘水而澄湛，倘徉于云龙三山一水之间，能不忘迹乎江湖？"云龙湖，像是一面明镜，清澈透明，擦亮人的眼睛，净化人的心灵，依湖而建的各种精神文明建设的雕塑仿佛也在助推着净化社会风气的进程。

徐州汉文化景区

徐州的山水之美,城市之干净,完全改变了我心中对徐州的一己偏见,徐州还是两汉文化的发祥地,又给我这个学识孤陋之人上了一课。

走进徐州汉文化景区的大门,手挥刀剑,马空悬蹄,昂首骑马的汉高祖刘邦的铜铸雕像映入眼帘,车马出行的雕塑、大汉历史年表等展示着大汉雄风。

狮子山楚王陵是这里的核心景点。这座楚王陵凿山为葬,是西汉早期分封在徐州的第三代楚王刘戊的陵墓。一位精干且伶牙俐齿的小伙子导游带我们进入墓葬,边领我们参观边讲解。墓葬内人可以直起腰来,足见其高;我们20多人的团队进来没有拥挤之感,足见其大。"这个是楚王陵墓葬……这个是陪葬墓……"导游还用猜猜看的互动方式不时地向我们发问并告诉

徐州汉文化景区雕塑(摄影 王广东)

着我们答案:"这个是侍卫,那个是保姆,房间里还有通风、洗浴等功能设置……"导游将他烂熟于心的楚王汉墓的知识一股脑倒出来,让我们收获颇丰。

20世纪80年代中期出土的汉楚王陵墓,发现金、银、铜、铁、玉、陶等各类珍贵文物2000余件套,其中有目前国内出土的一件玉片数量最多、质量最好的金缕玉衣,还有镶玉漆棺、玉卮、金腰带扣等,工艺精绝、令人叹为观止。该墓的发掘被评为1995年中国"十大考古新发现"之首,中国20世纪100项考古大发现之一。

汉楚王陵墓中发现的4000多件汉俑,秀气逼真、玲珑可爱、精致形象,这些陪葬的汉代军旅士兵思想、神态和情感被惟妙惟肖地刻画出来。汉楚王陵墓汉俑由汉兵马俑主馆和水下兵马俑博物馆两部分组成,形态各异的兵俑整齐地排列在六条俑坑中,俨然是一支威武雄壮的地下部队。

徐州楚王陵汉墓

徐州汉文化景区

位于狮子潭水面东侧的汉画像石长廊全长约300米，是国内第一座以汉画像石文化体验为主旨的博物馆。展厅以现代高科技声、光、电技术生动再现汉代现实生活场景，以现场互动的形式展示汉画像石雕刻、拓片制作、印章篆刻及书法题跋，既增添了文化韵味，又使游客充分融入文化本身，达到情感体验的目的。这里再现了汉代政治、经济、文化、信仰等各个方面的内容，充分反映了汉代人的精神气质和审美追求。

"汉代三绝"的汉墓、汉兵马俑和汉画像石，用"有俑有陵有汉画、有山有水有古刹"的内容集中展现了两汉文化精髓，是徐州规模最大、内涵最丰富、两汉遗风最浓郁的汉文化保护基地，是国内最大的汉文化主题公园，成为传承汉代文明、弘扬民族精神的有效载体。

晚上，我们喝着大汉雄风酒，品尝了富有特色的徐州大张烙馍。一城湖水一城山，山水之城徐州给我留下了良好的印象。

淮海战役纪念馆

淮海战役是解放战争时期中国人民解放军华东野战军、中原野战军在以徐州为中心，东起江苏海州（连云港），西至河南商丘，北起山东临城（今枣庄市薛城），南达淮河地区，对国民党军进行的战略性进攻战役，是解放战争时期三大战役之一。

这天早上，我们首先来到淮海战役纪念碑前，列队为先烈敬献了花圈。

由毛泽东题写的"淮海战役烈士纪念塔"9个鎏金大字镶嵌在高耸的纪念碑上，塔座镌刻的碑文高度概括了淮海战役的经过及取得胜利的原因和意义，两侧的大型浮雕镌刻着人民解放军一往无前的英雄形象，纪念塔的回廊角亭集中展示了人民群众奋勇支前的壮丽情景。南北回廊内镶有领导人的题词和31006名烈士的英名，石碑西回廊内装贴着长45米、高3米，由22块陶板拼装而成的大型陶瓷壁画《决战》，再现了当时气势磅礴的战斗场面。

仰望淮海战役烈士纪念塔这座激励后人的丰碑，怀念英烈壮举，更觉中国人民解放军的英勇！

与淮海战役纪念碑同时建成开放的淮海战役纪念馆由陈毅元帅题写馆名，馆内分为前厅、序言厅、战役厅、支前厅、烈士厅、后厅六部分。展厅内，毛泽东为中央军委起草的《关于淮海战役作战方针》的电报手稿，淮海战役总前委指挥作战用的电台，韩联生等86名烈士的遗像、遗物等将我们带回到了硝烟弥漫的战场，2200余件珍贵文物、历史照片以及油画、国画、雕塑，还有硝烟四起的模拟战场、声光电等影视手段，为我们再现了1948年11月6日至1949年1月10日淮海战役的波澜壮阔。

淮海战役是解放战争时期中国人民解放军对国民党军南线主力进行规模巨大的歼灭战，是三大战役中影响最大的一场战役。

山河壮美 领略中华
河南、山西篇

开封市清明上河园

历史成就开封，文化成就名园。2019年4月26日下午，我们驱车来到了河南省开封市。古称东京、汴京的开封市，为八朝古都，是世界上唯一一座城市中轴线从未变动过的都城。

一幅清明上河图勾画出北宋汴京的盛世繁荣，一部《东京梦华录》让人感叹昔日的皇城胜景。开封作为清明上河图的原创地，有"东京梦华"之美誉。"一朝步入画卷，一日梦回千年"，根据北宋画家张择端的《清明上河图》1∶1比例复原再现的大型宋代历史文化主题公园是到开封不可不去的一个景区。

一座前有张择端站像，后有清明上河图传奇故事浮雕的影壁，讲述着一代巨匠美名留、一卷长画传千古的故事。然而，要想身临其境地感受清明上河图的繁荣与喧闹，还是要走进这个中国第一座以绘画作品为原型的仿古主题公园。

走进景区，仿佛看到了古代的宫殿，好像回到了北宋时期。园区内，头上挽着发髻、身着宋朝服装的货郎沿街叫卖。浓郁的商业气息，演绎着北宋

清明上河园

时期商业的繁荣；坐轿子、尝小吃、看斗鸡等互动的游览项目让我们感受到汴梁的民俗风情。

走上虹桥，碧水荡漾，错落有致的宫殿塔楼及其水中的倒影，让游人体会着如诗如画的建筑美、意境美。

漫步景区，时而能遇到化着浓妆扮成宋朝武将或艺人的工作人员，依托马车或战车等道具保持着一种姿势站立，时间久了，他们偶尔也会"马放南山"就地休息一下。一开始我们以为这是一些雕塑或摆设，无意间碰了一下，那个"物体"突然动了，哦，好吓人！我这才发现这都是工作人员扮演的。

清明上河园占地面积600多亩，其中水面达180亩，有大小古船50多艘，房屋400余间，景观建筑面积30000多平方米。

遗憾的是，我们下午入园，错过了每天早晨开园仪式的表演，也没能在晚上欣赏到大型晚会《东京梦华魂》，更没赶上每年10月景区内的菊花展览。

挂一漏万的游览，似乎是唤我们重游清明上河园的理由。清明上河园集市井文化、民俗风情、皇家园林、古代娱乐、休闲购物等内容为一体，突出体现了观赏性、知识性、娱乐性、参与性，是一个值得观看的景点。

辉县挂壁公路

鄂尔多斯人曾创造了穿沙公路的奇迹，东方路桥人也曾拥有"筑路铁军"的美誉，但作为筑路人，你可曾见过在悬崖峭壁上修的路吗？毫不夸张地说，不要说在太行山上修路了，就是你能开车穿过这条挂壁公路，就算你有本事！

巍巍太行山，高耸入云端。南太行完全是悬崖峭壁陡峰，奇山怪石峻岭，大自然的鬼斧神工，使人类显得渺小、微不足道，然而，看到那在悬崖峭壁上开凿的公路，你又不得不佩服人类的勇敢、智慧和伟大了。

河南省与山西省接壤的南太行有7条挂壁公路，我们从河南新乡入境开始走上挂壁公路。此行穿越的是比郭亮村挂壁公路条件还要差的一条挂壁公路，穿洞前行，如蜗牛行走；狭路相逢，不能会车，听见前面有车的动静，便需早早地寻找较宽的地方停车。这条路还是一条堪称未开发的处女地，其路况的险峻程度和配套设施就更令人胆战心惊了！

在一座仿佛是石头垒砌成的房屋面前，几位老人在房屋前晒太阳，我出于职业习惯，问他们这里的地名叫什么，老人介绍说："叫上腊江村。"果然，不远处有一幢石房子，门前挂着上腊江村村委会的牌子。后来考证，这个村属河南省辉县，全村有200来人，大多数下山谋职了，现在全村只有50多人在这里居住，且老人居多。

悬崖上开路，峭壁上行走，实属挑战心理承受能力。偶遇较宽的地方，我们下车步行，环顾四周，脚下是万丈深渊，抬头是高山遮天，在峡谷中喊话，回声空旷嘹亮，实感人类在大自然面前格外渺小。挂壁公路，如同在悬崖峭壁上攀缘，大有绝壁求生的感觉，有恐高症的人恐怕是寸步难行。

车辆继续前行，山在雾中，路在山中，世外桃源，赏景行路。行走于20世纪90年代初，投资2000多万元修建的辉县挂壁公路，实属心在震撼，脚在颤抖的一种体验。

我曾在前往九寨沟的途中，走过看不见前方视线的盘山公路，充分体验过心揪到嗓子眼的感觉，而这条在悬崖峭壁上凿的路，前面蜿蜒曲折，侧面是石山峭壁，偶尔从类似窗户功能的山洞中透过些亮光。车辆在勉强能装得下车的山洞中前行，如果车内的乘客从车窗伸出手去，即可摸到石壁，可想车与峭壁的距离。

辉县挂壁公路

我们的车如同蜗牛缓缓地向前挪着，时间一点一滴地流逝。此时阴云密布，不一会儿，就下起了淅淅沥沥的雨。道路泥泞湿滑，时而上坡，时而拐弯，如果天黑以前穿不过挂壁公路，我们前不着村后不着店，那可就危险了！

之前，我在网上看到过郭亮村的挂壁公路，悬崖峭壁上开凿的公路盘山蜿蜒，堪称人间奇迹，险峻壮观！我惊叹大自然的雄伟壮观，更佩服在这种艰苦条件下靠人力修路的力量，也读懂了人对路的渴望，路对人的重要。路是经济的血脉，试想，如果没有路，这大山里的人会不会成为与世隔绝的一群人？

终于，我们在天黑之前走出了挂壁公路，此时，已进入山西省晋城境内，我突然明白了领队让我们体验挂壁公路的用心，是啊！连走这条路的勇气都没有，怎么会修这样的公路呢？路难行，才是考验筑路人信念和意志的时候。

大寨村

对于我们这个年龄段的人来说，大寨是耳熟能详的名字，"七沟八梁一面坡""虎头山""狼窝掌"是陈永贵、郭凤莲等人带领大寨群众自力更生、艰苦奋斗的传奇。大寨是一个时代的记忆，更是激励我们改变现状、摆脱贫困的真实榜样。记得1978年，母亲作为伊盟新华书店的劳动模范曾到昔阳县大寨大队参观，那时，大寨是我心中的向往，妈妈好像也是明星，她能到大寨参观，我的脸上似乎也多了一份荣耀。

2019年的春天，我终于踏上了这片向往已久的土地。前往大寨村的途中，我在脑海中描摹着大寨村的样子：今天的大寨村，应该是农民住别墅，家家有汽车，梯田上庄稼颔首，工厂里产品畅销的样子吧？

进入昔阳县，干净整齐的街道两旁挂满了红色的标语。大寨，完全是处在一座新型的城市当中。走到大寨村前，巨幅红旗上"农业学大寨"几个金黄色的大字赫然醒目。在此,我们要做的第一件事是买门票。位于太行山腹地的大寨村已不仅是传统意义上的农村,更是一个旅游景点。一位20岁出头的小姑娘作为导游领着我们参观了沿途的景点,大寨村也用改天换地的事迹讲述着它的过去。

新中国成立初期,大寨是一个"七沟八梁一面坡"的穷山沟,山穷水穷造就了人穷。合作社时期,在陈永贵和贾进才等人的带领下,大寨村走集体化的道路,首先向穷山恶水宣战,双手提筐,肩膀担扛,村民们用10年时间改造了大寨的"七沟八梁一面坡",修成了亩产千斤的高产、稳产海绵田,不仅解决了大寨人的温饱问题,而且每年上交国家20多万斤余粮。

1963年,大寨遭受了一场具有毁灭性的洪涝灾害,上级领导送来了钱、粮、物资,大寨人却说:"遭灾的地方很多,如果都依靠国家救济,国家的

大寨村一景

大寨村陈永贵雕像

钱从哪来呢?"党支部提出了"不要国家钱、粮、物资,交售国家粮食不能少、群众分红不能少、社员口粮不能少"的口号。在陈永贵的带领下,村民们自力更生、艰苦奋斗,重建家园。5年后,一个崭新的大寨村展现于人们面前。山、水、林、田、路的综合治理让大寨村实现了农业机械化和水利化。

大寨人战天斗地的精神在内蒙古鄂尔多斯也开花结果了。乌审召人在党支部书记宝日勒岱的带领下,治理沙漠取得显著成果,1965年12月2日《人民日报》头版刊登《牧区大寨——记乌审召公社建设社会主义新牧区的革命道路》,并配发社论《发扬乌审召人民的革命精神》,乌审旗乌审召公社就此被树为全国改造沙漠建设草原的典型。

走上虎头山,绿树成荫,清池碧水,老支书陈永贵故居和他的塑像成为后人瞻仰和怀念他的极好依托。大寨博物馆则用大量实物、照片和影视作品向人们展示了大寨的过去、现在和未来。

如今的大寨，产业多元，结构优化，村民的教育福利、衣食住行都有了极大改观，村民居住的窑洞大多被楼房和别墅所替代。我正在感慨大寨村的变化，巧遇山西省电视台的记者采访游客对大寨村的感受，我作为被采访对象表达了心声："大寨自力更生、艰苦奋斗的精神永远不过时。"

晋　祠

创建于西周时期的晋祠，是为纪念晋国开国诸侯唐叔虞（后被追封为晋王）及母后邑姜后而建的，后经北齐、隋、唐、五代、宋、金、元、明、清及民国，历经2000多年的擘画营造和修葺扩充，遂成当今规模，成为中国古代建筑艺术的集约载体。

晋祠历史久远，地理位置优越，大量古建筑、雕塑、碑刻、壁画、古树名木，从不同的侧面反映了中国古代政治、经济、建筑、园林、雕塑、宗教、文化等诸多领域的发展变化。

晋祠内的女性宫廷人物造型皮肤质感饱满，发质、服饰立体、飘逸，建筑柱廊排列，斗拱组合，瓦垄明暗相间，空间穿插、色调配置等具有历史、艺术、科学和鉴赏价值，园内亭台楼阁、泉水环绕，绿树婆娑，古代宗祠与园林艺术相结合，成为中国古代文化和人类建筑艺术宝库中一份珍贵遗产。

在了解中国古代文化的同时，晋祠通过建筑和雕塑让我们更多地了解了中国源远流长的历史文脉。有形的建筑、雕塑等是文化传承的载体，无形的精神、理念和价值观更是中华民族千年不倒的支撑所在。

没能在河南省欣赏到花展，没想到在太原晋祠旁，我们意外地欣赏到了花展，缤纷的牡丹花，多姿的串串兰，让人赏心悦目，流连忘返……

2019年4月29日早上7点，我们离开太原市，一路观景，一路回味，当日便返回家乡鄂尔多斯。

黄山、武夷山、太行山等名山，以雄伟、豪迈、巍峨、壮美之气让人感受着大自然的力量，让人挺拔、坚定、向上、向前！

包公祠、云水谣、泉州清源寺、崇武古城、徐州汉文化景区、晋祠等景点像是历史的教科书,是今人阅读历史的窗口。

福州三坊七巷、南靖土楼、浙江乌镇、江西婺源汪口镇、河南开封的清明上河园,体现了家居与建筑、自然与人文、艺术与商业之间的关系。

武夷山水、福州西湖、杭州西湖、厦门鼓浪屿、徐州云龙湖以水的婉约和湖的秀美,荡漾出心的涟漪,为所在的城市铺垫出灵动的画卷和无尽的诗意……

六尺巷、鲁迅故居、陈嘉庚故居、华西村、大寨村等人文景点让人阅读历史,明史鉴今。

中共一大会址、古田会议旧址、淮海战役纪念馆等让我们从感性和理性的角度进一步了解了中国共产党成长发展的历程,更坚定了我们不忘初心的信念!

2020年2月1日

太行风骨 感受中华

扫码查看
· 聆听作者解说
· 收藏路上风景
· 观览城市魅力

郭亮村挂壁公路

认识太行山是从《愚公移山》一文开始的,太行、王屋二山,自小就是我心中的英雄情结。《吕梁英雄传》、狼牙山五壮士、红旗渠……太行山,用众多英雄与之较量的故事写就了自身的传奇。而挂壁公路,又一次让我亲

郭亮村

身感受了土法上马的人力在太行山上创造的奇迹。

太行山挂壁公路让我在心理和身体上着实领略了太行山的雄壮和伟岸，更加钦佩人类的智慧和胆略。

南太行，有7条堪称天险的挂壁公路，在网上，我领略过它们的惊险和壮观。继2019年4月穿越辉县上腊江村的挂壁公路后，我一直渴望着体验郭亮村的挂壁公路，没想到，不出年内，我便可圆梦。

太行山风景（摄影　王广东）

2019年10月22日，我们来到了河南省辉县的万仙山景区，体验郭亮村挂壁公路。有过2019年春天在南太行穿越挂壁公路的体验，这次郭亮村挂壁公路之行就没有那么恐惧了。

车辆行驶在河南省辉县西北60千米的太行山深处，山势陡峭的太行山显示出其威武和险峻，眼前峰峦叠嶂，石青水秀，洞奇瀑美，潭深溪长，万仙山景区几个大字的招牌告诉游人，这里是一个旅游景区。

步行到入口处，一个石头垒砌成的门洞，显示出这里的原始和质朴，再往里走，石头垒砌成的农家庄院前，一些美术专业的学生在老师的指导下，蹲坐在石头墙上，做着写生画的练习。

沿路进村，令人感叹。石磨石碾石头墙，石桌石凳石头炕，一幢幢、一排排的农家院落，依山顺势地坐落在千仞立壁的山崖上。郭亮村特有的魅力吸引了大批中外游客，也受到了影视厂家、艺术家们的厚爱，电影《走出地平线》《倒霉大叔的婚事》《战争角落》等就是在这里拍摄的。导游还顺手指给我们说，由潘长江、郭达主演的《举起手来》的几个镜头就是在那个地方拍摄的。

1972年之前，位于河南省新乡市辉县沙窑乡郭亮村的村民是用肩挑手提，沿着山路的"天梯"走出大山卖山货的，这个"天梯"最宽处仅1.2米，最窄处仅能容下两只脚。当时的老支书申明信、村主任申明凯决心改变这一状况，在没有国家投资的情况下，从1972年二月初二"龙抬头"这天开始，他们组织当地村民卖掉牲畜、农产品，集资购买了钢锤、钢钎，每个生产队挑两个石匠，由郭亮村村民用手工独立完成开凿任务，其中主要负责开凿公路的13位村民被称为郭亮洞"十三壮士"。后来全村老少齐上阵，经过5年的奋斗，生生在无路可走的绝壁中凿出一条1300米长的石洞，有的村民为此献出了宝贵生命，直到1977年5月1日，终于完成了被誉为万仙山绝壁长廊的郭亮洞。

本来是以修路为本意的，但借助郭亮村的山岭秀美、石舍独特，加上"十三壮士"创造的人间奇迹，如今，郭亮洞已被称为"世界最险要的十条路"之一、"全球最奇特的18条公路"之一。20世纪90年代初，郭亮村开发旅游项目，现在，河南省辉县万仙山已成为国家4A级景区，为当地增加了旅游收入。

据说，郭亮洞周围还有一些溶洞，洞内倒悬的钟乳石千姿百态，形神各异，引人入胜。由于时间关系，我们没能游览溶洞，只是观赏游览了郭亮村的自然风景和挂壁公路。

万仙山雄壮险奇，奇石名木，猕猴攀越，谷幽崖高，枫叶吐丹，水景奇绝，绝壁峡谷酝酿出周围云雾飘逸、浩气凛然、山峦错落、翠绿流彩的风景。

领略了南太行的壮美，感受了郭亮村的民风，我们开始穿越郭亮洞。乘车到达郭亮洞洞口，仰望高山，天路险峻，穿行洞内，车顶上方就是石头；平视前方，穿洞前行，两侧皆石，随时都有车挨着石壁的可能，车身和石壁几乎只有一双拳头的距离，缓缓前行中，我们望山而下，万丈深渊，让人不寒而栗。

在太行山中的郭亮洞里穿行

郭亮洞顶是嶙峋的怪石，开凿时留下支撑廊顶的天然石柱，形成了崖下的"照明窗口"，为挂壁公路发挥着"路灯"的作用。面对险峻奇特艰难的行路环境，我只能自我安慰："往前看，不回头，淡定！"

随着时间的推移，太阳渐渐落山，洞内的"窗口"斜射进夕阳的光照，我又开始担心，日落前钻不出去"洞"，会不会是"前途黑暗"呢？还好，这段挂壁公路不算太长,加之我们的司机有穿越南太行挂壁公路的经验,太阳落山前,我们平稳地驶出洞口,走向坦途!

郭亮村挂壁公路,是太行儿女写就的英雄史诗,是愚公移山精神在当代的生动写照,是人类史上挑战生存能力的真实案例,是游客心理素质的考验和提升,更是中华儿女挑战自我、战胜自我豪迈气概的绝美华章!

陕州地坑院

我作为蒙陕交界的鄂尔多斯人,对于在山上凿洞而居的窑洞并不陌生,但是对掘地为穴的地坑院这种民居并不熟悉。2019年10月24日,我们来到了位于河南、陕西、山西三省交界的河南省三门峡市陕州区张汴乡的陕塬,这里也是中华文明的发祥地之一。

望文生义,原以为陕州地坑院应该在陕西省,加之这里凸显的黄土文化,让我好像回到了陕北,结果考证探究后才知道"陕"即陕塬。西周时

陕州地坑院

期，周武王姬发去世后，其子成王年幼，武王的弟弟周公旦和召公奭辅政。当时，局势很不稳定，周、召二人决定分陕而治，周公治理陕之东，召公治理陕之西，陕西之名，即源于此。周公和召公在各自的辖区勤政爱民，为周王朝走向安定繁荣奠定了基础。周召分陕，成就了中国历史上第一个太平盛世，"成康之治""夜不闭户、路不拾遗、画地为牢"等典故均由此而来。

走进地坑院景区，可明显感受到黄土文化风情，一幅立在大门口的影壁讲述着地坑院悠久的历史。据考证，4000多年前的轩辕黄帝时期，陕塬先民们便已掘地为穴，《诗经》称其为"陶复陶穴"。地坑院有6000多年的历史，早在庙底沟文化时期就已经有了地坑院的雏形。

所谓地坑院是在平地上向下挖6米至7米，形成大小不一的方形或矩形土坑，然后在四壁凿出窑洞供人居住的一种建筑形式。进入地坑院，一排排红灯笼悬挂在一个四方通透的空间，对步行而入的游客来说，这是地面，但对于从两侧斜坡通道下去的游客来说，仰头望去，这就是面向苍天的穹庐。"见树不见村，进村不见房，入户不见门，闻声不见人"的描述，足见地坑院这种民居与传统意义上坐北朝南的北方汉式传统民居的差异。

依据当地地理环境而采用的地坑院住宅方式真是构思奇特，我怀揣好奇心，迫不及待地跟随导游的讲解收集着地坑院的特点。地坑院的建造过程可以概括为"向下挖坑、四壁凿洞、穿靴戴帽、美化装饰"，它的营造技艺与传统的阴阳八卦方位密切结合，反映了古人的智慧。

地坑院像是北方典型的传统四合院，院内干净整齐，墙上、树上挂有辣椒、玉米等食物，院内还陈列着劳动工具，院内的角落还有排水设施。窑洞式的正房内，土炕、木柜和各种瓦罐、瓷罐、箩筐等生产生活用具显示着居民们的生产生活方式。冬暖夏凉、挡风隔音、防震抗震的地坑院营造技艺作为全国唯一的地下古民居建筑，被列入国家级非物质文化遗产保护名录。

侧重点不同的地坑院展示着不同的乡俗风情。在展示婚俗的地坑院内，一顶红绸子装饰的大轿子、木格窗户上的窗花、门两边的双喜字集中体现了汉族的婚庆习俗。

陕州地坑院的九连锅

最让我开眼界的是院内梯形的穿山灶，这种地坑院特有的炉灶，灶心相通，根据热气往上走的原理，炉灶呈斜坡状依次向上开九个灶孔，可以同时放置九口锅，往上炉温逐减，可根据火候烹饪地坑院的特色美食"十碗席"。穿山灶的第一个火最旺，适合蒸煮，随着火力的逐步减弱，依次为炖、焖、保温的功能。穿山灶最大限度地利用了热能，几口锅同时操作，高效节能，充满了地坑院人的生活智慧。

像这样的村庄现存200多个，有地坑院12000余座，保存完整、现存时间最久的地坑院已有300多年，我们参观的老罗家地坑院的主人是2012年才迁出的。作为古人穴居方式的遗存，陕州地坑院以其神秘、奇特的民居，被称为"地平线下古村落，民居史上活化石"。

这些年，陕州用这种在中国乃至世界都是独一无二的穴居文化衍生出了独特的民间文化，走出了一条文化致富路。坑院内展示的民俗表演与非遗展示有陕州剪纸、锣鼓书、澄泥砚、木偶皮影戏、糖画等,红歌表演、陕州特色婚俗表演等用互动方式吸引着游客;百艺苑仿古建筑用其灰色的起脊屋顶显示着十足的北方民居风格;有"陕州十碗席"等内容的百味巷小吃街也用较强的体验性吸引着游客。

陕州地坑院,一个建筑与民居的创意写照,一种民俗文化的集中展示,一本人文与地理的教科书,一幅厚重的历史与时代画卷!

天鹅湖

我年幼时,三门峡牌香烟和三门峡水库是三门峡给我仅有的概念,2019年10月24日,我才有机会用心考证了一下三门峡的来源。相传大禹治水时,凿龙门,开砥柱,在黄河中游这一段形成了"人门""鬼门""神门"三道峡谷,三门峡由此得名。1957年,伴随着万里黄河第一坝——三门峡大坝的兴建,三门峡市就地崛起。如今,这座沿黄城市中距黄河最近的一座新兴城

天鹅湖

高贵的天鹅(摄影 王广东)

市,以丰富的矿产、电力、水利等资源实现着经济发展,厚重的历史文化和天鹅湖等湿地公园构成了这里人与自然和谐相处的美丽画卷。

天鹅湖湿地公园位于三门峡市东西城区之间的生态区内,现有面积8850亩,其中陆地面积6150亩,水面、滩涂面积2700亩,核心景区包括双龙湖白天鹅观赏区、陕州古城和沿黄生态林带三部分,是一处融生态、文化和人文地理于一体的自然山水景区。

对面是高楼林立,眼下是波光粼粼,有些枯黄的芦草间,映照着城中的水面。我们边散步、边寻找着天鹅的身影。据介绍,每年12月至次年3月,被誉为"天鹅之城"的三门峡市湿地公园都会吸引数万只白天鹅来这里栖息越冬。眼下是十月底,不是天鹅栖息的旺季,但静心寻觅,终于发现了几只黑天鹅在湖中嬉戏，这是我第一次看到黑天鹅，幽深的颜色同样显示着它们的高贵。随着它们浮动的身姿，我们用镜头捕捉着它们的俏丽和可爱。

游览中，我们的同行者还用长焦距镜头捕捉到了白天鹅的高雅和美丽。一群白天鹅结伴而来，它们雪白的脖颈、胸脯，被羽毛勾勒出优美的曲线轮廓，黑色的眼睛、红红的嘴唇点缀出天鹅的灵性和欢愉。

黑色和白色的天鹅们挺直了高昂的脖颈，扑腾着翅膀，时而回头甩水，时而在水中嬉戏、舞蹈……在天鹅的身后，留下了一道道优美的五线谱。在城市中栖居的天鹅们，已习惯了人们对它们的友好，不惊不诧，煞是喜人！

据这里的工作人员介绍，每年五六月份，这里天鹅成群，美丽的天鹅吸引着越来越多的游客和摄影爱好者驻足流连，其生态、旅游、休闲、观光、科普等功能日益凸显，2011年，这里已被评为国家4A级旅游景区。

啊！美丽的天鹅湖，你是大自然的馈赠，更是天人合一的乐园！

雨岔大峡谷

10月25日，我们从河南省三门峡市出发，经陕西省的华山、耀县抵达延安市的甘泉县，雨岔大峡谷是我们此行的目的地。

进入峡谷，如同进入一幅富有韵律和诗意用石头旋律谱就的华章中。以丹霞地貌为特点的雨岔大峡谷仿佛大山被雨水冲刷开一道道峡谷，幽深而浪漫，凉爽而通透。

峡谷中两边的石壁弧线优美，纹理流畅，如同板刷绘画而成，大有挥毫泼墨之豪气；又如毛笔精心绘制，时有温柔委婉之细腻。

抚摸石壁，坚硬并附有细石颗粒感。山与石的刚毅，阐述着大峡谷的悠久与坚强。穿越其中，时而道路通坦，时而夹缝透光，有时我们只能侧身前行。仰天相望，峡谷细缝中一束阳光穿越时空，告诉你天外有天的广阔。

所谓雨岔，即雨水把大山分开，成为"岔"，这也是当地百姓把这一峡谷称为雨岔大峡谷的原因吧。据介绍，几亿万年前，陕北发生过强烈的地

雨岔大峡谷

震,使一座黄土大山分开一条大裂缝,经过雨水的冲刷,慢慢形成这样的甘泉峡谷。

如果下过雨后,又有阳光照射进来,峡谷内湿气形成的绿色仙苔会在红色岩石的映衬下,显示出多彩绚丽的画卷。为了使峡谷景色更加诱人,旅游区还在一些条件成熟的峡谷内安装了景观灯，红黄绿等颜色变幻不停，在峡谷中旋转，梦幻般的峡谷犹如仙境，其画面的饱满度、柔和度会让你在绚彩斑斓中惊叹大自然的鬼斧神工！

"雨岔"不仅滋润出罕见的石山峡谷，甘泉的甜水还浇灌出具有浓郁陕北风格的文学作品，著名作家路遥的代表作《人生》和《平凡的世界》第三部分以及一些重要作品，都是在甘泉县创作完成的。20世纪80年代初，路遥在甘泉县招待所奋笔疾书，夜以继日，用了20多天时间，完成了《人生》的创作。1991年，路遥又完成了百万字的长篇巨著《平凡的世界》，这部小说以其恢宏的气势和史诗般的品格，全景式地表现了改革时代中国城乡的社会生活和人们思想情感的巨大变化，路遥因此荣获茅盾文学奖。

乾坤湾　清水湾

天下黄河九十九道弯，最美要数乾坤湾！

乾坤湾

中华民族的母亲河黄河流经山西省永和县河会里村、后山里村和陕西延川县土岗乡大程村、小程村和伏义河村一带时，转了5个"S"形的大弯，由北而南依次是漩涡湾、延水湾、伏寺湾、乾坤湾、清水湾，其中乾坤湾和清水湾便是我们此行游览的重点。

走进景区，透过乾坤亭，极目远望，眼前山峦起伏，沟壑纵横，黄河犹如一条巨龙在黄土高原丘陵沟壑间奔腾不息。

位于"S"形的黄河古道边的河怀村和伏义河村，犹如黄河巨龙怀抱其间的"阴阳鱼"，也仿佛神话传说中玉皇大帝在天庭丢落黄土高原丘陵沟壑区的"河图"和"洛书"，酷似天地造化的天然太极图。亭柱上有"天地造化乾坤湾，羲皇推演太极图"的传说，地下用大石铺成的阴阳太极图相互映衬。

陕西省延川县东北部，弯道弧度320度以上的乾坤湾堪称天下黄河第一弯。在大湾的左河道中，托起一块鞋一样的沙丘，人称鞋岛，是黄河中少见的在河之洲。这里水鸟翔集，因为无人干扰，成为鸟类的天堂。乾坤湾因罕见的景观，成为第四批国家地质公园。

延川的黄河蛇曲是被河流冲刷形成的像蛇一样蜿蜒的地质地貌，是如今中国干流河道蛇曲规模最大、最好、最密集的蛇曲群，后来，人们也把它称为"河曲"。

作为被黄河之水环抱的鄂尔多斯人，对黄河似乎有着与生俱来的亲切感，不知这里人们称的"河曲"与鄂尔多斯市准格尔旗比邻的山西省河曲县有无关联？因为地处晋蒙交界的老牛湾也是黄河湾的一道景观，它是长城与黄河握手的地方。中国最美十大峡谷之一的晋陕蒙大峡谷也是从这里开端的。黄河，我们共同的母亲；黄河，中华民族的血脉；黄河文化也是我们共同的传承。

滚滚黄河流经此处，仿佛一改它桀骜不驯的性格，收敛了它在沿途的汹涌，在壶口的奔放。在与乾坤湾相邻的清水湾，显现出它具有同样奇特的神秘色彩。清水湾是继乾坤湾之后的第二大弯道，其弯度达305度，景观

清水湾

很美。

　　沿着游览步道行走其间,黄河畔的清新空气沁人心脾,"一泓清水绕衙门,爱民如子显清风"的清水衙门,黄河畔的石林构成的"黄河卫士"与"母子情深"石头造型让人产生无限遐想。

　　黄河乾坤湾和清水湾像天赐神州甩出的神来之笔,其弯度、弧度和柔美度、豪迈度都令人叹为观止,水中有岛,岛外有河,河外有山,其神奇与壮美哪里是人为能制造出来的景观,这景观,像是水中落日,还是月漂水中;像是盖在黄河上一顶硕大的草帽,还是淑女手中的一块儿丝绢?在这里,黄河弯曲温顺,优雅婀娜,恬静悠闲,给人以无限的遐想,也带来温情浪漫的

情景享受……

　　清水湾古称清水关,据说是大禹生活过的地方。清道光十一年前,这里就是黄河西岸的一个重要渡口,商贾云集,店铺林立。战乱年代,清水湾作为重要的关津要隘,历代多有驻军把守。

红军东征革命纪念馆

　　返程途中,不经意间,一个红军东征革命纪念馆映入眼帘,于是,我们立即停车,进馆参观。一排红军领导人的雕像又把我们的记忆唤回到那个战

红军东征革命纪念馆

火纷飞的年代。

红军东征作为一次影响中国革命进程的战略行动,奏响了中国共产党领导下的人民军队奋起抵抗日本侵略军的战斗序曲,为在抗日战争初期中共中央、中央军委把山西作为坚持敌后抗战的战略支点奠定了历史性基础,是中国革命走向胜利的一个极其重要的里程碑。

小小的一座纪念馆,楼上楼下两层展厅内,用图片、文字和实物展示着红军东征的故事。旁边的窑洞内,干净而静谧,且富有生活气息,毛泽东旧

毛泽东旧居

居、毛泽东诗词陈列室等讲述着抗战时期的革命故事。

　　毛泽东在炕头边工作的场景雕塑，窑洞内简陋的生活设施，显示出那个年代条件的艰苦，也折射出毛泽东等老一辈无产阶级革命家的气魄和胆略。

　　哦，黄河之水天上来，奔流到海不复回！时光流逝，岁月不会倒转，但绵延不息的黄河母亲对中华儿女的滋养和哺育，是中华民族生生不息的动力和源泉。

2020年2月27日

白山黑水踏春波 最东最北访边疆

2021年5月22日到6月10日，白山黑水的"东北行"让我看到了东北万亩稻田的绵延，领略了中国最东城市抚远和最北城市漠河及北极村的风光，进一步了解了大庆精神的可贵，欣赏了内蒙古东部大草原的美景……

避暑山庄

2021年5月22日早晨不到6点，迎着春日的朝阳，开启了我向往已久的东北之行。

一切都在计划的行程之内，下午三点半左右，我们便到了河北省承德市。避暑山庄，是一定要去的旅游打卡地。

21年前我到承德旅游过一次，外八庙、小布达拉宫和皇宫是那次旅游给我留下深刻印象的景点。

此次重游承德，我才了解到，承德避暑山庄景区大致可分为宫殿区、湖泊区、平原区、山峦区。放眼避暑山庄景区，整个地形东南多水，西北多山，是中国自然地貌的缩影，是中国园林史的一个辉煌里程碑，是中国古典园林之最高范例。

众所周知，距离北京只有180千米的河北承德避暑山庄，是清朝皇帝的夏宫,曾用名热河行宫。清康熙、乾隆时期,皇帝每年大约有半年时间要在承德度过,很多重要的政治、军事、民族和外交等国家大事,都在这里处理。因此,避暑山庄不仅有丰富的文化内涵,也是一部研究18世纪中国历史的教科书、一座珍贵历史文化遗产的博物馆。

距离北京不远的承德,为何可以避暑呢?原来,承德避暑山庄地处内蒙古高原与华北平原的过渡带,属温带大陆性季风型山地气候,四季分明,冬天虽然寒冷,但由于四周环山,阻滞了来自蒙古高原寒流的袭击,故温度要高于其他同纬度地区;夏季凉爽,雨量集中,基本上无炎热期。

走进宫殿区的南端,清朝康熙、雍正、乾隆三代帝王生活和工作过的场所依然保留完好。

避暑山庄(摄影 王广东)

避暑山庄及周围寺庙自康熙四十二年（1703年）动工兴建，至乾隆五十七年（公元1792年）竣工，历时89年。1860年，英法联军进攻北京，清帝咸丰逃到避暑山庄避难，在这里批准了《中俄北京条约》等几个不平等条约，影响中国历史进程的"辛酉政变"亦发端于此。随着清王朝的衰落，避暑山庄日渐败落，清帝嘉庆、咸丰皆病逝于此。

占地10.2万平方米的宫殿区，有主体建筑正宫9进院落，分为"前朝""后寝"两部分。主殿叫"澹泊敬诚"，用珍贵的楠木建成，因此也叫楠木殿。宫殿区是清帝理朝听政、举行大典和寝居之所，建筑风格朴素淡雅，但不失帝王宫殿的庄严。正宫区藏有珍贵文物2万余件，现被辟为避暑山庄博物馆。那些渗透着皇家威严和豪华的陈设显示出岁月的沧桑和时代的

避暑山庄湖区

热河泉

印记。

  随着避暑山庄的修建,周围的寺庙也相继建造起来,如普宁寺、普乐寺、普陀宗乘之庙等,而在避暑山庄周围建起的外八庙是供西方、北方少数民族的上层及贵族朝觐皇帝时礼佛之用的喇嘛教寺庙群,是当时清政府为了团结新疆、西藏等地区的少数民族,利用宗教作为笼络手段而修建的。

  承德避暑山庄将中国西部多山、东部多水、东北草原的地貌浓缩其中,其设计理念和巨资投入可谓良苦用心。

湖区的风景建筑大多是仿照江南的名胜建造的，如烟雨楼是模仿浙江嘉兴南湖烟雨楼的形状修的，金山岛的布局仿自江苏镇江金山。湖区小桥，绿树婆娑，碧水荡漾，不出山庄就能欣赏到江南水乡的风光，富有诗情画意的水上风光怡心养性。山庄东北角的清泉，即著名的热河泉，也是游人争相观赏的网红打卡地。

湖区北面的山脚下，是地势开阔的平原区，万树园和试马埭，蒙古包和绿草地，营造出林木茂盛，碧草茵茵的草原风光。一座皇家园林，半部浩渺清史。

下一站，我们将就近参观内蒙古赤峰市的清喀喇沁亲王府。

喀喇沁亲王府

5月23日，我们离开河北承德，来到了距承德150千米的内蒙古赤峰市清喀喇沁亲王府。

大约上午9点，我们就到了位于赤峰市西南70千米处的喀喇沁亲王府。这天，我们大概是这里的第一批游客。宁静的院落，四方的布局，一看这院套院的深宅，就知道这里的主人在历史上不一般。在导游的讲解下，我们开始走进并了解这座王府。

这座始建于清康熙十八年（1679年）的喀喇沁亲王府，先后有12代喀喇沁蒙古王爷在此袭政。最后一位在此执政的是蒙古族杰出的思想家、政治家、改革家贡桑诺尔布。

走进故居，贡桑诺尔布的雕像矗立院中，院内苍松古柏，幽雅恬静，楼阁殿堂，相映生辉，院落在中轴线的分割下，层次分明，功能多样，处处展现着昔日主人的地位、业绩和他所处的时代背景。

府邸原占地面积300余亩，房屋400余间，两层院落，主体建筑分大堂、二堂、仪门、大厅和承庆楼。这里的建筑气势恢宏，殿宇森严，布局精巧，建筑壮观，结构严谨，是典型的清代建筑群，其建筑规模之大为内蒙古49旗

喀喇沁亲王府（摄影　王广东）

蒙古王府之首，集塞北地区、蒙古族、藏传佛教三大建筑特色于一身，是内蒙古地区尚存的建造年代最早、封爵等级最高、建筑规模最大、至今保存最好的一座清代蒙古亲王府邸。王府内藏品丰富，仅明清时期的文物就有1400多件，是研究中国古代史和蒙古族文化不可缺少的见证。

喀喇沁末代亲王贡桑诺尔布1872年出生在这里，他先后创办了崇正学堂、毓正女学堂、守正武学堂，为喀喇沁右翼旗培养了大批先进人才；他接受民主启蒙思想，大力推行旗政新举措，创造了清代蒙古族经济、文化的十项第一，成为塞外蒙古诸部的翘楚；他创办的《婴报》是内蒙古地区历史上第一份蒙古文报纸，也是我国历史上最早的少数民族文字报纸；他建近代学堂、把邮电所等新生事物引入了漠南蒙古。1910年后到了北京，他在整个北洋时期担任蒙藏事务局总裁，主管边疆事务。

辛亥革命后，贡桑诺尔布赞成共和革命，维护祖国统一，反对民族分裂，表现出高度的爱国情操和民族气节。1912年，他出任民国政府蒙藏院总裁，成为蒙古王公中的领袖人物，长达16年之久。

王府办公场所（摄影 王广东）

1931年，贡桑诺尔布因脑出血病死于京城，时年59岁。

幽静的王府，在蓝天白云的映衬下，将历史的烟云化为过往，留在这里的房屋、史料，却记录了历史的印记，现已被辟为中国清代蒙古王府博物馆。

长春伪满皇宫

5月24日一早，我们便来到了吉林省长春市伪满皇宫。前庭后院的伪满皇宫是清朝末代皇帝爱新觉罗·溥仪充当伪满洲国傀儡皇帝时的宫廷遗址，1932年到1945年，溥仪在这里居住。伪满皇宫占地约14万平方米，宫内缉熙楼、勤民楼、同德殿等建筑虽然已有近百年的历史，但在政府的保护下，外观建筑、内陈设施依然完好，当年的政务区、生活区分工明显，里面设施基本是按原状陈列。这些建筑体现了皇家宫殿和中日合璧的建筑风格。

当年的伪满皇宫如今已成为伪满皇宫博物院，溥仪生活区、李玉琴生活区、长廊、中国间、叩拜间、便见室、钢琴间、电影厅、台球间、跑马廊等功能区域体现了伪满皇宫古今并陈，中外杂糅等特色。

步入宫内，醒目的溥仪画像映入眼帘，《从皇帝到公民——爱新觉罗·溥仪的一生》展览成为我最为关注的内容。这里的图片、实物使我对溥仪的一生有了更加清晰的认识。末代皇帝、天津寓公、伪满皇帝、特殊战犯、普通公民五个部分，讲述了溥仪从清朝末代皇帝、伪满傀儡皇帝、战犯到被改造成为新中国公民的传奇经历，通过一个人的故事，折射出时代变迁和时势造人的道理。

这个展览是迄今全国唯一全面、客观反映溥仪生平的展览。

院内，喷泉清流，假山耸立；院外，车水马龙，商铺林立。闹中有静的博物院，用历史钩沉讲述着这里曾经发生的一切，也用屈辱和愤怒记载着日本侵华的历史。

二道白河镇

到东北旅游，不能不去长白山，而去长白山，吉林省延边朝鲜族自治州的二道白河镇又是一个必经的落脚点。

二道河是松花江、鸭绿江、图门江的三江源头。位于长白山脚下的二道白河镇素有"长白山第一镇"的美誉。

这天傍晚，我们来到了位于吉林省东南部安图县的二道白河镇。二道白河镇东南与朝鲜毗邻，距双目峰中朝边境65千米，坐落于长白山北坡，距长白山核心景区35千米，第二天一早，我们就要从这里出发，去长白山旅游。在晚餐未开、夕阳未落之时，我们赶紧到小镇一游。

漫步街头，干净清爽的街道两旁树木葱郁，绿色遍野，稍微往里走一走，仿佛步入了森林公园，仰头望去，笔直的美人松等树枝繁叶茂，遮天蔽日。穿梭于街道两旁的林区，加之浓浓的树木、森林气味，充满了湿气和冷气，让人体会到东北大森林的味道。

二道白河镇街头林区工具造型

街道旁，不时有林区使用的各种传统伐木的刨子、锯子等工具、森林小屋和用圆木摆成的梅花等造型，还有运输圆木的汽车、拖车等交通工具摆成的造型展示，这些就地取材的工艺设计和富有林区特色的陈列，展示了林区传统的采伐工艺。新型体育健身步道和铁艺、木艺健身运动造型，充满了公共文化艺术的气息，体现了森林小镇的幽静，也是传统历史和现代文明相得益彰的活力彰显。

因为次日一早我们要前往长白山，具有神山、圣水、奇林、仙果盛誉的二道白河镇也只能这样走马观花地匆匆浏览了，但小镇浓郁的林区特色给我留下了难忘而深刻的印象，原始、安然、休闲、宁静的小镇，慢城、慢生活的节奏仿佛世外桃源，邀我再次前往……

长白山瀑布（摄影　王广东）

长白山

　　驰名中外的长白山景区位于吉林省东南部延边州安图县二道白河镇池北区，因其主峰白头山多白色浮石与积雪而得名。它位于欧亚大陆东端，吉林省东南部，中朝两国边境，是中国东北地区最高的山。

　　长白山景区有北坡、南坡两个入口，去往天池要从北坡入口进去。这天早晨，天气阴冷，寒气逼人，但我心想，登山嘛，走着走着就会热了，登山还是要轻装上阵。尽管为了防寒，我把随身携带的衣服全都穿上了，但进入景区，雪越下越大，寒意十足。景区内到处是租棉服或者卖棉服、防滑雨鞋套等的小摊。商家竭力推销让游客租棉服，说："这天气，你们要不租衣服会冻感冒的！50元租一件羽绒服大衣。"这天是5月25日，按理说，快要到夏季了，不至于一副冬天的装扮吧？但怕冷的同游者还是互相影响，见一个人租，大家就都租，不一会儿，我们不管男女老少，全都统一成红色羽绒服的队伍了。

开始，大家游兴很浓，在导游的带领下缓步前行。雪皑皑，雾茫茫，在纷纷扬扬雪花的映衬下，长白山更是满眼白色，甚至看不清景色。

我从网上的图片中看到的长白山那么美丽，蓝天映衬下的天池，像一湖

长白山小瀑布（摄影 王广东）

明镜，清纯碧玉，但今天这天气，绝对是看不到天池美景了。其实，长白山景区昨天就预告了，因雪天路滑，天池景区今天会关闭，但我们远道而来，总得领略一下长白山的风景吧？

导游说，这里海拔在1000米到1800米之间，是典型的火山地貌，云雾多，风力大，气压低，是长白山主峰的主要气候特点，这里冬季漫长，寒风凛冽，夏季短暂温凉，常年为雪雾状态，很难得能看到长白山的亮丽美景，一年大概只有30天左右的好天气。我们不巧，只能在雪雾蒙蒙的天气中领略长白山那傲雪的风骨了。

互相搀扶，缓步前行，我们在雨雪天气中，选择性地观看了小天池、大瀑布、绿渊潭等景点。此时，我的手已被冻僵，甚至到了拿不住手机拍照的程度。尽管有火山温泉的出水口可以洗手，但我的手已被冻到互相摘不下手套的地步，也只能望水兴叹了……

天气寒冷，雪雾弥漫，加上我们团队成员年龄普遍偏大，我们被迫选择了半路返回，上午11点多，我们就返回到二道白河镇。

中午，我们在一家餐馆品尝了东北的特色铁锅炖菜。一路走来，在好几家餐馆，我们都可以看到这样的连灶大铁锅，即一个灶炉上，可以连着放三个大铁锅。豆角炖粉条、米饭、炖鱼，终于，我们身上的寒气被渐渐逼走……

离开长白山，前往珲春市的防川风景区，这里，是中朝俄的边境，我们可以一眼望三国了！

珲春防川风景区

在鄂尔多斯的准格尔旗，有著名的"鸡鸣三省"景点，晋、陕、蒙交界的龙口镇娘娘滩因其位置独特而备受关注。而有着"鸡鸣闻三国，犬吠惊三疆"之称的吉林省延边朝鲜族自治州珲春市南部，有一个"一眼望三国"的国家4A级风景区，它距离珲春市区65千米，位于中朝俄三国交界的地带，依江临海，依山傍水，区内的自然湖泊、森林、珍稀植物、鸟类等闻名于世，是森林公园，也是远东豹保护区的核心地带。

景区游客不多，清爽干净。停车场的正前方，一座高耸的灰色炮楼式宝塔赫然矗立，被称为"望海阁"，这里便是观景台了。进入塔楼，二楼是中朝两国在此交往的图片展览，记录了两国人民的世代友好。

乘坐电梯可上11楼观景。开阔的视野，辽阔的海水，水中的岛屿，给人以无限的遐想。

在江边远望，隐隐约约可以看见图门江上的一座铁路桥，贯通两端的就是俄罗斯和朝鲜的这两座城市，这座铁路桥也是联结俄朝陆路贸易的唯一纽带。

在防川村前数千米，还有清代勘立的中俄"土字牌"界碑、日苏张鼓峰战役遗址、防川朝鲜族民俗村等。由于时间关系，我们没能一一观看，但优美的自然风景、厚重的历史文化、祥和的美丽家园，让我们倍觉和平的可贵与重要，远离战争，享受宁静，这才是边陲之行的慰藉。

延边博物馆

此行虽然我们没有跨过鸭绿江和图门江，但来到了延边，还是应该了解一下这里的历史，延边博物馆便是一个窗口。

延边博物馆是延吉市的一个标志性建筑，位于延吉市金达莱广场西侧，古代文物、近现代文物和朝鲜族民俗文物的丰富馆藏使观众对我国朝鲜族的历史有了一个大概了解。

朝鲜族民俗展览介绍了我国朝鲜族从朝鲜半岛迁入中国，成为中华民族大家庭一员的历史。

展览还以场景与文物展品相结合的形式，介绍了朝鲜族以农耕为主要生产方式的生产风俗。展览以大场景、多角度、全画面、全时空的形式，介绍了朝鲜族的服饰、饮食、居住形态等生活习俗。

镜泊湖

离开吉林省延吉市,我们踏上前往黑龙江省牡丹江市镜泊湖的路途。2006年8月,我曾来过一次镜泊湖,15年过去了,大脑里除了一片湖水的记忆,再无其他。如今重返镜泊湖,我会有哪些收获呢?

步入景区,一块大大的石雕"镜泊胜景"成了我们的拍照打卡地,之后,在导游的带领下,我们乘船游览。

烟波浩渺的湖水清澈湛蓝,两艘快艇载着我们急驶向前,船尾立刻划出两道白印,溅起跳跃的浪花。山峦向后移动,河草微微点头,浩瀚的镜泊

镜泊湖

湖，如明镜一样。

镜泊湖是中国最大、世界第二大高山堰塞湖，属于火山熔岩堰塞湖，发源于吉林省敦化市西南部的牡丹岭，自西南蜿蜒流入黑龙江省境内，由大河口处注入镜泊湖。

远在1000年前的唐代，居住在这里的靺鞨人称镜泊湖为忽汗海，清初以湖水照人如镜而命名为镜泊湖。

镜泊湖水不仅清如明镜，还有清流直下的瀑布，碧波荡漾的湖水和悬空而下的瀑布，堪称镜泊湖的又一胜景。

湖光山色中，凌空而降的瀑布如银泉飞泻，似玉珠弹跳；如银丝梳妆，似玉龙飞舞，每一位到这里的游客都会忘情地举起相机，留下美好！乘坐快艇回到岸边，湖边的活鱼翻飞，死鱼漂浮，可见湖鱼之多。

镜泊湖由百里长湖景区、火山口原始森林景区、渤海国上京龙泉府遗址景区三部分组成，如今，镜泊湖已是我国著名的旅游、避暑和疗养胜地，全国文明风景旅游区示范点，国家重点风景名胜区，国际生态旅游度假避暑胜地，世界地质公园。

由于时间关系，我们重点游览了百里长湖景区。蜻蜓点水地游览过后，我们只能挥手作别了，期待再相逢⋯⋯

侵华日军虎头要塞遗址博物馆

白山黑水的大东北，不仅有边疆的自然之美，更有抗日战争时期的历史遗迹。离开镜泊湖，前往黑龙江省鸡西虎林市虎头镇，这里有日本侵华时的历史遗迹虎头要塞，是后人不忘历史的生动教科书。

虎头要塞建于1934年，1939年主体工程完工。该要塞地下工事主干道长达10余千米，纵深达6千米。虎头要塞由猛虎山、虎北山、虎东山、虎西山、虎啸山等5个阵地组成。其中猛虎山阵地最大，是整个要塞的核心。

我们要参观的是侵华日军虎头要塞遗址博物馆，是我国唯一一个地上和地下相结合的博物馆。外形有着黑白两色装饰的博物馆给人以沉重、肃穆和庄重之感。为了修建这一工事,十几万中国劳工曾在这里流下了血和汗,甚至付出了生命。走进博物馆,斑斑血泪史历历在目。

地上展厅展出了大量侵华日军的实物罪证及苏联红军攻占虎头要塞的史料,展览有劳工的血泪史、虎头要塞的历次战斗、历史呼唤和平及侵华日军等专题。

地下展厅展示了虎头要塞中设施较全的虎东山遗址一部,再现了战争之残酷和侵华日军之野心。

走进地下工事,阴冷潮湿,洞穴的顶部甚至在往下滴水,昏暗的光线中,依稀可辨各种洞穴,有的上面还挂着牌子,有军事设施指挥所、通讯室、士兵休息室、伙房、浴池、粮秣库、弹药库、发电所等。地下工事还有竖井,直通山顶观测所和通风口、排气孔、反击口等通道。

虎头要塞规模庞大,结构复杂,设施齐全,日本关东军自诩为牢不可破的"东方的马奇诺防线",但也没有改变他们必然覆灭的命运。1945年8月8日,苏军出兵东北,8月15日,日军投降,然而虎头要塞守军拒降,日本关东军第十五国境守备队还凭借着虎头要塞这一重要地理位置进行殊死抵抗,直到负隅顽抗的2000余名日本士兵及其家属全部葬身于虎头要塞中。战斗中,苏联红军也付出了沉重的代价,战事持续到8月26日结束,虎头要塞成为第二次世界大战的终结地。

从地下工事走出来,还可以看到虎东山顶的苏联红军纪念碑。作为国家级文物保护单位和国家3A级景区,虎头要塞记录了日军侵华的罪恶史,是一部活生生的教科书。时刻提醒我们勿忘国耻,不忘初心。

乌苏里江

乌苏里江来长又长,
蓝蓝的江水起波浪,

乌苏里江起点

赫哲人撒开千张网,

船儿满江鱼满舱……

20世纪70年代,街头的高音喇叭里经常播放着郭颂演唱的这首《乌苏里船歌》,这首荡气回肠的歌曲如江边号子,如渔夫劳作在辽阔的海域,给人以无限的想象。由此我了解到，赫哲族人主要是靠在江边捕鱼为生，乌苏里江也成为我自幼的一个向往，没想到如今，我站在了乌苏里江的起点处。

乌苏里江全长905千米，流经虎林202千米，从起点虎头向北流至抚远岛汇入黑龙江，直入太平洋。乌苏里江在满语中的意思是"上游的河"，"下游的河"是松花江。

在虎林的乌苏里江广场漫步，江水湛蓝天空蓝，江水清澈空气清，江岸辽阔，让人身心舒展；视野开阔，让人心旷神怡。乌苏里江畔，完达山脉起伏，平畴沃野，稻花飘香，物产丰饶，人参、鹿茸、貂皮东北"三宝"使乌苏里江声名远扬。

乌苏里江江边的蓝天白云下，江水清流，缓波逐浪，这静谧中，蕴含着多少历史的滚滚波涛？广场中央矗立着一个标志性雕像，三支银色的箭上指穿云，象征着守护、战斗还是和平？

今天，我们站在乌苏里江边回望历史，守护家园，保卫边疆，守护和平。

珍宝岛湿地景区和珍宝岛

乌苏里江等良好的生态系统而拥有秀美、多姿、丰盈的湿地，是虎林市又一宝贵资源。一路上，到处可以看到网格状的稻田、碧水青苗，翠绿茵茵，似诗画，似美卷，让人想到丰足、安宁、充盈、祥和、浪漫……我们行进在长途旅行中，望着车窗外水汪汪、翠茵茵的大片稻田，一点儿也没觉得疲倦，一路上，手机、相机轮番上阵，只想把路边的美景尽收囊中。

离开高速公路，我们甚至停车专门拍稻田。田埂小路，稻田青青，五月底的乌苏里江边，是绿色的生长，是生命的勃发，是丰收的播种，更是幸福的希望……

沃野平畴的黑龙江稻田

沃野平畴北大仓

白山碧水森林伟,沃野平畴北大仓。
稻绿鱼香书美卷,天蓝地阔展华芳。
雄鸡报晓闻三省,巨虎盘旋震四方。
守望家园重崛起,边疆秀丽写辉煌。

我们前行的目标是珍宝岛。不经意间,一个岔道口上标有珍宝岛湿地景区的指向,让我们犹豫要不要看一下湿地。此时,正好有一位从湿地返回的自驾游游客开车探出头来,向我们描述了湿地的美好,他说:"前面不远处有个观景台,在那上面放眼望去,湿地好漂亮啊!"于是,我们临时改道,前往湿地。

买票进入观景台，一位年轻清秀的女讲解员守候在这里，我问道："这里没有游客的时候，你不感到孤独吗？"她富有亲和力地笑了笑说："不会啊！这里就是我的工作岗位，这儿也是我的家，在家里看门望户，不孤独！"哦！守望家园，是责任，是情感，更是幸福！

走上这个地下没有支撑的前倾旋转式观景台，真是不枉此行，这里真是世外桃源啊！

站在高处，放眼望去，茂密的植被如绿色的绒毯，富有弹性地契合、铺排在湿地中，弯曲的河道时而清澈透明，时而波光粼粼，如绿色中点缀的明珠；条条状状的小溪，又如有规则的五线谱，整齐而富有弹力，欢快地奏出美妙和谐的音符……这是大自然给人类的馈赠，这是天人合一的美妙，这是艺术家难以描绘的美景，这是祖国大东北的瑰丽景色！

珍宝岛湿地是乌苏里江沿岸重要的生态环境系统组成部分，为赖以湿地环境生存的植物、动物们提供着生长、栖息、繁殖的家园。

这里主要以沼泽湿地和岛状林为主，大面积的淡水湿地集中连片，是同纬度地区保护原始区域较具有代表性和类型较为典型的沼泽生态系统。

由于时间关系，我们一步三回头地把眷恋留在了这里，把赞美留在了这里。下观景台的途中，我依然俯首，把随处可见的美景留在了我的相机和记忆中……

离开珍宝岛湿地景区，大约前行15千米，我们来到了赫赫有名的珍宝岛。一块儿形似三角状的石头上，刻着鲜红的"珍宝岛"三个字。沿江望去，乌苏里江宁静安详的江水有过炮火硝烟，有过雷霆万钧。我的记忆回到了1969年。那时，我大约上小学三年级，过春节时，妈妈从新华书店买回的珍宝岛年画强化了我对珍宝岛的记忆。画面中，一位解放军战士手持钢枪，一双目光炯炯的大眼睛在树枝编织的草帽下透出专注、刚烈的目光，火上膛，弹上膛，我中国人民解放军随时准备着与敌人交战。之后，小学课本中讲到的珍宝岛战役中的战斗英雄孙玉国也成为我们那代人的偶像。

面对眼前宁静的乌苏里江水，在建党百年到来之际，更觉祖国是我们坚

路上风景

强的后盾,是我自信之所在!

中国东极——抚远

从鸡西到双鸭山,再到佳木斯,我们的车轮一路向东,这天晚上,来到了抚远市,这也是我们此次东北行的重要目标之一,中国东极。

抚远是中俄边境的一座县级市,市区距离抚远口岸只有5千米。到达抚远已是晚上7点左右。中国最东城市,太阳升起得最早,落得也早。太阳升起的时间大约是凌晨3点,看来,此行的不眠之夜就要诞生,明天2点多就要起床了!

第二天早上,团队中有兴趣的人一起去欣赏日出,我和我的同屋一觉睡到大天亮,错过了中国东极的日出美景。

吃早点时,去看了日出的几位大哥纷纷拿出手机,给我们展示着早晨他

抚远东方之光阁楼(摄影 王广东)

抚远朝霞（摄影　王广东）

们捕捉到的抚远日出美景。

　　据他们说，凌晨2点多他们就起床出发到了市区，登上东方之光阁楼，等待着东方的第一缕曙光。不到3点，朝霞就有喷薄而出的感觉，但这天偏巧有些阴天，没有拍摄到穿透云层的万道霞光，但从他们拍摄的画面中看，云蒸霞蔚的感觉还是有的，云海茫茫，银河闪闪，朝阳依然以势不可挡之势穿破黑暗，穿破云层。朝阳破云而出的感觉给人带来希望和曙光，象征着新的一天的开始，让我们用热情和活力迎接新的一天！

　　中国抚远，东极之光，辽阔国土，大美疆域，看我东方之城，朝阳无限，活力无限！

　　抚远日出，受天气和所处位置的制约，加之时间等条件的限制，你也许不一定能拍摄到最理想的画面，但在距市区大约30千米的东极广场，你可以通过国界碑、东极之光雕塑、"太阳初升地，中华最东端"雕塑、海防哨所等标志物感受到中国最东城市的个性和张力。特别是一群穿校服的小学生在

抚远东极广场

老师的带领下，在东极广场开展活动，听着他们的琅琅诵读声，充满了爱国主义教育的意义，更会让你感受到血脉传承是如此充满阳光、充满朝气！

　　中国抚远，东极之地，在这里，随处可见以"东"为特点的机构或景观。一大早，在我们前往东极广场的途中，还经过了中国东方第一哨——乌苏镇哨所。

　　在哨所附近的一个院落内，我们见到一位妇女在晾干鱼，便和她攀谈起来了。

　　"这个镇上有多少人？"

　　"就我们一户人家。"

"哦，你今年多大了？"

"56岁，我们一家五口人，儿子在哈尔滨工作，孙子一岁多。我以打鱼、卖干鱼为生。瞧，我这大马哈鱼……"

她好像知道我们想要问什么，很快和我们聊了起来……

"就你一户人家住在这里，不怕吗？"

"怕什么，有东方第一哨保卫着咱，好着呢！再说，平时，来这里旅游的游客也挺多，不孤独！"

这个在黑龙江与乌苏里江汇合处的小岛乌苏镇地处我国最东端，东临大江，西依小河，是我国每天最早迎来太阳升起的地方，号称"东方第一镇"。说是"镇"，其实这镇上原来只有一位男性居民，后来这位姑娘和他结了婚，才使这里有了唯一的家庭。镇上唯一的街道，长十几米，由6栋厂房组成。

每年夏至的2时10分，黎明就降临在这个"东极小镇"上，两江交汇处涌出第一轮红日，万物会披上金黄的晨缕，东极之魅力，东极之朝阳，让追赶太阳的人永远朝气勃发！

中国东极，我们在仓促中与你挥手告别，但东极之曙光、东极之晨曦等，还是让我们感受到了中国东极的魅力、祖国疆域的辽阔……

东方之城，曙光初照；东方向阳，一路辉煌！

与日同行向远方（中华新韵）

锁定航标踏北疆，心中有梦向朝阳。

凌晨两点风寒冷，半夜三更雾霭茫。

月下楼阁抬首望，东极地线入霞光。

驱车万里寻真谛，与日同行奔远方。

哈尔滨中央大街

到了黑龙江，省会哈尔滨市是我们的必去之地。2006年，我曾来过一次哈尔滨，那次是参加一个会议，没有做游览。当时我对哈尔滨没有深刻的印象，只记得有许多俄罗斯风格的建筑。此行哈尔滨，两次中央大街的游览，雨中太阳岛的观光，让我对哈尔滨多了一些感性认识。

记得车辆行驶到哈尔滨市城市入口，颇具俄罗斯风格的收费站用别样风情迎接了我们，铁铸工艺的门洞，镂空雕刻的欧式风格，甚至让我想起了法国巴黎的埃菲尔铁塔。进入市区，街道两旁鳞次栉比的建筑充满了哥特风格。我们的午餐选在一家做得莫利炖鱼的餐馆，得莫利炖鱼在当地是名优品牌菜，在沿路的服务区，我们就看见过这道菜的传说故事。

在等上菜的空档，我们在餐馆门口散步，顺着街边的花坛，看到一个"五国头城"的历史景观公园，大门口有卫士雕塑值守，地窖的房屋内有形似一家人的几个人，看了门口展板的介绍，才知道这是北宋灭亡时，宋徽宗、宋钦宗被金太宗软禁在五国头城（今天哈尔滨依兰县内）女真人半穴居的住宅里的场景。

哈尔滨市也是一座有着悠久历史的城市。在街头，随处可见20世纪初，俄国、美国金融机构的旧址。这些历史遗迹，讲述着哈尔滨作为中国东北地区最大的城市在20世纪的故事，如今，街头的文化消费和时尚气息依然透露出这座城市的洋气和特有的城市气质。

您瞧，在中央大街街边的步行道上，三位妙龄小提琴手优雅姿势的雕塑仿佛让她们弹奏的曲目如潺潺流水，从指尖流出，动人心弦，感染着游人；街头一排画家整齐地坐在小椅子上，一些市民三三两两地坐在小凳子上，给画家当临摹对象。我问了一下，画一张人像是50元钱。这种文化消费有收藏、记录、个性记忆等价值，算是高雅消费，价格也适中，很受消费者的喜爱。颇有艺术氛围的街道处处散发着浪漫的艺术气息。

漫步在中央大街上，街边店铺林立，树荫轻飘，灯火辉煌，月光轻盈，情侣牵手，人们悠闲自得，享受着轻松浪漫的城市之夜。

不觉中，我们走到了圣索菲亚大教堂前。始建于1907年的圣索菲亚大教堂是一座全木结构的教堂，也是目前中国保存较为完整的拜占庭式建筑。现存的砖石结构教堂建于1932年，1997年更名为哈尔滨市建筑艺术馆。

中央大街还有一个特色烤肉店和很有名的马迭尔雪糕店，品尝特色美食，也是旅游的重要内容。昨天品尝烤肉，今天感受雪糕。以冰带冰，即使在寒冷的冬季，到了哈尔滨，不亲口尝一下这个雪糕，恐怕也是一种遗憾，就连我这个平时不敢吃冷食的人，今天也大开胃口，接纳了这个雪糕，冰爽、奶香、润滑、香甜，马迭尔雪糕给我留下了良好的味觉享受……

游览完中央大街，我们沿着松花江漫步，开放式的斯大林公园游人如织，松花江上游船林立，江岸清风，绿树婆娑，波光倒影，灯塔辉煌，五彩光影在江面上流出绚丽的弧线，一座座彩桥的倒影在水中荡漾，诗意晚霞书写着诗意生活……

广场上，有手风琴、管弦乐民间演奏团队，三部舞曲、藏族舞曲、草原舞曲、流行舞曲等风格各异的广场舞队伍把夜幕下的哈尔滨装扮得艳丽多姿，我也情不自禁地融入广场舞的队伍，翩翩起舞……

太阳岛

"明媚的夏日里天空多么晴朗，美丽的太阳岛多么令人神往……"20世纪80年代，一曲《太阳岛上》使哈尔滨的太阳岛名声大噪，但许多人又说，太阳岛其实没有歌曲里唱得那么迷人，实地看后会很失望。那么，太阳岛到底美不美？这肯定是仁者见仁，智者见智，但总归是要到实地看后才有话语权。

怀着好奇心，我终于踏上了太阳岛。景区大门，一个状似太阳的半圆形白色门框夺目而入，太阳的形象符号植入脑中。

张开臂膀，迎接曙光，站在太阳岛的"太阳门"之下，瞬时觉得天地开

太阳岛

阔，神清气爽。进入景区，一座洁白的桥梁弧线起伏，造型优雅，给人以恬静、安详之感。顺着桥梁的走向和通道，在花坛园艺的陪伴下，我们来到了太阳广场。一个以太阳为造型的雕塑又一次成为我们的拍摄地点。广场下方，有铜色雕塑构成的太阳神传说，大羿射日的故事丰富了太阳岛的文化内容。

正中雕塑的对面就是滔滔松花江。江水微微荡起波澜，海风轻轻拂面，环广场漫步，还有各色的情侣自行车，缓步蹬车，惬意而又浪漫……

离开太阳广场，前行到天鹅湖，绿色小道环绕、白色天鹅欢快鸣唱，黑天鹅高贵扬颈，在它们滑行浮游的后面，一道道酷似五线谱的乐章是天鹅幸福的吟唱，是人与自然和谐共处的动人乐章……

忽地，林间小道旁窜出几只松鼠，忽而在树上跳跃，忽而在地下欢跳。哦，原来这里还是动物的乐园呢！

碧水环抱，水光潋滟，花木葱茏，幽雅静谧，野趣浓郁的太阳岛魅力无限，我们正准备尽情欣赏太阳岛的美景，忽然，天空中落起了雨，淅淅沥沥。不一会儿，雨水就由点到线，直至瓢泼而下。大雨让我们迅速挤进电瓶车踏上了归途……

一场急雨，将山湖相映、清泉飞瀑、亭桥映柳、荷香鱼跃的美丽景色荡涤一空，尽管如此，太阳岛依然给我留下了美丽的印象，完全没有让我失望。太阳岛，期待再相逢！

晚上，雨过天晴，漫步松花江畔，梦幻光影，游艇穿梭，游人轻松，只见几位泳者正准备横渡松花江，一打问，此时江水水温为18摄氏度，水深大约有150米。与我说话的泳者年龄是59岁。泳者不只一位，我佩服他们的体力和意志力，好一群冰雪世界的钢铁汉子！

下一站，我们要走近真正的铁人王进喜！

铁人王进喜纪念馆

6月2日早晨7点40分，我们从哈尔滨出发，大约9点30分到达大庆市。大

铁人王进喜纪念馆中的雕塑

庆市是个新型工业城市,街道宽展,城市干净。

铁人王进喜纪念馆是我们到大庆参观的重点。大门口的工作人员一听我们是来自内蒙古西部的远方客人,十分热情,我们也迫不及待地踏入大门。

纪念馆院落内,身着石油大会战棉服的王进喜头戴前进帽,手拿铁锹,寓意为"五把铁锹闹革命",那种顶天立地的气势显示着英雄的伟岸和豪迈。院落的两侧,两组雕塑《崛起》和《奋进》刻画了当年石油工人战风雪、斗严寒,拼命也要拿下大油田的气概。

院落正中的铁人王进喜纪念馆基座敦实、厚重,经工作人员介绍,我才知道纪念馆的主体建筑造型为"工人"二字的组合,鸟瞰呈"工"字形,侧看为"人"字形,象征这是一座工人纪念馆。主体建筑高47米,正门台阶共47级,寓意铁人王进喜47年不平凡的人生历程。建筑顶部为钻头造型,象征奋发向上,积极进取。

铁人王进喜纪念馆中的雕塑

一进纪念馆的大厅，石油工人身着棉服、手拿工具的群雕以昂扬的步伐走来，其艰苦奋斗的进取精神得以彰显。

铁人王进喜纪念馆的4个展厅分布在一层和二层。整个陈列以铁人王进喜生平事迹为主线，以大庆油田发展历史为副线，内容丰富翔实，形式多样，采用图片、图标、硅胶像、沙盘、场景复原、多媒体等现代展示手段，较好地表现了"爱国、创业、求实、奉献——石油魂"这一主题，集中展示了铁人王进喜的生平事绩及用终身实践所体现出的大庆精神。

王进喜，从甘肃玉门一个贫苦家庭中走出来，15岁进入玉门石油公司当工人，新中国成立后，历任玉门石油管理局钻井队长、大庆油田1205钻井队队长、大庆油田钻井指挥部副指挥。1956年加入中国共产党。他率领的1205钻井队艰苦创业，以"宁可少活二十年，拼命也要拿下大油田"的顽强意志和冲天干劲，打出了大庆第一口油井，创造了年进尺10万米的世界钻井纪录，为我国石油事业立下了汗马功劳，成为中国工业战线一面火红的旗帜。王进喜被誉为油田铁人。1959年，王进喜在全国"群英会"上被授予全国先进生产者称号。

展览分《不屈的童年》《赤诚报国》《艰苦创业》《科学求实》《无悔奉献》《鞠躬尽瘁》《精神永存》七部分，讲述了王进喜的苦难童年和他在北京参加"群英会"时看到公汽上背着煤气包的故事，还有人拉肩扛安装钻进设备的经历；展览回忆了王进喜为了获得钻井用水，带领工人破冰取水，用脸盆端、水桶挑，硬是靠人力端水50多吨，保证了按时开钻的事迹。当然，最让人震惊和感动的故事是王进喜用身体搅拌水泥浆，最终制服了井喷的故事。

一捆捆井绳、一把把铁斧，一件件工具、一件件衣服，王进喜等钻井人用过的劳动工具，还有王进喜搅拌泥浆时穿过的棉衣，都作为陈列品和一级文物，见证着20世纪六七十年代大庆工人艰苦创业的精神，这些图片和实物展陈，让人动容，为之落泪。新中国正是有了这样的"铁人"，才有了"有条件要上，没有条件创造条件也要上"一往无前向前发展的英雄气概。

1970年国庆节，王进喜抱病参加国庆观礼，国庆节过后，他的病情急剧恶化。临终前，他把自己患病期间组织给他的补助款和一张记账单交给单位领导，并说："这笔钱，请把它花到最需要的地方去，我不困难。"

在各展厅之间的通道处，有巨幅国画《大庆工人无冬天》和战报墙、会战诗抄墙、宣传铁人和石油会战的美术作品。

王进喜是吃苦耐劳的实干家，也是科学求实的典范，他的精神影响和感染了一代人。在参观的过程中，我们看得仔细、听得认真，用心用情感受着铁人的风范。是啊，在铁人精神感召下成长起来的一代人，对王进喜这样的楷模永远充满着崇敬和敬仰之心！

离开纪念馆，前往齐齐哈尔市，沿途，俗称"磕头机"的石油钻机遍地都是，这是大庆油田特有的风景，也是大庆油田今日的贡献。据报道：2020年，大庆油田油气产量继续保持稳产4000万吨以上，中国石油国内油气产量当量历史首次突破2亿吨。

挺起共和国工业脊梁，大庆精神成为激励一代又一代人奋斗拼搏的精神力量。

五大连池

上午参观完铁人王进喜纪念馆，下午我们到了齐齐哈尔市。齐齐哈尔市位于黑龙江省西部，是一座历史悠久的文化古城，也是东北西部地区最大的城市，国内著名的湿地之一，鹤类栖息地扎龙自然保护区就位于市区东南27千米处。

齐齐哈尔这座城市风景秀丽，水波倒映、建筑林立，绿树成荫，廊桥连接，自然风光与人文历史完美融合，是一座美丽的旅游城市。

第二天一早，我们从齐齐哈尔市出发，前往黑龙江省黑河市五大连池风景区，结果边走边下雨，到了景区，几乎看不到游客，估计全部被雨水截住了。

五大连池火山岩

我们首先在景区的石雕广场前拍照合影,对面的湖水清澈、辽阔,通过江边的游轮和游客通道防护围栏等设施,可以看出这里内容丰富的旅游项目和旺季时这里的游客规模。

导游在车上对五大连池做简要介绍:"五大连池是1719年至1721年间,由火山喷发,熔岩阻塞白河河道形成的五个相互连接的湖泊。它们是火山熔岩喷发后形成的堰塞湖。火山运动时常有,现在火山处于休眠期。五大连池风景区的核心景点是由莲花湖、燕山湖、白龙湖、鹤鸣湖、如意湖组成的串珠状的湖群。这五个湖特色各异,功能不同,有长有睡莲的天然湖泊,有熔岩底的天然养殖场,有一湖二景的地质界湖,有仙鹤鸣叫的夏季野营区,还有五大连池整个水系的源头汇集地……"

到了木栈道旁,电瓶车会载着游客前往翻花状的火山熔岩中观赏。

虽然我们在湿滑的木栈道上缓慢行走,虽然手不离伞,但浩瀚的黑色石海还是让我震惊,金猴眺望、黑蛙盘旋、黑鸟仰天……一个个奇异的火山岩石造型，大面积的黑灰色石头群，偶尔还会看见黑石夹缝中生长的绿色苔藓和黑山杨。这是自然奇观，是生命力量，是矿产宝藏，更是稀有资源！

冷水泉、火山岩、黑龙山、火烧山……火山熔岩喷发后形成的五个火山堰塞湖为主体的地表水以外，还蕴藏有丰富的地下水和矿泉水资源。五大连池矿泉水有铁硅质、镁钙型重碳酸低温冷矿泉水，还有偏硅酸、氡等类型的矿泉水，成为世界三大冷泉之一。

在五大连池景区，更多的还是依托火山独特的湖泊和气候等资源在沿街沿路建起的疗养院，这也是火山地质条件给人们带来的特有享受吧！

中俄边境城市黑河市

六月初的天气，黑河市天黑得也晚了，到了黑河市我们入住酒店。晚上8点多我们用晚餐时，只见餐厅外的围栏前就是滚滚的黑龙江水，对面就是灯火明亮、车流涌动的俄罗斯。看到近在咫尺的俄罗斯，我充满了好奇，问服务员："对面这座俄罗斯城市的名字叫什么？"

一副职业装扮的女服务员告诉我说："是俄罗斯远东第三大城市、阿穆尔州首府——布拉戈维申斯克市。"

对岸俄罗斯的城市清晰可辨，甚至能听到车辆行驶的声音，那么，这个布拉戈离我们最近的距离有多少呢？服务员说："最近的距离仅750米。"哦，还不到1千米，从黑河码头乘船，不到10分钟就能到达俄罗斯的布拉戈维申斯克市。

黑河市是中俄40多千米边境线上规模最大、规格最高、功能最全、开放最早的边境城市，黑河市也因此成为中国首批沿边开放的城市，是黑龙江省重要的对俄贸易城市，也是一座区位优越、资源富集、环境优美的旅游城市。

黑河市拥有奔流的江河和满目的森林，它以蓝天白云、纯净黑土和分明的四季，形成了自然村落、乡野公园和湿地景观，成为一座生态之城。这

马占山将军纪念馆

里街道宽展干净，建筑新颖现代，交通有序，整座城市在绿化美化中显得生机勃勃。守卫祖国北大门的黑河市还是一座英雄之城。在黑河市街头，一个"抗战第一枪"的景点，足以证明它的分量，旁边一幢青砖砌筑、古色古香的建筑静静伫立于黑龙江畔，它就是马占山将军纪念馆。1931年九一八事变后，辽、吉两省相继沦陷，日军直逼黑龙江。10月10日，马占山临危受命，代理黑龙江省主席。他从黑河出发，赴任齐齐哈尔，力主抗战，打响了中国人民武装抗日的第一枪。

如今的黑河市也因其特殊的地理位置，成为中俄商贸的重要集散地和口岸城市。

黑河瑷珲，边境漫想；瑷珲—腾冲线还是一条贯穿中国版图的假想直线段，它在中国人口地理上具有重大意义，也是中国历史与地理发展的一个分水岭。匆忙的黑河之旅,让我初步认识了瑷珲,了解了历史,更重要的是,增强了爱国主义的热情!你好,黑河,下次再见!

北极村

离开黑河,前往漠河,中国最北村庄北极村就是我们今晚的目的地。

2018年9月,我曾来过一次北极村,对这里有个大概的了解,再次来到这里,大有故地重游或老友重逢之感。

为了赶时间,我们一路伴着小雨直奔北极村。途中,在呼玛县简单吃了口面条,到达北极村时,已是晚上7点半左右了。毕竟是中国的最北端,太阳落得晚,抢抓时间拍落日!我们一行进入北极村后,直接向西选择了拍摄落日的最佳角度,终于,在村西头的一片低洼地带,我们抓到了北极村夕阳

北极村日落

西下的余晖。在挺拔松树的衬托中，夕阳显得绚烂、耀眼；在一湾河水的倒影中，落日更显得富有层次和立体美感，此时，诗的语言显得苍白，画的笔法显得欠缺功力，大自然的美感传递出鲜活、富有灵性的美感，哦，神奇北极村，最北的神韵赋予了你传神的感染力和渗透力，这大概就是北极村晚霞的魅力吧！

北极村里的黑龙江

告别晚霞，我们在北极村里的黑龙江边散步，边境管理的石碑、黑龙江的静谧、北极村的安详，还有雨后吊桥被淹的封闭，都显示出北极村的优美和宁静、安全和幸福。

晚上，我们在最北邮局对面的餐馆吃了富有东北特色的铁锅炖，我问老板："你这个餐馆到了淡季估计就没什么生意了吧，你还有什么收入来源呢？"

老板说:"我家种有大豆、黄豆、大米等农作物,我还是护林员,每月也有三四千元的固定工资收入,但家里主要收入还是靠餐厅,占到家里总收入的70%~80%。"说着,他兴致很高地和我说,"你看,今天,我家卖了20多桌,旺季时,一天可以卖到七八十桌。"

这位老板面色红润,精明能干,一看就是个会做生意的精明人。

第二天早晨4点左右,几位同行的大哥又集结在一起,在北极村寻找各种位置拍摄日出。我真佩服他们的意志力、毅力和体力,当然,还有那种对生活的热爱之心,白天长途奔波,晚上睡得迟,清晨还要迎着朝霞抢拍日出。

抓住了最佳摄影时间,他们拍摄的日出照片果然非同凡响,朝霞绯红、云层有序、流光倒影、建筑物别致,可以说,每一幅照片都是诗的流淌、光的涌动、心的遐想、美的画卷……几位追赶太阳的同行大哥说:"今天早

北极村清晨(摄影 王广东)

晨的早起非常值得，这朝霞太漂亮了，布局、罗列得太有层次感且富有诗意了！我都70岁了，从来没见过这么漂亮的朝霞……"

如果我们再晚来半个月，也就是夏至前后，就有机会在这里欣赏到极光景象。这里是我国观测北极光的最佳地点。

其实，北极村已不完全是一个村落，它已是国家5A级旅游景区。早在1860年，这里就有人居住，1866年发展为通往胭脂沟的江上驿站，1914年为设治局公署驻地，1917年由设治局改升为二等县城所在地，1947年并入呼玛

蓬勃日出北极村（摄影　王广东）

县。1981年漠河重新建县，将漠河乡、兴安乡划归漠河县。北极村为今漠河市北极乡政府所在地。

早餐后，我们的团队继续在北极村游览。北极星广场、北字广场、爱情广场、最北人家、中国界碑、最北邮局、七星广场……这些景点虽然我曾有缘相识，但依然流连忘返，特别是村中的一汪湖水清澈如镜，倒影叠画，如诗如画的意境仿佛将我们带到天边，带到一个纯净而浪漫的世界，这里没有纷争，没有干扰，是那样的宁静、安详，让人的心境有空灵、无瑕的感觉。啊，中国北极，超然脱俗，风光无限！

丽景神奇最北萌（中华新韵）
——漠河北极村观落日朝霞有感

雨过天晴泛彩虹，森林掩映晚霞红。
吟歌越野追星日，踏水穿山赏桦松。
入夜无眠临曙起，迎辉踩露沐阳升。
朝晖浸染晨空美，丽景神奇最北萌。

北极村的风光以最北为特点，别具一格，风光别样，除江河山水赋予的自然美，还有诸多因"北"而设的人文特色景观，另外还有最北小学、最北哨所等，让人有边疆、边境、边防、边关的感觉。总之，北极村让我们找到了"北"，体验了"疆"，让我们这些来自祖国北疆内蒙古的人从心灵和身体上体验了一把"最北"和边疆的感受。

其实，比北极村更北的还有一个村子叫北红村，只不过北红村还属于原生态的自然村，而北极村是较为成熟的旅游景区。

下一站，北极村的县府所在地——漠河市。

漠河市

　　我第一次听说漠河这个地名大概是1979年，那时，我正利用工余时间复习准备参加高考，地理复习资料里有道填空题"中国最北的城市漠河"，从此，我的知识宝典中就有了漠河这个我国最北城市的储备。

　　2018年，我和先生第一次来到漠河，对漠河有了感性和理性上的初步认识，如果说，北极村是中国最北村庄，那漠河就是中国最北的县级市。

　　漠河作为黑龙江的支流，在江水的涛声中记录岁月，隔江相望的就是俄罗斯外贝加尔边疆区（原赤塔州）和阿穆尔州，西面和南面都与内蒙古的呼伦贝尔为邻。漠河是国家生态安全重要的保障区和黑龙江省生态功能保护区，全年优良空气天数达350天以上，拥有中国最北、龙江源头、神奇天象、原始石林等旅游资源。

　　北极村距离漠河市大约六七十千米，中午大约11点半，我们来到了漠河市，直奔漠河市北极星广场。从153级台阶下仰望，一颗耀眼的"北极星"在阳光的照射下熠熠生辉，目光向下延伸，左面是一只展翅欲飞、引颈向上的天鹅，右面是一只引吭高歌的金鸡，漠河作为"天鹅之首、金鸡之冠"，一定要借助祖国强大的实力展翅"腾飞"！

　　依靠"最北"特色，发展个性旅游。这几年，漠河的公路、铁路、航运条件逐步改善，但"最北"旅游正吸引着国内外的游客，干净清爽的漠河，一定会迎着最早的曙光，向着阳光，奋起、腾飞！

根　河

　　离开漠河，前往根河，进入内蒙古，感觉离家更近了一步，连续十几天的旅游，还真有想家的感觉了！

　　6月5日中午，我们在漠河市一家面馆用餐后，大约是12点启程，前往根河。穿梭于大兴安岭林区，途经黑龙江的呼玛县、加格达奇和内蒙古根河市满归镇等地。前往根河市,这段最难走的路,2018年秋天我就领教过,快三年了,这条路的路况依然如此,没有丝毫改善,反而更颠了!一路坑洼、一路颠簸,同行者中几乎没有人不喊颠得受不了,都说多年没有这种路况体验了。370千米左右的路程,我们大概用了7个小时,直到晚上7点左右,才到了根河市。这种行路体验,对于路桥人来说,也算是一种记忆或反思吧!

与我2018年来根河市的印象差不多,偏远小城的简单、宁静、宽敞是这里的主色调。6月6日早上,我们游览了根河市区内的温度计广场,广场上的温度显示今天的气温是9℃,最下方标有-58℃的年最低气温值。作为中国冷极到底有多冷呢?我认真了解了一下,据2009年12月31日凌晨测得的数据显示,"-58℃"是根河的最低温度,超过了中国北极漠河。同处于北纬50度左右的根河和漠河,由于根河的海拔平均1000米,而漠河为平均600米,地势越高,气温越低,加之根河属迎风坡,漠河属背风坡,所以根河更冷些。漠河可以种小麦、大豆,但是过了根河境内的哈达岭,小麦就不能种了,豆

根河市温度计广场(摄影　王广东)

类更是绝迹，所以根河荣登"中国冷极"榜首。我向酒店老板了解到，这里每年零上30度左右的天气也就四五天，每年的9月1日到次年的6月1日为供暖期，冬季长，夏季短是这里气候的最大特点。我和酒店老板聊天，问道："这样的气候条件，这里的房价肯定不高吧？"

老板回答："说是两千多元一平方米，事实上也就是一千多元一平方米吧。这里外出就业人口比较多，工资和消费水平都相对较低。根河距海拉尔260多千米，自驾得3个多小时，去海拉尔的绿皮火车大约需要9个小时。"

站在根河市的温度计广场向东南望去，绿洲、湿地装点着山野，远处的山头一片郁郁葱葱，被绿色植被覆盖。街道干净、清爽，让人有舒适之感。

根河是额尔古纳河的支流，这里的湿地、湖泊较多。2018年，我曾到过根河湿地公园游览，森林、湖泊、湿地、河流，根河的景观充满了大自然原生态之美。根河还是驯鹿之乡，由于时间关系，我们只能是大概看看，初步感受根河的特色了。

不尽兴的游览，让我们略显遗憾，酒店老板给我们推荐了一条省道312线，因为不是高速公路，沿途看到景色优美的草原，我们可以随时绕道，方便时还可以停车，一路上，额尔古纳湿地的诱人风景几次吸引我们停车观景、拍照，所有人都被呼伦贝尔大草原的美丽景色所陶醉，几乎是流连忘返……

满洲里

一路观景，一路欢歌；沿途美景，赏心悦目。从根河市前往满洲里，草原沿路铺展，湖泊时而点缀，牛马戏水觅食，湖蓝与天一色。 一路上，蓝天绿草作为大自然的主色调滋养着我们的眼睛，清澈的湖水、黄色的花朵、白色的羊群相映成趣，润泽着我们的心境，我们不时停车赏景，想把美景尽收眼底、尽收相机。

此时，我才深刻体会到，为什么说，当你有了烦恼时，就尝试放下一

额尔古纳湿地

切,融入大自然的怀抱,其辽阔会让你释然;当你有了压力时,就尝试亲近大自然,其真诚会让你舒缓,大自然的疗伤作用真是不可低估……

　　下午大约4点半,我们到达满洲里,一进城,尖顶圆肚、红白相间的各式建筑充满了俄罗斯风情,俄式风情浓郁的满洲里显示出这里的万种风情。一到满洲里,我们直奔国门。在国门景区,一列黑色的火车停靠在路边,寓意着满洲里和铁路的渊源。1901年这里因东清铁路的修建而得俄语名"满洲里亚",音译成汉语变成了"满洲里"。

　　和我三年前来满洲里国门感觉似乎又不一样了,这里增加了一些设施,游客也较多。庄严、豪迈,显示着中国的国威和实力,着实让人提气,让我进一步增加了爱国热情。

　　接着,我们去了俄罗斯套娃广场。远远望去,色彩鲜艳、华丽多姿的套娃酒店以憨态可掬的活泼形象闯入眼帘,红色为主色调的大套娃是满洲里的

标志，也是中俄文化相融的表现之一。

进入酒店，充满俄罗斯风情的内装饰仿佛把你带入了俄罗斯。前台、大堂、穹顶、走廊、灯饰，欧式的画风、满墙的套娃，每一个细节，每一个装饰，都让人觉得奢华、明艳、灿烂。

酒店旁边的俄罗斯大马戏广场、俄罗斯商城等都以浓郁的俄罗斯建筑风格独树一帜，给人以炫目和绚丽之感。这里还有蓝白相间的伊斯兰风格，再加上蒙古国的风格，中俄蒙文化的相交相融，让人感到世界文化的包容性。

这天的晚餐，我们品尝了俄罗斯烤肉，大眼睛高鼻梁的俄罗斯服务员用俄语为我们提供着服务，刀叉相间，啤酒、酸梅汤、柠檬汁等各色饮料伴随的瓦罐俄式牛肉、法式铁板羊排等各种烤肉着实让我们品尝了不一样的俄式口味，也算是对俄罗斯餐饮文化的一种体验。

晚餐后，夕阳西下，我们漫步在充满俄式风情的满洲里中央大街，金黄

满洲里一景

色的城市灯光把满洲里的建筑装点得金碧辉煌,仿佛童话王国里的宫殿,梦幻般的城市让人产生无限遐想……

次日清晨,在我们居住的酒店后面,湖水荡漾,芦草青青,高楼鳞次栉比,游船多彩欢愉,北湖公园风景优美,小鸟鸣叫,晨练起舞,人们的幸福指数藏在心里,写在脸上。

满洲里作为一座拥有百年历史的口岸城市,地处东北亚经济圈的中心,是欧亚第一大陆桥的战略节点和最重要、最快捷的国际大通道,是我国最大的陆路口岸,承担着中俄贸易65%以上的陆路运输任务,被誉为"东亚之窗"。我们为满洲里感到骄傲,也祝愿满洲里在今后的岁月里,为中国国际贸易的发展发挥更大的作用。

神州傲骨华峰立(中华新韵)

气爽舒心净显空,曾经战火绕胸中。
山河破碎犹思痛,树木蓬勃尽现荣。
壮阔黑龙坚戍守,雄浑内蒙首相融。
神州傲骨华峰立,最北边城建伟功。

海拉尔

　　从满洲里到海拉尔，依然是绿意铺卷、牛羊遍地的草原风光。一串串蒙古包像颗颗珍珠镶嵌在绿色的地毯上，弯曲的河水像是项链把草原装点得妩媚妖娆。呼伦贝尔大草原呼和诺尔湖的醒目标识使呼伦贝尔草原的辽阔与碧绿、温婉与多姿更加富有个性，蕴含魅力。

　　在一幅绿色的画卷中，一组黄色的木质栈道弯弯曲曲向草原的高处延伸，仿佛一条黄龙引导我们向前。追寻这条黄龙的脚步，我们逐级踏上了莫日格勒河的观景台，啊！好一幅大自然的美丽杰作，辽阔、舒展、扑鼻的草香味伴着远处的牛羊叫声，我享受着天籁之美，心旷神怡之感油然而生！

　　如果说，黑龙江的黑土地和松花江充满了豪放的雄性之美，那么呼伦贝尔大草原弯弯的莫日格勒河，就像是婀娜少女尽显窈窕之美。属额尔古纳水系的莫日格勒河在陈巴尔虎旗境内注入呼和诺尔湖后流出，汇入海拉尔河。

　　莫日格勒河在绿色的草原和山峦中起伏、盘旋，像一条闪着银光的玉带，那波光粼粼的水系像美丽衣裙的腰带，婉约、舒缓、漫卷，向着远方延伸。它是汩汩泉水的流淌，也是绿色诗歌的传颂，是让草原富有动感的神

路上风景

灵。我们享受着绿色的徜徉、水波的涌动、蓝天的洁净、白云的清爽、牛羊的安详。啊！大美草原，你是心灵可以安放的地方！

随着落日的临近，我们依依惜别这个景点，转场到一个被称为"云顶牧人"的观景点。

也许是这个观景的地点站位更高，或是对面就是碧波万顷的辽阔牧场，加之夕阳西下的余晖萦绕，绿色草原在鲜红晚霞的映衬下，更显得富有层次，富有色彩，富有韵味，富有诗意……

呼伦贝尔大草原落日夕阳（摄影　王广东）

曼妙温婉的清流像盘旋在草原上的乐谱，你似乎能听得到它美妙的音符和悠扬的旋律；余晖映照的曲水，像是环绕草原的项链，让碧野流芳的翠绿又多了一份柔情。景醉情，情醉心，心醉意，意释怀……

是啊！到这里的每一位游客都会被这大自然的美景所陶醉，每一位游客都渴望把这美景装进相机，永存心间，就连我这个平时被评价为严肃有余、活泼不足的人都情不自禁地想在没有音乐的情况下，在草原的怀抱中舞之蹈之，尽情释放！随着夕阳西下，我们恋恋不舍地目送夕阳，走进了蒙古包里，开始享受美酒与歌声、美食与舞蹈的魅力！

蒙古包里，几位蒙古族歌手在乐队的伴奏下，奉献了几首经典的草原歌曲，醇香的奶茶冒着热气，成为每位游客的最佳饮品；各式奶酪、炒米、手把肉等美食满足着每个人的味蕾。呼伦贝尔的草原之旅让我这个内蒙古人着实过了一把大草原之瘾！

虽然我的家乡鄂尔多斯也有草原，但没有这么多湿地和河流，风格也略有不同。如果说，鄂尔多斯的草原具有彪悍粗犷之美，那么呼伦贝尔大草原则多了一份细腻和柔情，更容易让人依恋和不舍……

绿染辽原牧野葱（中华新韵）
——呼伦贝尔草原莫日格勒河掠影

绿染辽原牧野葱，天蓝云淡畅灵空。
婀娜玉带环河美，婉丽银镯绕草丰。
牛马欢博争力壮，雁莺讴唱赛歌宏。
青山碧水家如画，愿用纯情绘锦程。

阿尔山

"我的心爱在天边，天边有一片辽阔的大草原。草原茫茫天地间，洁白的蒙古包散落在河边。我的心爱在高山，高山深处是巍巍的大兴安……"心

通往阿尔山天池的路（摄影 王广东）

中哼唱着《呼伦贝尔大草原》的歌曲，望着车窗外起伏绵延的大草原，时而被清澈的湖水所掩映，时而被花的草原所吸引。湿地、森林、火山岩……不知不觉中，我们从海拉尔走到了兴安盟的阿尔山市。

2006年8月底，我曾来过一次阿尔山市，印象中，这里有火山岩、火山湖、森林、山道，还有山上木质房子的客栈……15年前的记忆，今天能回忆起来的好像只有这些了，此次来阿尔山也只有当天下午半天的游览时间，次日一早我们将前往赤峰的克什克腾旗。团里的领队当即决定兵分两路，泡温泉或是去阿尔山国家森林公园，大家自选。我随着前往阿尔山国家森林公园的团队出发了。

驱车大约六七十千米,我们到达了目的地。时间关系,我们重点参观天池,但还需要乘坐景区大巴才能到达天池。到了天池脚下,红色的木头台阶又是数不胜数,显然,要想看天池,先得走"天路"。

我们去长白山那天,因为天气原因天池封闭,今天来到阿尔山天池,眼看天气又开始拉下阴沉沉的脸了。

常言道:观景不走路,走路不观景。是的,从安全角度上说,此话完全正确。但我们在茂密的树林中穿行,顺着台阶向上攀登,累了的时候,就会稍作休息,回头望景,挺拔的树木傲然挺立,远处云山雾罩,像云像雾又像雨。累并快乐着,有了目标,大家就会前后呼应,互相鼓劲。走完786级台

雨雾中的阿尔山(摄影 王广东)

阶，终于，天池呈现在眼前，只见绿树相拥，绿草环抱的湖泊清澈透明，涟漪泛起，椭圆形的天池像一块晶莹的碧玉，镶嵌在林木苍翠的高山之巅，天池将天上的景观倒映在水面，在阴雨天中泛起一片微微的亮光。山头薄雾缭绕，白云时而傍山升腾，时而翻滚而下，郁郁葱葱的松桦合围池畔，溢绿摇翠，构成了天池独特的自然景观，像瑶池？像明镜？无数的联想涌上心头。

其实，天池的美需要俯拍才能出效果，如果此时有架无人机从天空中往下拍摄，或者天空不是这样阴云密布，也许天池才会呈现出完整的美。但不管怎样，没看上长白山的天池，欣赏到阿尔山天池也算多少弥补了我们一些遗憾吧！

返程之路就显得轻松多了。回望阿尔山景区，森林、湿地、高山、雾霭、火山岩……大自然的美景数不胜数，据说，阿尔山景区有七大主要旅游景点，是集温泉、草原森林、湖泊、冰雪、奇山异石、野生动植物于一体的旅游区，是开展保健、生态、寻胜、猎奇、考古、冰雪等旅游的理想胜地。

正当我们思量着就近还可以看哪些景点时，阴沉了一下午的天终于变脸，下起了雨。一路撑伞，一路小跑，雨水伴着冰凉浇湿了我们，也扑灭了我们再出发观景的愿望，阿尔山之旅也匆匆画上了句号。下一站，赤峰克什克腾旗阿斯哈图石林。

赤峰市阿斯哈图石林

6月9日早晨6点半左右，我们从阿尔山市出发，前往赤峰市克什克腾旗，准备参观阿斯哈图石林，全程700多千米，下午3点半左右到达阿斯哈图石林。

2006年和2015年，我曾两次游览阿斯哈图石林，今年再次走进石林，发现景区的大门和上次完全不一样了。巨大的白色景区大门像蓝天中洁白的哈达，又像瞭望历史的窗口，很有气势，旁边的国家5A级景区石雕也是新增加的景观，显著的标识成了这里迎接游客的第一门面，就连游客服务中心的办公区好像也和上次不同了。

阿斯哈图，汉语意为"险峻的岩石"，位于大兴安岭余脉向西部草原过渡的地带，这些险峻的石林是在冰盖冰川的剖蚀、掘蚀和冰川融化时形成的大量冰川融水冲蚀作用下形成的，这些造型各异的冰川石林在这平坦的丘陵地带奇异崛起，距今已有1.8亿~1.5亿年的历史了。巨大的石林、石阵由两组近于垂直的节理和一组近于水平的节理切割而成，2001年和2016年，我曾去过云南和新疆，赤峰克什克腾旗的石林造型、颜色、形状和云南的石林、新疆的雅丹地貌不同，是世界罕见的花岗岩石林。

导游领着我们边走边看，讲述着克什克腾旗石林的成因和这些造型各异奇石的名称及传说故事……

克什克腾，蒙古语意为"亲兵""卫队"，原是成吉思汗赐给警卫部队的称号。构成石林的花岗岩系列是在侏罗纪晚期，由地球内部的岩浆流出冷凝而

赤峰阿斯哈图石林

形成,在第四纪冰川期的精雕细琢及岩浆活动、冰盖卸载、气候变迁、风蚀作用、人类活动等诸多因素的影响下,形成了今天的阿斯哈图花岗岩石林。

按岩石成因不同,阿斯哈图石林主要有石林、石柱、石棚、石墙、石壁、石塌、石缝、石洞、石胡同及险石等十种形态。阿斯哈图石林地处乌兰坝草原与大兴安岭山脉的交界地带,是高山草甸草原与原始次生林相接的生物带,形成了独特的高山湿地及森林景观。

石林景区还有种类繁多的各种植物,因季节的不同而风采各异。野生动植物和药材也是这里的宝贵资源。

站在阿斯哈图石林景区,瞭望远处起伏的山峦、绿野,让人感到大自然神奇无比,美丽辽阔,不觉中,已是夕阳西下,一抹晚霞映红了天空,映红了草原,落日余晖又成了最美风景!

捕捉美、欣赏美、留住美、传播美,这也许就是大自然给人类的馈赠,也是旅游者的兴趣和乐趣所在吧!

锡盟太仆寺旗

东北的黑土地,内蒙古的大草原,风景各异,景色别样,但都是我们的最爱。在归途的最后一站,我们来到了锡林郭勒盟的太卜寺旗,体验一下锡盟草原的风采,品尝一下这里的特色美食。

横亘东西的内蒙古大草原,越往西走,草原越呈现出干旱、荒漠化的感觉。此时,这里已没有呼伦贝尔大草原的湿地和河流,脚踏没有水的草原,会激起干燥的尘土;车轮急驶过草原,会尾随两道烟蓬雾罩的"黄龙"。

太仆寺旗地处阴山北麓,在浑善达克沙地南缘,海拔1300~1800米。东南、正南、正西与河北省毗邻,旗政府所在地宝昌镇距张家口149千米,距北京350千米。

早在春秋时,太仆寺旗就有掌管皇室御马和马政的"太仆"官,秦、汉时为九卿之一。明清时期,设蒙古察哈尔部牧地,置太仆寺左翼牧场。至今，以御马为特色的内容依然是太卜寺旗的旅游特色之一。

天湛蓝、云飘逸、草辽阔、羊悠闲，开阔的视野，让人舒展、奔放，舞之蹈之的冲动油然而生。蒙古包内，茶香甜、酒酣畅、肉鲜美、歌嘹亮，内蒙古大草原的饮食文化也是旅游中的一道独特风景和味蕾体验。我爱大草原，我爱内蒙古！

草原一景

品尝完太仆寺旗的蒙古族美食后，我们直奔家乡鄂尔多斯市。20天的旅程，踏春波、走边疆、访草原、探历史、寻文化，感觉大开眼界。

白山黑水的大东北，草绿羊肥的内蒙古，中俄的边境线，让我们从感性的角度看到了"北大荒"到"北大仓"的蜕变，看到了东北稻田的沃野千里，看到了大东北的林海茫茫；大庆精神、珍宝岛战役、黑龙江生产建设兵团等人文景点让我们感受和了解了艰苦奋斗、不怕牺牲、青春无悔、奉献祖国的可贵品格；中国东极抚远市、中国北极漠河市以及中国冷极根河，让我们感受到了伟大祖国的辽阔壮美和与北京同呼吸、共命运的脉搏跳动；而内蒙古从东到西草原景色的差异让我们心动、热爱和热恋……

难忘的白山黑水踏春波，最东最北访边疆之行，将是我又一次珍藏于心、感受于情的旅游体验和永久的旅游记忆！

路上风景

魅力台湾

扫码查看
· 聆听作者解说
· 收藏路上风景
· 观览城市魅力

2007年2月,我们姊妹几个陪父亲赴台湾旅游。

台湾面临太平洋海岸,风景优美,台北、台中、台南、高雄如镶嵌在宝岛台湾上的一颗颗明珠,风采各异,景色宜人。

台北的市政建设用立交桥和台北至高雄的高速铁路,诠释着其基础建设

与父亲在太鲁阁峡谷的合影

的相对完善；市中心的101大楼显示着台北不甘落后的气概；沿街销售的各种热带水果昭示着台湾丰富的特产。颇有规模的台北故宫、中正广场及士林官邸体现着中华民族的传统文化和特色。

1965年落成的台北故宫博物院，建筑风格仿照北京故宫博物院，7万多件宋元明清等历代瑰宝和近60万件书画文物，是1931年九一八事变北京故宫辗转南迁的产物，其文物价值和史学价值昭示着两岸人民同根生的历史渊源。此行我们去台湾，正值临近正月十五，台北的中正广场人头攒动，人们兴致勃勃地装饰着华灯节，多姿的彩车、热闹的游戏纷纷登场。

日月潭山岚水雾，清明如镜，潭中一小岛好似岛中明珠，将湖分为南北两部分，北半湖状如圆月，南半湖形如弯月，日月潭因此得名。此间，不绝于耳的优美歌声《阿里山的姑娘》将宝岛台湾的风格进一步强化。葱郁碧绿的阿里山海拔并不高，其魅力在于日出、晚霞、云海、神木和铁路，但好多

日月潭

景色需在天气和时间等要素齐备的情况下才有可能欣赏到，而需十几人合抱的神木给我留下深刻的印象。神木树高52米，树围约23米。它用弯曲的树干透露着岁月对它的历练；用深绿显示着它坚强而不屈的生命。在神树附近还有同一根株的"三代木"，它枯而后荣，重复长出祖孙三代的树木。此树约生于周公摄政的时代，已有3000多年的树龄，它见证了中华民族两岸同根生的历史，目睹了两岸手足情的历程。

此外，以大理石构成的太鲁阁大峡谷、北回归线标志、高雄的六合夜市等景点以其独特的魅力给我留下了深刻的印象，特别是六合夜市琳琅满目的各种风味小吃，富有闽南、粤语的方言特色和习俗文化，都让我们感到台湾是祖国不可分割的一部分。

此行中，80多岁高龄的父亲同我们一道，乘着大巴沿着台湾岛做了一次环岛游，走过崎岖的山路，远眺辽阔的海岸，欣赏旖旎的风光，旅途虽然劳累，但父亲不放过每个景点。

我们感受着祖国宝岛台湾的美丽，心中也充满了美好的期望。

2008年7月9日

摘得彩云 壮美西藏

20世纪90年代初,电视人刘郎的一部电视纪录片《西藏的诱惑》将西藏风光展现的美轮美奂,对电视纪录片情有独钟的我开始向往西藏。2006年,青藏铁路通车。2009年9月,刚刚大学毕业的儿子利用还未就业的时间发起西藏之旅,促使我们一家三口同游西藏的计划得以实施。打破神秘,体验西藏,西藏用辽阔的胸襟、苍茫的高原、浓郁的文化接纳了我,而此时已到知天命之年的我,差点儿让令人窒息的高原反应打回故地,但西藏的印象却总

布达拉宫

路上风景

绿树掩映下的布达拉宫

是挥之不去……

  踏上通往西藏的天路，4000米、5000米……海拔的高度在上升，列车上的服务质量却没有下降，车内舒适温暖，服务员笑容可掬。窗外，可可西里的藏羚羊点缀在绵延起伏的青藏高原上。天无际，山无涯，辽阔的高原用博大的胸怀接纳了我们；人无影，草无边，神秘的西藏，你的魅力在哪里？

  走向拉萨，歌声飞扬，飘舞的彩裙，旋转的经筒，等身的叩头，宗教的特色浓烈；大昭寺、八廓街、青稞酒、酥油茶、银器、刀具，珍品琳琅，西藏的民风浓郁而热烈。布达拉宫殿堂叠嶂，雄壮挺拔，白天高耸入云，夜晚璀璨辉煌，它用1300多年的历史传送着松赞干布和文成公主和亲的故事。他们的爱情感天动地，那是一曲流传千古的绝唱，那是一次汉藏文化的历史融合。香炉紫烟、贡台灯火、班禅驻锡、僧侣诵经，日喀则的扎什伦布寺以500多年的历史成为藏传佛教的传经殿堂。游历西藏，领略高原，世界屋脊，摘得彩云。

雪山之水纯洁，碧玉之水妩媚。海拔4441米的羊卓雍错湖集高原雪山、湖泊岛屿、寺庙温泉、牧场和野生动植物于一体，将湖光山色、人间仙境送到眼前。那蓝色的湖水如透明的宝石，碧绿的草坪是高原的生机，银色的白雪是圣洁的哈达，耸立的雪峰是天然的屏障。羊卓雍错湖，你用圣洁的天上之水净化了人们的心灵，你用纯美的环境陶冶了人们的情操。在这里，你用天然的演绎告诉了人类，留一片净土，饮一口圣水，那是和谐共生的规律。

雪域之水天上来，天神之湖仙下凡。是世界上距离最近的蓝天映衬着高原上的湖面，还是世界上污染最少的湖水映蓝了天空？是喜马拉雅山的白雪

云低水蓝的羊卓雍错湖

路上风景

飘到了天上,还是天上的白云落到了水中?海拔4718米的纳木错湖,用水天相连的纯净和动感,蓝白相间的手笔和色调,将中国第三大咸水湖呈现在我们面前。虔诚者的朝圣,神赐的传说,彩旗的点缀,牦牛的释然,号称"天湖"的纳木错湖,成为雪域高原上的一方明镜,它用透明的纯蓝映衬着天空,闪耀在大地之上,它是我心中一片圣洁的天湖。此时,强烈的高原反应仍减退不了我对你的崇拜。此时,儿子在湖边跳跃,试图能够脚踏圣水,手摘彩云。

站在此行离天最近的地方,海拔5190米的那根拉,我呼吸困难,头脑发胀,但眼睛却映下了高原的巍峨,心灵感受到了西藏的诱惑。脚踏高山,抬

西藏草原

手探天，试图摘得天上的片片云朵；放眼望去，仰望高原，高原用壮美的身躯头顶白云，欲穿蓝天。蓝天如锦，白云如絮，天女会在这里织出神奇的画卷；俯视大地，广袤辽阔，山神已将坚韧和苍茫书写在苍穹。西藏的魅力无与伦比；西藏的魅力，更在于战胜自我！

乘坐旅游中巴，我们来到海拔5013米的米拉山口西北拉萨河与东南尼洋河的交界处，又一次体验了高原上的强悍与野性。呼吸着稀薄的空气，向往着西藏的绿洲，我们从高原气候的拉萨步入海洋性气候的林芝。离开令人窒息的高海拔地区，伴随着雪峰的林立和尼洋河的婉约，林芝为我们展示了西藏的江南美景，给我们送上了一个天然的绿色氧吧。绿树环绕着大山，大山间有穿梭的溪水，我们穿越绿树相伴的林间，沿着奔涌不息的尼洋河，到达了八一镇。"太阳宝座"的美誉是雪域人对林芝的赞美，舒展的呼吸，是上天的赐予；湿润的空气，是肺部的养分。茂密的森林，弯弯的河流，满眼的绿色，葱葱的生机，即使是九月，也丝毫没有秋天的金黄。溪水流淌，小鸟歌唱，这哪里是雪域，分明是人间仙境。雅鲁藏布江和念青唐古拉山如两条巨龙，自西向东横卧其中，使妩媚婀娜的林芝增添了几分阳刚之气。绿色银行、药材宝库、民族文化、风光旖旎，林芝用天然的秀美赢得了赞誉。林芝，你是一片天然的宝地，你是一块圣洁的沃土，我不忍再给你的肌肤抹上什么颜色，生怕玷污了你的天然之美；我不愿再看到你纯洁的心灵受到什么污染，生怕污染了你的一方净土。你是天然的美玉，你是上天的赐予！

雅鲁藏布江大峡谷是林芝给我们奉献的又一举世胜景和绝佳体验，但阴差阳错，我们与这一景点擦肩而过。留下遗憾，是林芝对我们的又一次呼唤；留下赞叹，是西藏给我们的浅层感悟。西藏，你用独有的文化诠释着天人合一的理念；西藏，你用珠穆朗玛峰的高度展示了你的伟岸；西藏，你用长江的源头证明了你的豪迈！你是藏龙卧虎的宝藏，你是中华母亲的骄傲！

摘得彩云，壮美西藏，人间胜地，看我中华！

2012年3月8日

天山之旅　心之辽阔

2016年5月中旬，我们一家三口和小姑子开启了向往已久的新疆之旅。临行之前，我赶紧做了一下功课，对新疆做了个大致的了解。

大美新疆　天地辽阔

新疆位于像雄鸡一样中国版图挺拔向上的鸡尾部分，是中国最西北的省份。新疆166万平方千米的面积，有5600多千米的边界线，与8个国家接壤，拥有17个对外开放口岸，是我国陆地边界最长、毗邻国家最多、面积最大的一个省。新疆容纳了大山川、大盆地、大沙漠、大戈壁、大草原、大河流、大湖泊……天地有大美而不言，新疆因博大而神奇。

融入自然，释放心灵，西域风情，历史传奇，山峦无限，美景无尽，让我们来聆听历史，感受生活。

下飞机时大约是深夜22点，当中巴车接我们到达地处乌鲁木齐市南郊的酒店时，已近凌晨。啊，新疆真大！疲惫的我们感觉前往酒店的时间比坐飞机的时间还长、还累。奇怪的是，此时街上人头攒动，穿梭的车辆熙熙攘攘，街上灯火通明，完全是一座不夜城。怎么回事？这么晚了，为何这些人

天山天池

不回家睡觉？一问才明白，新疆的22点，太阳刚落山，人们才吃完晚餐。

　　在新疆正式旅游的第一天，导游带我们走入了此行的第一个景点，也是离市区最近的一个景点——天山。120千米的行程，大约走了一个半小时。雄山傲雪、蓝天白云，天山瑶池、云杉环拥，碧水滴翠、小溪婉约，天山的美景，扫去我一路的风尘，《新疆是个好地方》的歌声在耳边回响，从心中流淌出来。新疆之美，仿佛超过了新疆之大。新疆的美丽，激活了我出行的兴奋，然而，下午前往可可托海的行程是550多千米，约6个小时的车程。之后，可可托海到布尔津，布尔津到喀纳斯，喀纳斯到哈巴河，哈巴河到克拉玛依再到乌鲁木齐、吐鲁番，景点间最近的车程是180多千米，最远的是300多千米。每天约四五个小时的车程，让我切实感受到了大美新疆，心之辽阔。导游说："8天的行程，我们只走了北疆的部分景点，是新疆五个指头的小拇指。连接新疆南北的独库公路以及南疆都不是此行计划中的行程。"

看来，即使是新疆旅游的黄金线路，也得一个多月才能走完，此次的北疆之行，也只能是看个新疆的皮毛了……

一路上，目无遮拦，一眼可以望到天际的辽阔，我在博大中畅快地呼吸着空气，领略着新疆草原、牧场、边境、森林、戈壁、沙滩、高山、峻峰、峡谷、溪水等自然景观和不同历史的人文景观，车轮在旋转中丈量着脚下的每一寸土地，大地与天际仿佛一个圆球，在循环中回旋前进。地之博大，天地相连，心之辽阔，畅快无边……

魅力新疆　多彩画卷

新疆之大，浩浩汤汤，荡气回肠；新疆之美，灿烂夺目，扣人心弦。新疆用它博大的胸怀孕育了沙漠、戈壁、绿洲和群山，用华彩书写了其壮美与魅力，用写在天地间的美丽将包罗万象、精彩纷呈的景观呈现于世间，令人百赏其美，百看不厌。

天山天池，雪峰晶莹，湖面如镜，峡谷幽深，瀑布宣泄，"王母娘娘的梳妆镜"等传说，为这里营造了无限的遐想空间。

拥有丰富药材、野生动物、森林和矿产等资源的可可托海，用飞来峰、骆驼峰、象鼻峰、神鹰峰、将军峰、倒靴峰、双乳峰等无数象形实景描绘了额尔齐斯河大峡谷的奇特与迷人。最为引人注目的要数神钟山了。相对高度350多米的神钟山，头枕蓝天白云，孤峰傲立，犹如巨神插足碧水绿荫之间，巍峨神奇；密生群居的白桦林百鸟啼鸣，松涛染绿；地震断裂带造成的神奇地貌，具有地质研究、科学考察、生态旅游等价值，堪称地震博物馆。

次日，我们踏上前往边陲小镇布尔津的行程。布尔津的北部和东北部与哈萨克斯坦、俄罗斯、蒙古国接壤，是新疆西北部两个边贸口岸的必经之地。雄伟恬静的高山湖泊、气势壮美的冰川河流，松柏滴翠的原始森林，绚丽多姿的草原秀色，增加了这里的浪漫气息。夜幕降临，我们漫步在小镇街头，品尝着新疆大盘鸡。清爽干净、颇有异国情调的布尔津，让人感到舒适而有韵味。

　　小住一晚，踏着清晨的露珠，沿着额尔齐斯河畔，喀纳斯自然生态景区让我一饱眼福，流连忘返。喀纳斯是西西伯利亚泰加林在中国唯一的延伸带，是中国唯一的西伯利亚动植物分布区和当今世界仅有的植物基因库，是中国唯一的北冰洋水系额尔齐斯河最大支流布尔津河的发源地，是我国图瓦族的聚居地，是亚洲唯一具有瑞士风光特色的自然景观区，也是人类游牧文化的活的博物馆。

　　游走在喀纳斯，峻峭的山峰覆盖着白雪，茂密的森林倾吐着翠绿，多

喀纳斯

五彩滩

姿的花草绽放着娇容,静谧的湖波辉映着湛蓝,悦耳的河水叮咚地歌唱。在一幅画面里,可以同时看到四季的景色。喀纳斯的神仙湾、卧龙湾、月亮湾,碧水湖蓝、绿色盎然,木屋炊烟、雾霭缭绕,草原牧歌、人间仙境……喀纳斯,美得精致,美得养眼,美得润心,美得绝伦,呼吸着绿色氧吧的新鲜空气,饱尝着大自然的美景,我心飞扬,我心欢畅!

布尔津县的五彩滩也许是由于激猛的额尔齐斯河水冲刷,也许是风大气燥,额尔齐斯河对岸的岩石区,矿物质不同,抗风力强弱度不一,导致成片岩石形成了独特的雅丹地貌。形状各异的石山,或婉约流畅,或峻峭挺拔,或大气舒展,或秀气可人……红、黄、白、蓝、绿、黑等各色染成的五彩滩伴着岩石的起伏,如瀑布穿流,时而如行云流水,时而像峻峰坚守。在河水和夕阳的映衬下,五彩滩五彩缤纷,斑驳陆离,形色各异的石柱、石山、石景像一个天然石雕

火焰山

馆,让人目不暇接,爱不释手。

　　传说中的火焰山是唐僧师徒四人去西天取经途中经过的地方,带着好奇,我们走进火焰山。五月份的火焰山已是燥热难耐,此时这里的温度大约有37摄氏度,四周荒芜的不毛之地和造型各异的山洞呈现出赤黄色,地面中间一个画有阴阳的道极图上竖着一根巨型的金箍棒,周围散落着《西游记》中的师徒四人。燥热的空气实在是不好呼吸,匆匆拍了几张照,我们迅速离开火焰山,进入吐鲁番。在这里,我们到维吾尔族姑娘家品尝了新疆葡萄,购买了葡萄干,欣赏了维吾尔族姑娘表演的新疆歌舞。

　　啊!大美新疆,塔克拉玛干的辽阔、火焰山的燥热、吐鲁番葡萄的甜蜜,你的美丽让我不舍,你的历史让我懂得了责任。

人文新疆　悠远厚重

新疆之美，源于博大壮美，源于悠久厚重。

踏入吐鲁番博物馆，我们仿佛寻找到新疆的历史渊源。考古资料显示，旧石器时代新疆就有人类生存；楼兰美女干尸说明3800多年这里已有文化起源；西汉时期张骞出使西域设立了都户府，新疆正式纳入中国版图。丝绸之路使新疆成为中西方文化交融，多民族、多元文化的聚集区。

极端干旱的吐鲁番利用夏季大量融雪和雨水流向盆地，渗入戈壁汇成潜流的优势，在一定间隔打一深浅不等的竖井，再依地势高低在井底修通暗渠，沟通各井，引水下流。地下渠道的出水口与地面渠道相连接，把地下水引至地面灌溉桑田，这就是在吐鲁番极具特色的坎儿井。吐鲁番的坎儿井有近千条，全长5000千米，灌溉面积50多万亩，占该盆地总耕地面积70万亩的67%。坎儿井与万里长城、京杭大运河并称为中国古代三大工程，对发展当地农业生产和满足居民生活需要等具有重要意义。

此行我不仅领略了新疆的豪迈大气，壮美多彩，还阅读了一部生动的爱国主义教科书。

漫漫旅途中，一座透着俄式建筑风格、留着时代标语的群居民宅，引起了我们的兴趣。这座20世纪五六十年代曾有近4万人居住的小镇，以"西部小上海"之誉见证了矿区当年的辉煌。位于可可托海的三号矿坑苍凉深邃，记录了它对中国采矿业、航天业、制造业以及外交领域的贡献。此矿于20世纪30年代由当地牧民发现挖掘开采，用于珠宝制造。随后，140多种稀有金属的发现使三号矿井的地位不断攀升。该矿为中国"两弹一星"的成功发射及国防建设作出了重要贡献，被誉为"英雄矿""功勋矿"，它还承担了20世纪60年代偿还苏联40%的外债的任务。

在鸣沙山景区的对面，一道道铁丝网将界碑后的几米分割为哈萨克斯坦和中国的界线。闻鸡犬之声，看袅袅炊烟，两国风光在此尽收眼底。守护这道国界的是新疆生产建设兵团，我们看到，中间大门上醒目地挂着红色大字

"西北边境第一连",前面的住户整齐有序地排列在两旁,家家户户门前悬挂着五星红旗。"我家住在路尽头,界碑就在房后头,界河边上种庄稼,边境线旁牧羊牛"成为这里百十来户居民和战士们生活的真实写照。"西北边境第一连"院中还有早年兵团人住过的地窖旧址,成为供后人和游人参观受教育的生动教材。

距此不远是中国西北第一夫妻哨所,一座干净整齐的院落中,一面鲜红的国旗高高飘扬,年近半百的马军武夫妇从1988年开始,在这里守护着中哈边境29号至37号界碑区域约20千米长的边境线。他们在极端艰苦的环境和条件下,甘于清贫寂寞,以哨所为家,风雨无阻地在边境线上从事巡边、守水、护林任务,近30年如一日,走了30多万千米路,穿破了400多双胶鞋,每天清晨进行升国旗仪式,创造了20多年未发生一起违反边防政策和涉外事件的纪录,该哨所被人们称为"西北民兵第一夫妻哨"。

在我国版图的最西北端,185团还建起了一个中国版图的景观。一位脸晒得黝黑的兵团职工身穿迷彩服,为游客提供着望远镜和讲解等服务,问及他的收入,他说这是义务的。这就是一位普通中国人的爱国情怀。

新疆是一部独特的地理、历史、人文风情的百科全书,它融合了绚丽风光、浪漫传说和诗情画意;融合了厚重的往昔和生动的现实;它是多元文化交融之地,是多民族大团结的赞歌。来到新疆旅游,您将领略美丽,感受博大。

天山之旅,心之辽阔!

2016年7月29日

神州北极行

生于北疆，长于北疆的我，一直少有对"疆"的体验，之前虽然去过内蒙古的二连浩特，去过新疆白哈巴河的中国西北第一哨，但一次旅行，就与四块不同的界碑合影，要数这次的呼伦贝尔、黑龙江漠河之行了。

满洲里

"我的心爱在天边，天边有一片辽阔的大草原……"作为一个内蒙古人，我岂能只在歌声中感受呼伦贝尔呢？内蒙古自治区东西长2400多千米，放眼内蒙古，我的故乡鄂尔多斯在西头，呼伦贝尔在东头，两地相距2100多千米，虽然都有草原，但景致各异，2018年9月5日，我终于踏上向往已久的呼伦贝尔之旅。

退休后的时间相对充裕，我选择乘坐列车出行。我和爱人两夜一天的火车行程，竟然没有走出内蒙古，也让我有了多年未有的慢生活节奏，同时也感受到了祖国之博大辽阔。7日早晨，我们从海拉尔火车站下车，租车向着满洲里进发。

一路绿色，一片牧野，刚刚褪去暑热的呼伦贝尔大草原便有了秋的凉意，一捆捆机器打好的牧草整齐地排放在草原上，牛羊恬静地在溪水边散

满洲里北国第一门

步,在草原上觅食。约200千米,3个小时的车程,我们进入了我国最大的陆路口岸城市满洲里。

站在雄伟的国门下,国徽下"中华人民共和国"几个大字亮丽夺目,蓝天映衬着鲜红的国旗,更显神圣。

不久,一列满载木材的火车从俄罗斯方向驶入我国,我数了一下,大约有60节车厢。

铁路,是连接我国满洲里与俄罗斯陆地贸易的主要通道。1901年,中东铁路西部线建成后,在满洲里建立了火车站,因是从俄国进入当时惯称"满洲"的中国东北地区的首站,俄语为"满洲里亚",音译为汉语变成了"满洲里"。国门景区的展厅里用图片讲述着满洲里的百年历史。

站在满洲里国门景区瞭望俄罗斯,俄罗斯赤塔州的一座边塞小城后贝加尔斯克区大多是低层建筑,车站、建筑、街道、行人尽收眼底。而我此时置身其中的满洲里却像是一个充满现代时尚感,颇具洋味儿,散发着青春活力的特色小城。

西临蒙古国、北接俄罗斯的满洲里充满俄罗斯风情，多是教堂式或尖顶欧式建筑风格的满洲里，白天商贾云集，夜晚灯光璀璨，国门景区、互市贸易区、俄罗斯套娃等景观和俄罗斯皮帽、皮包、红酒、巧克力等商品吸引着各地游人。

初秋的满洲里，白天在阳光的照射下暖意融融，特别是俄罗斯套娃景区，更是在鲜花绿树的掩映下，显得五彩斑斓，绚丽多姿。夜晚，市民们身着厚厚的运动装跳起了广场舞，足显早晚温差大的气候特点和人们热爱生活的精神面貌。干净、清爽、热情、活力、时尚且富有国际范儿的特色，成为满洲里给我留下的最深的印象。

呼伦贝尔草原

"草原茫茫天地间，洁白的蒙古包散落在河边。我的心爱在高山，高山深处是巍巍的大兴安。林海茫茫云雾间；矫健的雄鹰俯瞰着草原……"伴着《呼伦贝尔大草原》悠扬的歌声，我们离开了满洲里，去领略呼伦贝尔大草原的魅力。

在满洲里前往海拉尔的路上，我们沿途观赏了位于陈巴尔虎旗的呼和诺尔景区。草原因水而富有灵性，水因草原而显得浪漫。景区内4平方千米的天然草原，12平方千米的湖泊，使水草相连，水天一线，美不胜收。兴许是过了旅游旺季的原因，此时的景区游人并不多，湖水安详，草原宁静，一排排勒勒车讲述着悠远的历史，一座座蒙古包回味着马背民族的过往。

此时，我面对穹顶，背向草原，深深地呼吸：草原母亲，你的辽阔，是宽厚的包容；你的苍茫，是历史的演变，马背民族懂得草原的内涵，只有驰骋疆场才懂得草原的博大。

草原不仅给了我们生命，更赋予了草原人民勇敢和坚强。草原是养育我们的沃野，更是我们需要保护的生态屏障。

呼和诺尔草原

在莫日格勒旅游景区，天南地北的游客穿着四季皆有的各式服装，羽绒服、风衣、运动装、T恤衫，显示着这里的温差。草原、骑马、实景演出、酸奶、羊肉，拥挤的游客在这里品尝着牧区的味道。

草原是呼伦贝尔的底色，溪水是草原上婉约的飘带。在莫日格勒，最吸引我们的还是弯弯曲曲的莫日格勒曲水。

源自大兴安岭西麓的莫日格勒河同样位于陈巴尔虎旗，它由东北向西南，流经呼伦贝尔大草原，注入呼和诺尔湖后流出，汇入海拉尔河，全长290多千米，属中俄界河额尔古纳河水系。

莫日格勒曲水犹如绿色草原上冰清玉洁的银色纱巾，弯弯曲水，形成半圆状，她用涓涓细流抚弄着草原的肌肤，流淌出诗意的旋律，呈现出几多娇柔妩媚。站在茫茫草原上，倾听曲水的流淌，一场心灵与自然的对话仿佛揭示了人类与自然的关系。人类说："你的博大让我看到了人类的渺小。"自然说："你的尊重让我感受到了天人合一的包容。"

"我的心爱在河湾，额尔古纳河穿过那大草原。草原母亲我爱你，深深

的河水深深的祝愿……"

额尔古纳湿地

呼伦贝尔的美还体现在我们了解甚少的湿地上。离开边陲小镇额尔古纳市约3千米，我们便来到亚洲第一大湿地——额尔古纳湿地。

在护栏和木栈道的保护下，我凭栏眺望，广袤的绿色湿地翠如地毯，一望无垠，额尔古纳河的支流根河从这里蜿蜒流过，九曲十八弯的河水曲线环抱着草甸，岸边灌木丛生，秋草泛黄，形成壮观秀丽的河流湿地景观。

额尔古纳湿地位于根河、额尔古纳河、得尔布干河和哈乌尔河交汇处，在干旱的季节，由于这里有较稳定的水情、充足的湿地，成为许多鸟类非常重要的庇护场所，形成涵盖了额尔古纳除原始森林外几乎所有类型的自然生态系统，是中国目前保持原状态最完好、面积最大的湿地。

额尔古纳湿地

额尔古纳湿地美丽的景色因为有了草原和溪水的灵气而充满了生命力，由此也极富感染力。湿地涵养水源，水分保护湿地。沿着木栈道，我们时而缓步下移，时而拾级而上，一望无际的额尔古纳湿地，用数不清的蘑菇状的小土包在绿色的草地上绵延着无尽的起伏，用婉约的清泉勾勒出草原的秀美，此时，我因我的观察力、想象力是如此单薄而感到遗憾，我的表达能力和表现力是如此贫乏，完全描摹不出额尔古纳湿地的辽阔和美丽，留给我的只有不舍和眷恋、深情和难忘……

根河湿地

夕阳西下，我们恋恋不舍地离开了额尔古纳湿地，第二天一早，开始向着中国的最冷极根河出发。

汽车的轱辘终于丈量出草原的边界，随着草原逐步淡出视野，广袤的森林闯入了我的眼帘。习惯了用"茫茫"形容草原，如今才知道用"茫茫"形容林海更为贴切。

走上高高的兴安岭，才知道何为林海。林海带给了我"海"的视觉冲击，也带给了我"冷"的身体感受。进入根河市，一股凉意穿心而过。路旁，一个"中国冷极：-58℃"蓝白相间的标识牌显示着根河的年最低温度，我不由得倒吸一口凉气！我后悔出来时拿的厚衣服少了。我们入住了一家个人开的小酒店，一股融融的暖意马上驱走了寒冷，店主说："每年的9月1日起根河就开始供暖了，现在已供暖一周多了。"啊！这里已经进入了供暖期，足见中国的地域辽阔，南北之差！

位于呼伦贝尔市北部的根河市虽然不是中国最北端的城市，但平均海拔1000米，高于平均海拔600米的黑龙江省漠河市，因此气温低于"中国北极"漠河。这里的年平均气温为-5.3℃，县气象台记录，极端最低气温为-51.5℃，气象站记录极端低温为-58℃。

也许是秋的凉意淡化了游客的旅游热情，早上8点半左右，我们成为景区的第一批游客。沿着林区台阶，我们来到了根河湿地景区。山上的樟子松、落叶松层层叠嶂，山下湖水清澈，碧如明镜，弯弯的栈道描绘出林区的秀丽，景区内只有一位身着森林防火工作服的工作人员在清扫树叶，并为我们指引着路线。他不无遗憾地告诉我们，再过几天，这里的森林会呈现出红、黄、绿、紫等五彩颜色，那才叫一个多彩的秋季啊，漂亮极了！由于时间关系，我们只能与根河五彩的秋景擦肩而过了。哦，五彩林海，想必是打翻了调色盒，在这里书写着层林尽染的美卷……

站在冷极弯下，仰望蓝天，呼吸一口天然氧吧的空气，静静的森林几乎能听到鸟儿振翅和歌唱的声音，偌大的林海，只有我们在聆听林海涛声。远处的山峦，近处的河水，森林的环绕，我在安详地感受着踩踏青石的脚步，环境静谧，巧夺天工的大自然回报

根河湿地公园

着人类的珍爱。伟岸的森林，清秀的山水，岂是画家能表现出的美丽？

莫尔道嘎国家森林公园

一个用林木搭起的富有林区特色的尖顶大门，上面的红色草书告诉我们：这里就是著名的莫尔道嘎国家森林公园。

占地45.5万公顷的莫尔道嘎国家森林公园保存着我国最后一片寒温带明亮针叶原始林景观，是目前国内面积最大的森林公园，森林覆盖率为93.3%。公园北邻中俄额尔古纳界河，园内的龙岩山、翠然园、原始林、激流河、民俗村、界河游等六个景区为游客提供着清凉避暑、休闲度假、生态考察、体验寒冷、挑战极限、体味人生等体验服务。期间，不乏骑马、射箭表演和游客体验活动，也有烤肉、奶茶等售卖饮食的摊点。

电瓶车载着我们走走停停，游览园区内的各个景点，山峦起伏，古木参天，植被丰富，溪流密布，雪山石头，松林云涛。幽、野、秀、新的特色，使莫尔道嘎国家森林公园景色独秀，变幻莫测。期间，不乏美丽的传说和人文故事。"一目九岭""猎人之路"等石雕

莫尔道嘎国家森林公园

讲述着这里的传说。漫步林区，至今仍有鹿生存的鹿道，游客可与驯鹿合影；狩猎民族的特色，长满兴安豆的红豆坡等都给游人不同的体验。

此次东部之行，我第一次领略了什么叫茫茫林海！森林的高耸和浩瀚，给予我一种全新的体验，冷峻、伟岸、挺拔、茂密、无边，感慨上天给予人类这宝贵的资源……

漠　河

离开内蒙古的莫尔道嘎，我们一直向北，前往中国的最北端——黑龙江省漠河市。到达漠河市时是中午一点多。原以为号称中国北极的漠河天气会很冷，没想到这天却是阳光普照，暖意融融，最起码，比根河暖和多了！

站在漠河旁，遥望清清的河水，我才了解到，漠河是中俄界河黑龙江的源头。刚刚撤县设市的漠河市干净宽敞，广场石碑上鲜红的大字表明，这个广场叫作"初心广场"，石碑背面还镌刻着"身在最北方，心向党中央"几个大字。

漠河的建筑高层较少。在跟餐厅老板聊天时我得知这里冬天气温-30℃～-40℃时居多，但家中的暖气可让你温暖过冬。问起漠河的产业，这位年轻的女店家说："林业、采矿业是主业，这几年，旅游业也成了漠河的特色产业之一。"

是啊，这不，在市中心的北极星广场旁，操着四川、江苏一带口音的游客正在从几辆旅游大巴车上下来。南来北往的游客带活了周围的一个个小商店，广场周围的水果摊、纪念品摊的叫卖声此起彼伏。如果不说这是中国最北端的县城，我一点儿也感觉不出来它的偏僻和孤独。一个不足2万平方千米，人口8万多人的县城，因为"最北"而火，因为"最北"而有了商机，也因"最北"而产生了活力。然而，真正最北的景点却是距漠河县城70多千米的北极村。车行约一个半小时，下午3点左右，我们来到了北极村。

进入景区候车走廊，又是只有我们两位游客。一位深眼窝、高鼻梁，40

北极村广场雕塑

黑龙江边

北极星广场

来岁的男性工作人员告诉我们:"旅游电瓶车刚走了一批,你们再稍微等等。"

我便和他攀谈起来:"你是俄罗斯族?"

他马上用一口纯正的东北话告诉我:"我是汉族,我姥姥是俄罗斯人。"

"你就是北极村人吧?"

"不是,我是比北极村更北的北红村人。"

此时,他又约了几位游客,说:"来,咱们沿着景点转一圈吧,你们到了什么景点想拍照,我就停下来,但到了部队驻守的营房不许停留。"随后,他拉着我们,一边行进,一边讲解。

这个只有200多户人家的北极村,如今俨然是一个功能齐全,服务配套的旅游区了,村内的广场、餐馆、邮局、养生馆、住宿、小学等一应俱全。

这位兄弟载着我们绕景区一周,我拍到了中国最北邮局等照片。在北极村的黑龙江石雕景点，我们小憩片刻。眺望对岸，俄罗斯的山脉清晰，但不见建筑，更看不到人影。

好一个中国最北，神州北极、最北哨所、"北"字广场、鸡冠之冠、"北"字雕塑、最北邮局、最北小学、最北商店……在这里，"北"字的特色发挥到了极致，当然，我们少不了和中国的界碑再合一次影。然而，从纬度上讲，真正最北的村庄是基本处于尚未开发状态的北红村。

北红村

北红村位于北纬53度33分，东经123度17分，比号称"中国最北"的北极村（北纬53度29分，东经122度21分）更北。为了看一下中国最北端，我们于下午5点40左右离开北极村，踏上了前往北红村的路途。当时急于抢时间赶路的我，是继续前行决策的助推者。因为送我们出北极村的电瓶车司机说，北红村据此约100千米，天黑前应该能赶到。哪里知道，天越黑，路越不好走，土路、岔路、小道，没有路灯，只有车灯照明；没有同行者，路上的车辆很少，导航指引着我们艰难前行。此时，已是晚上8点左右，如果今晚真的"找不着北"，我们俩可真要在中国的最北端以车为家了！我甚至有些后悔作出赶路的决定了。

到了北红村，荒野寂静，只听见几声狗叫和农家客栈飘出的微弱光亮。我仿佛在黑暗中看到了光明，立刻冲着灯光最亮的一家走去，门前悬挂的灯笼告诉我们，这里可以住宿。我走上前去一问，被老板告知："客满了，一间房都没有了！我家的客房让一个摄制组租了，已经租了半个多月了，他们在这儿拍电视剧呢！"只听一间房内人声躁动，推杯换盏，一场酒席正酣时。绝望的我们正准备离开，老板给他弟弟打电话问道："你那里还有房间吗？有两位自驾的客人！"

"有！"电话中的人给出答复。

顺着老板指的方向，我们很快到了他弟弟的客栈。这位兄弟早已在门口

北红村街景

守候迎接，帮我们拿下行李，接我们入住。

一进农家客栈，穿过走廊有几间客房、餐厅、厨房，我们入住的房间大炕上放着雪白的被褥，干净清爽，物品、设施一应俱全。就是这儿了，这里的清爽让我有了一种宾至如归的感觉。

我问老板："这炕头热吗？"

这位瘦高个的中年老板说："我前天刚烧过炕，今天又不太冷了，没烧。"

这是个夫妻客栈，丈夫既是前台，又是服务员，妻子主要是厨师。我们很快放下行李，略歇一歇，准备一会儿出去吃饭。不一会儿，餐厅飘出饭香味儿，门厅走廊中几家房客出来，分别围坐在三张圆桌前，开始了"家"的生活。

次日早餐，我和其他房客有一样的感觉：小咸菜太咸。

当那位操着江苏口音的房客向男主人反映这一问题时，男主人回答："没办法，不咸放不住。这地方，冬天下雪或结冰，车进不来，所有的食物供应都成问题……"

我问男主人："这里的人口、生活来源、经济状况如何？"

答案是：全村大概有200人，受气候影响的自然经济和旅游业、餐饮住宿等服务业是这里的主要经济来源。

早餐后，我走出客栈，清净的街道、静谧的空气、原始的村庄……一切都是那样返璞归真，真实自然。

养足精神，继续出发，向着中国最北浅滩乌苏里浅滩进发！

乌苏里浅滩

按照导航和路标的引领，我们沿着山村公路，行驶了大约30千米，来到了中国最北点乌苏里浅滩，一块儿刻有"乌苏里浅滩"的大石头后面有一幢小平房，旁边有两个人在洗鱼、收拾杂物。顺着平房往坡下走，小平房的院落就是下面房子的房顶。这一排大约有四五间平房，小院小门，红旗招展，院内的喇叭里播放着流行歌曲。大约是早晨的原因，这里看不到一位游客。

再往下走，便是由中俄界河黑龙江多年冲击形成的乌苏里浅滩。乌苏里浅滩位于黑龙江主航道中心线上，面积50余平方千米，静静的河面上，只有一只打鱼的船在水上作业。我们拍照的工夫，渔船靠上了码头，我们便和渔夫聊天。渔夫说，天冷了，鱼也不太好打了，一次也就打个几十斤。

"这是黑龙江冷水鱼，小鱼是50块钱一斤，大鱼是150块钱左右一斤。"他希望我们能买几斤。无奈，我们没有做鱼的条件，也只能望鱼兴叹了！据说，这里最冷时有-40℃，有极昼极夜现象，但时间关系，我们没能欣赏到此奇观。

静谧、安详、原始、自然、冰冷、人烟稀少是这里给我的第一印象。

龙江第一湾

离开乌苏里浅滩，大约行驶了130千米，我们来到了黑龙江的龙江第一湾。沿着650多米的木栈道向上走，登高望远，虽有阴雨水雾，但江面回流

龙江第一湾

急转，形成的浑圆岛屿依然清晰可见，它像一颗天然的珍珠，被清澈的江水环抱，在金色沙滩的环绕下，高雅、华贵、恬静、清澈。那圆圆的岛屿，仿佛画家在江面上用浓墨重彩甩出富有艺术感染力的奇妙一笔，让我不得不惊叹大自然的鬼斧神工。

龙江第一湾是黑龙江流经图强施业区红旗岭段的界江。绿树掩映下的龙江第一湾碧波荡漾，环岛而流，沿江山峦起伏，青翠欲滴，虽进入初秋季节，但绿树、山峦的倒影尽收眼底。夏季垂钓，品尝鲜美；驾舟漂流，感受神奇则是这里富有特色的旅游项目。

望着满目的森林，呼吸着绿色氧吧新鲜的空气，我们告别了龙江第一湾，向着内蒙古呼伦贝尔大草原的方向返程。

挺拔的白桦树、茂密的松树林、参天的杨树林和众多叫不出名字的针叶林,让我这个只见过草原没见过森林的人大开眼界。

我见过大海的辽阔,却没见过林海的无边。从根河起,我们几乎每天都行驶在茫茫林海中,四天都没有走出林海。我奇怪,这天然林海是怎么形成的?地理位置、自然气候、土壤水分?我没有得到答案,但一路的森林防火宣传标语和森林公安检查站让我明显感受到了此地防火形势的严峻和重要性。

"穿林海,跨雪原……"《智取威虎山》中杨子荣策马扬鞭,打虎上山的英姿仿佛浮现在眼前,耳畔仿佛想起林海的呼啸。仰望森林,树木笔挺的站姿像挺拔的战士,茂密的林海仿佛植满了天野。

鄂伦春自治旗

东北味儿十足的口音,让人似乎区别不出黑龙江和内蒙古,但鄂伦春民

鄂伦春民族博物馆

族博物馆告诉我，我们已进入呼伦贝尔市鄂伦春自治旗的旗府所在地阿里河镇了。

我们的车停在路边，一个商铺中走出一位妇女，端着一篦子蘑菇，准备晾晒。

我问她："这蘑菇多少钱一斤？"

她说："不卖，我只是晒一下。"

哦，野味十足的蘑菇，我也只能闻闻它的香味了！

新中国成立前还处于狩猎状态的鄂伦春、鄂温克、达斡尔三个民族，他们的过去和现在是怎样的呢？本想通过博物馆了解一下鄂伦春的历史，但正在维修的博物馆谢绝参观。据了解，1952年，鄂伦春自治旗成为我国最早成立的少数民族自治旗，实现了民族区域自治；1958年，鄂伦春族从游猎实现了定居；1996年，全旗范围内禁猎，走上了发展现代产业之路，实现了一个人口较少民族社会形态、生活方式、生产方式的三次历史性跨越。

博物馆前的广场上，一场群众演出正在筹备中，好像是身着森林消防服的一群人正在排练。我上前和一位干部模样的人攀谈起来，他说："现在，鄂伦春自治旗的人口有20多万。"

放眼望去，这里的城市化水平和内地一样，祥和、团结、幸福写在人们的脸上。

牙克石市

驱车赶到海拉尔，已临近中午，离晚上7点半的返程火车还有半天时间，从手机上一搜，还可就近逛一个景点。于是，午饭后，我们又向南约70千米，来到了此行的最后一站牙克石市。

初秋的牙克石市，让五彩的秋叶染得色彩斑斓，街道干净，车水马龙，人头攒动。广场周围的休闲长条椅颇多，健身器材上活跃着老人们的身姿。奇怪的是，中午12点多了，休闲长椅上众多的老人们大多没有回家吃饭午休，还在兴致很高地打牌。

离开市区，我们来到距市区只有8千米的云龙山庄，啊！这里山水一色，林木葱郁，好一个富有诗意的世外桃源！

这里，清澈的湖像一面镜子，婀娜的柳枝像秀气的梳子，把云雾蒙纱、草原环抱的山庄装扮得娟秀妩媚；这里，山峦环绕，玉树挺立，碧水泉涌，林海听涛，大自然的呼吸和歌唱仿佛与我心共起伏；这里，山被水围绕，水与树相融，树被屋点缀，林间、绿岛、山坡、栈道，各式木屋别墅枕着林涛和波涛的韵律，安静地欣赏着林间鸟叫，充满了浪漫情调，将群山峻岭点缀得优美别致。山下的扎敦河，山上的落叶松、樟子松、白桦树人工林，集中了呼伦贝尔的山、水、林、原四大特点，让我又一次领略了呼伦贝尔的大美神韵！

为期10天的神州北极行使我继新疆之行后，又一次感受到祖国的辽阔和壮美。神州北极，冷吗？那里有我们的兄弟姐妹，有袅袅炊烟和温暖的客栈。偏吗？那里有独特的景致，游人无数。美吗？那里有茫茫林海，辽阔草原。神州北极，光耀东方！

2018年10月20日

长征印记 甘南山水

2020年国庆节，我和我家先生早就规划好的红军长征甘南行终于成行。

曾是党校教师的先生对中共党史有着浓厚兴趣，记者出身的我自然也对耳闻目睹有着天然的兴趣，我俩一拍即合，国庆期间寻访红军长征甘南足迹成了我们此行的目的。

东老爷山

10月1日早晨7点半，我们开始了为期7天的自驾行程，下午3点多，便来到了甘肃省庆阳市环县东老爷山。这里是陕甘宁交界处，这天，环县的天空湛蓝清爽，碧空如洗。走进景区，一座座元、明、清朝的庙宇楼阁与宏伟的道教宫观和谐相衬，在绵延的山势中舒缓起伏，浑然天成。站在高高的山顶，放眼望去，翠绿叠嶂，松云辽阔，风景迷人。

在景区的最高点，一座挂着红色条幅"中国共产党万岁"的楼宇十分醒目。这座名为曙光坛的楼宇下，一座汉白玉的毛泽东雕像巍然耸立，让人敬仰。

1935年10月11日，中国工农红军第一方面军从甘肃省镇原县三岔镇进入环县，两路行军，途经10多个乡镇，行程百余千米，15日，抵达东老爷山宿营。这里靠近南梁革命根据地，当地老百姓对红军打富济贫、解放劳苦大众的义举早有耳闻。红军到来后，他们自发送粮运柴，盛情欢迎，主动让出山上唯一的水窖供红军将士饮用，当地群众亲切地称之为"红军窖"。毛泽东、彭德怀、叶剑英等领导住在禅堂内三间土箍窑里，士兵们住满庙堂内外，他们利用短暂的休息时间，宣传革命道理和统一战线政策。16日清晨，红军向陕北进发。

东老爷山

东老爷山红军长征纪念碑

东老爷山集生态、红色旅游等内容于一体，是省级文物保护单位，也是甘肃省红色旅游经典景区和爱国主义教育基地。此行的第一站，给我留下了良好且深刻的印象。

周祖陵

次日一早，我们游览了位于庆阳市的周祖陵。

周朝是继夏商之后中华民族5000多年文明史中较早的一个朝代，而农

周祖陵

耕文化又是中华文明的重要渊源。据史料记载，周人定居今庆阳庆城一带，从事农业耕作，在陇东庆阳一带创建了农耕文化，周先祖不窋成为有历史记载的第一个周人首领。由于他功绩卓著，死后人们把他葬于庆阳市东山的山顶，后来，历代帝王均往此地祭奠他。

1994年，景区重建布局，合理规划，完善了景区建设。沿着不断攀升的800多节台阶，我们游览了以周祖大殿、周王殿、肇周圣祖牌坊、后稷殿、碑亭、八卦亭、鉴亭、栖凤亭以及钟鼓楼为主的周祖文化景区及以五谷、五果、五菜、五花、五药为主的五福临门周祖农耕文化体验园。景区亭台楼阁，河水环绕，花草树木交相辉映，最让人难忘的还是这里的中医文化。

甘肃庆阳有着在中国值得骄傲的三个第一，第一剂中医养疗药方是从庆城出来的；第一批五谷粮食是在庆城种植并向全国推广的；第一孔干燥文明的窑洞是从庆城开挖修建的。《黄帝内经》是托名黄帝及其臣子岐伯、雷公、鬼臾区、伯高等人的论医之书。着力打造岐伯中医药文化、周祖农耕文化、中华孝道文化成为周祖陵景区的三大重点。济世阁和历代书法家撰写的黄帝内经千家碑林等让我感受到了岐伯在搜集整理甚至创建、弘扬中华民族中医文化乃至为整个人类作出的巨大贡献。

作为庆城人的岐伯，当然是庆城人民的骄傲，庆城县就此利用城中水系，在城区构建了古长城、塔楼、阁楼、星宿台等富有中国传统文化特色的建筑景观，置身于充满中国传统文化特色的街景中，让我们梦回千年……

10月2日下午，我们来到了红军长征时两次经过的庆阳市镇原县三岔镇，想参观一下毛主席在此的驻地。虽然当时纪念馆的门没开，但经过我们的耐心等待和主动联络，终于得以入内参观了纪念馆和毛泽东旧居，没有留下遗憾。

1935年10月10日，中央率领陕甘支队来到三岔镇。红军在三岔镇摧毁了盘踞在当地的民团，打开了6处豪绅庄堡，缴获了大量粮食、衣物和一些弹药，这些物资除一部分用来补充军需，大部分分给了贫苦农民。

1936年10月，马渠上原畔建立了镇原县第一个党支部，同时在三岔镇建立起三岔区苏维埃政府和秘密区委及其乡村政权组织，红军长征播下的革命种子在这里扎根、萌芽、生长，传遍全县，开花结果。

2003年，三岔镇政府筹资14万余元，修葺了毛泽东及其他中央领导人住过的瓦房及窑洞，建起了围墙，栽植了花草树木，修建了东老爷山革命烈士陵园。三岔镇红军纪念馆也成为庆阳市的爱国主义教育基地。

翻越六盘山

天高云淡，望断南飞雁。
不到长城非好汉，屈指行程二万。
六盘山上高峰，红旗漫卷西风。
今日长缨在手，何时缚住苍龙？

这首毛泽东于1935年创作的《清平乐·六盘山》，表现了当年10月毛泽东在率领红军长征翻越宁夏南部固原西南的六盘山时，红军彻底打垮国民党反动势力的坚定决心，抒发了将革命进行到底的豪情壮志。

在三岔镇游览时，偶遇的几位当地游客向我们推荐了距离这里200多千

三岔镇毛泽东旧居

米以外的六盘山景区，出于对这首词的喜爱和对六盘山的向往，我们于次日清晨踏上了前往六盘山的行程。

  上午9点多，我们便到达了六盘山景区。位于陕甘宁交界处的六盘山是红军长征时翻越的最后一座大山，近南北走向的狭长山地，海拔超过2500米，最高峰米缸山海拔达2931米，其北侧另一高峰称六盘山，是渭河与泾河的分水岭，沿途山路曲折险狭，须经六重盘道才能到达顶峰，六盘山因此得名。

  走进六盘山景区，我才知道这里是国家级自然保护区，景区有坐观光车和步行两条观摩线路，我选择了步行，主要目的是可以自由观景拍照，也可以在这么好的自然环境中呼吸养分，徒步健身。

  游览线路沿途流泉瀑布、怪石嶙峋、松竹翠木、重峦叠嶂，茂密的森林、湿润的空气，让人仿佛置身于原始森林。在大自然的美景中，景区还专门设置了一条红军长征时的路线，随着这些景点的设置，我们仿佛重走了一次长征路。

  出发瑞金、血战湘江、突破乌江、遵义会议、攻占娄山关、红军泉、四渡赤水、巧渡金沙江、飞夺泸定桥、翻越大雪山、懋功会师、炸弹坑、艰难

六盘山景区雕塑

草地行、奇袭腊子口、决策哈达铺、会师将台堡、奠基大西北、吟诗台、纪念亭……一个个形象逼真的雕塑,一块块简洁明了的展牌,2.5千米浓缩的二万五千里长征路,向游客描绘出红军长征的不朽画卷,讲述着这一段让人刻骨铭心的历史。

离开参观步道,我们又走进六盘山红军长征纪念馆。"不忘初心,走好新的长征路"的巨幅标语,显示着当今共产党人的责任与使命。一件件实物,一个个景观,一张张图片,一份份说明,向游客讲述着红军长征路上的动人故事。

离开纪念馆,一座如史诗般的巨著以六盘山长征纪念碑的形态耸立在纪

六盘山景区雕塑

念广场,纪念碑的两侧,分别以毛体书写着毛泽东创作的《七律·长征》和《清平乐·六盘山》,气势雄伟,令人敬仰,让人难忘!

了解不凡业绩,更加敬佩先人,没有中国共产党领导下的人民军队,哪有今天的中国?长征用波澜壮阔的史诗书写了人类历史上的丰碑,让人敬重,让人增志!

红军长征毛泽东旧居纪念馆

离开六盘山景区,10月3日下午2点半左右,我们驱车到达了甘肃省平凉市静宁县界石铺镇,寻访毛泽东长征时在这里住过两天三夜的地方。在距离县城20千米,312国道旁,一座具有中式建筑风格的城楼亮起了中国工农红军长征界石铺纪念馆的牌匾,我们立即前往参观。

院内宽敞整洁,各区域划分明确。红军雕塑广场、毛主席旧居、缅怀厅、红军楼、戏台、白色战马等各有其位。游人们在祥和宁静中感受着红色文化的传承和延续。

中国工农红军长征界石铺纪念馆

毛泽东旧居纪念馆内景

1935年10月3日，毛泽东领导的中国工农红军陕甘支队到达静宁县界石铺，在这里驻扎了三天两夜。毛泽东、周恩来、张闻天、王稼祥、博古等人曾在这里安营扎寨。这里也成为红军三大主力会师地之一。

院子内，我们看到了保存完好的红军楼，下设一戏台，那里曾是红军战士给当地群众分发缴获国民党战利品的地方。

毛主席在界石铺简陋的旧居内，椅子、铜灯、炕桌、长条桌、火盆、脸盆等实物显示着那个时代的生活状况和领导人的简朴生活。

我们参观界石铺这天，正好是10月3日。85年前的今天，毛泽东等人在这里居住、生活和工作的场景仿佛就在眼前，斗转星移，如今的界石铺镇已是经济繁荣发展，人民安居乐业，社会和谐稳定。抚今追昔，红军付出鲜血和生命的代价让人对今天的幸福生活更觉珍惜！

1996年投资维修的界石铺红军长征毛泽东旧居纪念馆，如今已成为广大群众缅怀英烈，开展爱国主义教育的景点。

会 宁

前行不远,这天下午4点多,我们又来到了纪念红一方面军和红二、红四方面军胜利会师的甘肃省会宁县红军长征胜利纪念馆。

在甘肃省会宁县会师镇会师路的闹市区,我们艰难地找到停车位后,从一个大门进入红军会师旧址。

历经烟雨的会师楼,傲视苍穹的红军三大主力会宁会师纪念塔,保存完好的红军会师遗址,气势宏伟、珍品众多的红军长征胜利纪念馆,规模宏大的将帅碑林长廊,将游人的记忆带回到红军胜利会师的盛大场景之中。

1936年10月2日,红一方面军十五军团打进西津门,攻克会宁城,打响了红军三大主力部队会宁大会师的第一枪。

1936年10月9日清晨,中国工农红军第一、二、四方面军三大主力胜利会师会宁城,西津门及古城墙见证了当年红军三大主力部队胜利会师的场面。中央领导人在当时称为西津楼的门楼上开过会,1958年,甘肃省政府将西津楼改称为"会师楼"。

步入红军长征纪念馆,一件件实物,一个个场景,一幅幅图片,一个个故事,都渗透着战争的烟火、百姓的支持,这是

红军三大主力会宁会师纪念塔

生命的记录、情感的涌动、信念的支持。伴随着讲解员动情的讲解，我们在85年后的10月，感受着当年的奋斗精神，更增加了爱党爱国的热情。

在旧址院内的舞台上，依然挂着的"庆祝红军长征会师联欢会"的会标，人们似乎还能感受到当时三大主力红军胜利会师的喜悦之情和欢庆场面。

建于明代洪武六年（1373年）的古城门曾是会宁城的城门，新中国成立后，会师楼多次被翻修，如今，在保持原样的基础上面貌一新，红旗招展。站在城楼上，会师旧址周围的面貌一览无余。如今，这里车水马龙，人头攒动，商业气息十足，体现了社会安定，民生兴旺的景象。

漫步在会宁会师旧址，红军总司令部，红一、红二、红四方面军指挥部、红军总政治部、红军大学等旧址，看得出当时红军会师的规模、人数和组织架构，可谓中国工农红军的核心所在。

红军长征和会师期间，6万会宁人民保证了在会宁境内战斗、生活的近7万名红军将士的日常所需，使红军得到了较好的休整补充。会宁也成为红

会师门

红二方面军指挥部旧址

军长征期间，三大主力红军唯一经过全境、战斗生活时间最长的地方。会宁群众在同红军的相处中，深感红军是人民的军队。据不完全统计，全县有400多名青年参加了红军。

红军三大主力在会宁会师，标志着长征的胜利结束，是中国革命的伟大转折。

1986年，高达28.78米，共11层的红军三大主力会宁会师纪念塔建造完成。此刻，晚霞映红天边，景区下班的音乐铃声响起，望着夕阳下的红军三大主力会宁会师纪念塔，我深感这是红军长征的伟大丰碑，铭刻在中华民族英雄史的壮美画卷之上。我此行到实地目睹、了解、学习、感受，真是触动心灵，不虚此行。

榜罗镇会议纪念馆

10月4日一早，我们驱车前往甘肃省通渭县西南部的榜罗镇。榜罗镇位于通渭县西南部，地处通渭、陇西、甘谷、武山四县交界地带。在长征史上意义重大的榜罗镇会议旧址是我们今天参观的目的地。

1934年10月以后，为了落实北上抗日的行动方针，中共中央召开过一系列重要会议，先后制定过在湘西、川黔、云贵川等地创建根据地，相继北上的战略计划，但由于各种主客观因素的制约，这些计划相继搁浅。

1935年9月25日，中共中央率中国工农红军陕甘支队抵达甘肃省通渭县西南部的榜罗镇。

9月27日，中共中央在榜罗镇召开了政治局常委会会议。会议根据国内

榜罗镇会议旧址

榜罗镇会议旧址前的红军井

外形势的发展变化，作出了将中国革命大本营和红军长征落脚点放置到陕甘苏区的重大决策。

榜罗镇会议确立了推动中国革命实现伟大转折的政治路线和行动纲领，为红军长征的最后胜利和中国革命新局面的形成，在思想、政治和军事上指明了道路。榜罗镇也成为继贵州遵义之后,第二个指明中国革命走向的"红色圣地"。

10月4日上午10点多,我们来到了甘肃省定西市通渭县榜罗镇。一个幽静院落内的一面墙上,毛泽东正在给红军将士召开会议的雕塑把我带回到了那个年代。榜罗镇会议纪念馆大厅内,当年参加榜罗镇会议的几位中央领导人塑像英姿勃发,神情自若。纪念馆内珍藏的红军标语,红军使用过的军号、武器,红军战士穿过鞋子,都让人睹物思人,倍感亲切。

院子内是当年的大麦场,院内的红军雕塑向游客再现了当年召开会议的场景。

抚摸着这些塑像,我充满了敬佩和敬爱之情。红军兄弟,你们在那样艰苦的生活条件和战争环境中,靠着双脚在沟壑丘陵、雪山草地中穿行,冒着枪林弹雨,探寻着中国工农红军的生存发展之路,为了中国革命的胜利付出了生命的代价。

官鹅沟

一路追寻长征足迹,一路欣赏甘南的优美风光。山野辽阔,沿途梯田遍地,金黄叠绿,大西北的五彩秋色俨然不比江南逊色!

为了赶在次日一早进入官鹅沟景区,这天傍晚,我们入住了景区的一家民宿。由于景区附近比较潮湿,房间内又没开始供暖,取暖全靠电褥子,这天晚上,成为此行我们最冷、睡得最不舒服的一个夜晚。

10月5日一早,我们来到了甘肃省宕昌县官鹅沟景区。

官鹅沟位于青藏高原东部边缘与西秦岭、岷山两大山系支脉交错地带,紧靠宕昌县,全长32千米,总面积约17637公顷,森林覆盖率为75.1%,沟内前14千米为13个色彩斑斓的湖泊,后18千米为松柏茂密的原始森林,有9道高耸入云的险峻峡谷,11处从山顶或半山悬崖上直泻而下的大小瀑布,60余处风景各异的景点,最深处为高山草甸和终年不化的雪山。

景区由官鹅沟、大河坝、缸沟、南河沟组成。大量的水汽遇上刚刚到来的寒气，使得这里阴冷潮湿，仿佛要给我此行难得欣赏自然风光的热情降点儿温度。

　　在冷风习习的早晨，景区大巴载着我们进入景区大门，步行一段时间后，只见两侧耸立的山峰形成了风景优美的山谷。再往前走，移步异景，山泉奔涌，涛声迭起，浪卷坚石。饱览这里的奇峰、怪石、瀑布、河流，听着河水滔滔，望着瀑布飞流，穿行于山间河谷，感受清风幽凉，官鹅沟的风景，不仅驱走了我的寒冷，而且让我不由得想起离这里不是很远的四川省九寨沟。

官鹅沟

官鹅沟

　　官鹅沟自然风景区毗邻中国革命历史名镇哈达铺，衔接世界文化遗产九寨沟风景名胜区，如果说，九寨沟的水是湖蓝色的波浪翻卷在池湖峡谷之中，那么官鹅沟的水则是白浪滔滔，翻滚而下。它从山间飞流直泻，欢呼跳跃，用与山石的拍打声和山峰的撞击声谱写了一曲曲浪遏飞舟的旋律，形成了明湖、公主湖、官鹅湖三处官鹅沟湖泊水域区的代表性景观，而在河流飞旋的两侧，通天门、盘龙峡，五瀑峡又形成了官鹅沟峡谷中的精华。

　　官鹅沟景区幽静深邃，山风吹来，瀑布化为云烟，随风飘散。边赏景边走，身体不知不觉开始微微出汗，阳光也渐渐送来了温暖，清晨的阴冷已荡然无存，我在山泉的喷涌中感受着高山的气势和水流的节奏，也品味着山水之间的神奇魅力。

　　哗哗的流水声向人们宣布，瀑布才是这里的精灵。有山有树有水，官鹅沟峡谷以它的芳草萋萋、花香袭人、彩蝶飞舞显示着它的卓尔不凡，让游人感受着人与自然的水乳交融。

　　历时约两个半小时的游览后，我们依依惜别官鹅沟。接近中午时分，我们开启了前往同在宕昌县的中国历史名镇哈达铺的行程。

哈达铺

  10月5日中午一点半左右，我们从官鹅沟来到了哈达铺镇，一个富有藏族特色的门楼，一条整体墙面都呈红色的街道深邃而漫长，两侧的商铺一个接一个。这条由382家店铺组成的长约1200米的街道，是红军在长征途中走过最长的、保留当年原貌最完整的一条街，被称为"中国工农红军长征第一街"。

  位于甘肃省宕昌县的哈达铺镇，距县城35千米，1935年9月18日，红一方面军突破天险腊子口到达哈达铺，约14000人在这里休整了7天。

  当我们步入其中，老式的商铺、简易的设置、破旧的门板，一看就是富有年代感的建筑。在这条街上，仍有个把商户开着门，当年红军在这里买粮的粮店还在做着粮食销售和米面加工生意，墙上画着红军在哈达铺的大幅图画的铁匠铺还做着打铁工艺展示和铁艺加工生意。但说实话，眼下这条街里的商铺，空置率较高，人流量较小。

  我看到一位在门口晒太阳的老大娘，便上去和她攀谈，问她高寿。

  她回答说："82岁了。"

  我又问她："您小的时候听老人们讲过红军在这里的故事吗？"

  她说："我耳背了，听不清你说的话……"

  谈话只能就此结束了。

  85年过去了，这条百年老街依然能按照原貌完整地保留到现在，实属不易。一个红军在这里发现重大信息的乡邮所至今保存完好，现在还有邮筒的哈达铺邮政代办所依然发挥着通邮、展览、见证历史和传承文化等作用。

  这个乡邮所尽管无人值守，但敞开着的大门内有简介，有柜台，有雕塑，它们记录着当时这里一个姓王的陕西人边做生意边收集报纸，办乡邮所的历史。

哈达铺邮政代办所

中共中央政治局常委会（哈达铺会议）旧址

哈达铺是当年红军走出藏区，进入甘肃的第一个多民族聚居区的镇子。这里海拔2225米，阴凉湿润，盛产当归、红芪等中药材，自古就是甘川道上的一个商贸重镇和军事要冲。当年，四川、陕西、山西、河南、上海、广州等地的不少客商来这里经营药材生意，商业活跃。外地商人在哈达铺做生意，都要订一份家乡的报纸，以了解家乡的信息。

在红军长征哈达铺纪念馆，我们看到在红军和各级苏维埃政府的领导下，宕昌人民开始轰轰烈烈地打土豪、分财产、筹粮秣、动员青年参加红军，为粉碎国民党企图阻止红军北上的阴谋，为三大红军主力在甘肃会宁实现胜利大会师作出了必要的准备。

宕昌人民为红军积极筹集了数十万斤粮秣和大批军用物资，使经过雪山草地和长时间行军作战的红军战士身体得到恢复。在红军的宣传教育下，有3000多人参加了地方游击队，2000多名青壮年加入了中国工农红军。哈达铺成为长征史上的历史重镇。

漫步在哈达铺的红军街，仿佛穿越历史时空，近距离感受着红军当年在这条街道休整的生活气息以及与当地群众和睦相处的生活状态，好像让我们也感受到了红军暖人的温度……

旋窝村

离开哈达铺镇,行进大约10千米,我们直奔麻子川镇旋窝村。靠近旋窝村,不远不近就会看到伊斯兰风格的建筑,有两三处清真寺在平房居多的小镇上格外醒目。

不宽的街道上,不时可见回族老乡,男性戴着白色小帽,女性头裹围巾。下午5点多,沿着导航的指引,一排排较为密集的民居整齐地向后退去,快走到路的尽头,也没有看到毛泽东旧居的醒目字样,我们不得不停车问正在散步的当地老乡。友善的老乡向后一指:"你们走过了,刚才门口有个牌子的地方就是。"我们又倒退了几十米,终于发现在一个茅草土

旋窝红军驻地

房的院子前，立着一块儿黑色的石牌"旋窝村红军驻地"，但是，锁着的大门又一次让我们望门兴叹。一筹莫展时，我们不得不求助于路边的回族老乡，两位60多岁的老乡热情地帮我们找到钥匙，开了大门。

一座布局良好，院落宽敞的四合院迎接着我们。院落的南边是毛泽东曾经的居住地。走进屋内，简单的陈设、较暗的光线显示着房屋年代的久远。

旁边是一个不太大的展厅，讲述着毛泽东和红军在旋窝村一带发生的故事。

我从展厅的展览中得知，毛泽东那首著名的《七律·长征》就是在麻子川旋窝村酝酿创作的，"更喜岷山千里雪，三军过后尽开颜"的乐观与豪迈体现了长征必胜的信念！

参观了旋窝村红军驻地，了解到了红军长征时和少数民族互相尊重，相敬相融的点滴，让我更加坚信群众支持的力量！

下午快6点时，我们离开旋窝村。返程时，红军长征时在岷山活动过的大草滩、扎占路等地名牌子不时从眼前掠过，岷山因长征而闻名，也因此显得更加俊俏、挺拔！

腊子口，将成为我们的下一站！

腊子口

10月6日一大早，我们从岷县出发，车行70千米，直奔著名的腊子口。随着车辆的前行，窗外云山雾罩，山峦起伏，山路崎岖，地势险要，车辆稀少。当年红军进山时，估计全是天然山路，眼下虽然已全部是柏油公路，但遮挡视线的弯路让你看不到前方，心中不免恐慌。85年前在这里响起的炮火声仿佛就在耳边，腊子口不愧为天险！

上午10点多，我们到达了位于甘肃省甘南藏族自治州迭部县东北部的腊子口，首先参观了腊子口战役纪念馆。

这个纪念馆始建于2005年，作为红色教育基地，2009年实行免费开放。

纪念馆中的展览用实物、图片、文字、雕塑、沙盘、景观模型、蜡像、影视等手段再现了腊子口战役的情景，介绍了腊子口战役的历史地位。

腊子口是川西北通向甘南的门户，周围是崇山峻岭，东西两侧如刀劈开了100多米高的陡峭石崖，中间是一个宽8米左右的隘口，腊子河从峡口奔涌而出，抬头望去，一线青天，地形险要，易守难攻。

从纪念馆前行几千米，腊子口战役纪念碑巍然耸立。由甘肃省人民政府于1980年在腊子口战役纪念地修建的纪念碑，镌刻着杨成武将军"腊子口战役纪念碑"的题字。"腊子口战役的辉煌胜利将永远彪炳我国革命史册；在腊子口战役中光荣牺牲的革命烈士永垂不朽！"的碑文表达着后人对红军烈士的敬仰。

纪念碑广场上，游客悠然，当地居民摆地摊儿销售着当地独有的腊肉。

云山雾罩的腊子口

一幅恬静、安宁的画面诠释着今天这里人民的幸福与吉祥。

茨日那毛泽东旧居

离开著名的腊子口，我们驱车前往毛泽东当年指挥腊子口战役时住过的旧居。

蓝天清爽，彩旗飘扬，红色装饰，藏族风情，我们很快走进全国少数民族特色村寨旺藏寺茨日那村。街道旁山花烂漫、小河流淌，三三两两学习美术的学生在这里写生。不远处，"茨日那毛泽东旧居"的字样告诉我，我们的目的地到了。

现在这所房子的主人是桑洁，他的爷爷曾是毛泽东的房东，桑洁一家三代精心看护着这所房子，守护着他们的红色记忆，为此付出了很多。

如今，毛泽东曾经住过三天三夜的地方——茨日那村的一座二层藏式小木楼成为来自四面八方游客瞻仰的红色胜地。桑洁也记不清，这些年自家老屋究竟来过多少游客，更记不清自己曾向游客介绍了多少遍长征时毛主席在老屋住过的情况。现在，他的家成了全国重点文物保护单位。

俄界会议旧址

离开茨日那毛泽东旧居，下午4点多，我们到达甘肃省距四川最近的地方，我们此行最后一个红色景点——俄界会议旧址。俄界位于甘南藏族自治州迭部县达拉乡高吉村，俄界会议，以其会址所在村而得名。这里群山环绕，松林茂密，地势平坦，依山傍水，风景秀丽，长征相关内容的标语和红色文化雕塑在这个藏族山寨中格外醒目。

俄界会议旧址展馆和俄界会议参会的主要领导人的雕像坐落在一个不大的广场上。在这座藏族村寨中，我们终于找到了写有俄界会议旧址的院落，院子里有一个土围墙木楼建筑，仰头望去，小木楼大约高6米，登上小楼木梯，是

俄界会议旧址展馆

面积大约15平方米的毛泽东的居室。楼下是1935年9月12日党中央召开政治局扩大会议的地方。房屋四周有黑色木柜子,桌上摆着几只碗,还有几把小凳子和一个灶台,还有当椅子坐的土墩子,显示了当年的会议场景。

俄界会议是红军长征途中在甘肃境内召开的一次重要会议,对确定红军北上进入甘肃的战略方针,胜利完成红军长征具有极其重要的意义。

透过沿途这些保存完好的旧址,我们完全可以想象得出当时红军是在怎样的条件下行军打仗的。

长征之所以能取得胜利,靠的是中央领导人的英明指挥,是红军战士坚定的理想信念、百炼成钢的革命意志和骁勇善战的智慧和胆魄,当然,还有人民群众的拥护和支持。

俄界会议毛泽东居室

俄界会议旧址

当时红军长征是从南到北,而我们此行是从北到南,因此,我们此行参观的线路是倒着走的,但这样实地重走长征路,让我了解了长征的历史,强化了长征记忆,感受了长征精神,给我留下了终生难忘的印象!

下一站,将是我们此行的最后一站:扎尕那!

扎尕那

在颇具藏族风情的迭部县住了一晚,10月7日一早,我们开车半个小时左右就到了扎尕那景区。

扎尕那,藏语意为"石匣子",位于甘南藏族自治州迭部县西北30余千米处益哇乡的一座古寨子,地形像一座规模宏大的巨型宫殿,似天然岩壁构筑。

眼前,缓缓的山坡上绿草如茵,连绵起伏,层次错落的藏族村寨密集,偶见炊烟升起,牛羊觅食,似一幅恬静的田园牧场画。

转身望向景区,富有藏族特色的景区大门前已是游人攒动,导游比肩。买票进入景区,一辆电瓶车拉着我们开始深入景区,但没走多远,就让我们下车了,说是由此步行上山。

看着前面陡峭的山峰,脚下山路弯弯,路不成形,我也只好望山兴叹了!步行上山不久,只见不远不近,有一些藏族同胞围坐在一起,好像在吃着早点。他们为什么不在家里吃了饭再出来呢?哦,原来他们是招揽游客的牵马人!

低头走路,不规则的山路时而狭窄,时而弯曲,一条小溪悬泻而下,声响如雷,山间河水汩汩流淌,发出湍急的流水声;仰头望去,森林、山崖、峭壁,好不壮观!

扎尕那景区集石林、峭峰、森林、田园、村寨及藏传佛教寺院于一体,好似人间仙境!还没有到达顶峰,体力不支的我们已盼望找个拐点下山了。

坐在一块儿大石头上,仰头一望,早上还是阴沉沉的天,此时雾气升腾,轻纱弥漫。云海翻腾中,山峦、险峰时而露出雄姿,时而神秘隐藏。迭

扎尕那一景

山石林、秀美石峰在阳光的照射下璀璨生辉。在蓝天与白云的映衬下，山上苍松翠柏，郁郁葱葱，石峡两面是垂直挺拔的岩壁。数百米高的对称岩壁，巍然耸立，让人类显得如此渺小……

一座状似蘑菇石的山峰在蓝天白云的掩映下，时而撩开纱幔，露出俊俏；时而躲在云后，藏起锋芒。白色山峦辉映着这座雄伟的山峰，蓝色天空成为辽阔的背景，让险峰更险，白云更白，使画面更有立体感、神秘感和梦幻感……

在捕捉美景的过程中，我们的身心得到了休息，在另一条马道居多的返程路上，我们一路观景，一路下山。

不远不近，许多藏族同胞牵着马儿的缰绳，载着游客，在泥泞的山路上前行，不时会听到游客在颠簸中带着恐慌的叫声。哦！体验骑马，感受刺激，这种旅游，既增加了当地藏族群众的收入，也不失为一种身心互动的原生态体验！

呼吸着清新的空气，欣赏着山与水、草与树的色彩，感受着大自然的神奇，我们依依不舍地告别了扎尕那。

扎尕那河的田园牧歌

站在高处，回望景区，扎尕那的秋天是一番别样美景，扎尕那用多彩的色调描绘着石寨的美丽；用立体的层次勾勒出景色的多姿，待景区的道路完善，我将重返扎尕那！

寻访长征路，体验甘南行，让我乐在其中，收获满满。我感受最深的是了解了长征故事。作为一个中国人，近距离感受这段历史是很有必要的，对我来说，这是一次补课，生动形象，触动多，感受深，这大概就是读万卷书，行万里路的意义所在吧！

金秋甘南行（中华新韵）
金秋烂漫甘南走，遍地长征故事多。
汉藏回蒙援臂手，山川河谷系家国。
哈达铺里机缘现，腊子峰中险隘夺。
旷世雄风魂壮烈，丰功不朽颂红歌。

2020年11月22日

齐鲁大地 根脉之旅

我不算旅游达人,却也去过不少地方。遗憾的是,驰名中外的泰山和有中国传统文化鼻祖地位的孔孟故里,我却一直没能亲自去感受一下。2021年春天,我终于以自驾游的方式了却了这桩心愿。

泰 山

2021年4月28日一早,我和爱人从鄂尔多斯市康巴什区出发,经鄂尔多斯市准格尔旗、山西省、河北省曲阳县、保定市等地,进入山东省,晚上8点左右,进入泰安市,全天行程约1000千米。为了躲开"五一"长假的客流高峰,我们将登泰山作为此行的第一站。

泰山是山东最高大

泰山南天门

泰山雕刻

的山脉，地层为华北地台典型基底和盖层结构区，南部上升幅度大，盖层被风化后露出大片基底——泰山杂岩，其绝对年龄25亿年左右，是中国最古老的地层之一。泰山是五岳之首，"稳坐泰山""重如泰山""泰山北斗"等成语中的泰山，显示出其被视为社稷稳定、政权巩固、国家昌盛、民族团结的象征。泰山也是几千年来中国唯一受过黄帝封禅的名山。早就听说，相比其他名山，泰山不算陡峭，登起来也不算太累，领略过黄山、张家界等山峰的险峻，体验过攀登高峰的劳累，我对登泰山充满了自信。

次日一大早，我们便开始了泰山的登山之旅。缓步前行，边走边看，巨石峰峦、石刻书法、宫观寺庙、植被叠嶂、蓝天白云，偶见山中泉水汩汩流淌，好一个自然之旅、文化之旅！

泰山以它开阔的胸襟、包容的态度、豪迈的性格和山峦的峻峭，彰显着其厚重的历史和深邃的文化。泰山又名岱山，自秦始皇开始到清代，先后有13代帝王依次亲登泰山封禅或祭祀，另外有24代帝王遣官祭祀72次，可见泰山在古代帝王心中的位置。

仰头望去，悬崖峭壁，巨石庙宇，随处可见名家书法，摩崖石刻。古代文人雅士前来游历，作诗记文，1000多处摩崖石刻和碑碣800余块，记录了泰山的人文历史，因此也留下众多观宫寺庙，成为后人了解历史、传承文化的重要载体。

沿路攀缘，我时而被品种繁多的植物所吸引，时而被苍劲的松柏所折服。是啊，泰山还是植物王国，100年树龄以上的古树名木就有34种，1万多株，且药用植物资源丰富，何首乌、黄精、杏叶参和紫草被誉为泰山四大名药。

泰山拥有森林、灌草丛、草甸、湿地等生态系统，其中油松天然次生林面积约700亩，是中国暖温带天然针叶林的典型代表，侧柏林多系天然次生林或人工林，林龄300年以上的古树逾万株。大面积以栎类为主的落叶阔叶林是暖温带落叶阔叶林地带的典型代表，具有很高的保护价值。景区的野生动物主要为鲁中南山地丘陵动物地理区的代表性类群。

一路攀缘，一路观景，"泰山压顶不弯腰"，向着南天门进军！

小时候，在我的笔记本扉页或插图里，经常可以见到漫漫台阶上远望高处南天门的画面，仿佛踏上南天门就可以登天了。今天，我用脚丈量着通往"天路"的距离，仿佛遥望可及，唾手可得。

穿越龙门，进入南天门，逛一下天街，观一下天门居，"登泰山而小天下"，站在泰山顶，一览众山小。也许是泰山的山势相对平缓，1545米的泰山极顶，比起黄山似乎少了些险峻。放眼望去，云海薄雾，山峦起伏，泰山的伟岸、大自然的辽阔，更让人心旷神怡，心神安宁。

在下山的路上，忽然发现一块儿石头上写着孔登岩，哦，莫非是孔圣人也到此一游？我赶紧在此留影一张，哦，山东曲阜，孔子故里，作为山东人，孔子怎能不登泰山？

左丘明墓

此次山东之旅，我称其为根脉之旅，因为我们要拜访孔孟故里。学历史的先生更是对历史名家有着浓厚兴趣，这一带，有着诸多历史名人，特别是春秋战国时期的名人故里或墓地。众所周知，左丘明是中国传统史学的创始人，为中国史学的开山鼻祖，被誉为"百家文字之宗、万世古文之祖"，历史系毕业的先生怎能不看望一下祖师爷呢？在前往孔孟故里途中，我们绕道拜谒了左丘明之墓。

下了高速，驶入乡间小道，山东肥城市一排简陋的农舍附近，在两块儿立有"左丘明墓"的石碑前，我们停下了车。旁边是农田和乡间小路，却看不到我们想象中的墓。后来在手机上才发现，左丘明墓的新址并不在此，而在肥城市石横镇东衡鱼村东，墓地占地2公顷多，但眼下，我们只能按导航的指引在这里寻访左丘明墓的遗迹了。

左丘明是约公元前502年至约公元前422年生人，曾任鲁国史官，他为解

左丘明墓

析《春秋》而作《左传》，又称《左氏春秋》，这是中国第一部完整的编年体史书，在中国思想史、史学史、文学史和学术史上都占有重要地位。

左丘明又作《国语》，分别记载了西周末年至春秋时期（约公元前967年—公元前453年）周王室及鲁齐晋郑楚吴越诸国史实，为中国最早的国别体史书，是具有很高价值的原始资料，被誉为"文宗史圣""经臣史祖"，孔子、司马迁均尊左丘明为"君子"。

左丘明与孔子同为春秋末期人，二人关系密切。他曾与孔子一同前往周室，鼎力支持孔子从政，受到孔子的好评。左丘明作《国语》时已双目失明，他品德高尚，胸怀坦荡，深得鲁侯器重。

站在左丘明的墓碑旁，脚踏生机盎然的农田，我思绪万千，泱泱大中华，浩浩史学界，历史钩沉，读史明鉴，传承根脉，启迪智慧，面向未来！

范蠡之墓

古韵厚重的山东肥城，不仅有左丘明墓，还有范蠡墓。范蠡，春秋末期著名的政治家、军事家、经济学家、谋士、实业家，被后人尊称为"商圣"。范蠡因不满楚国政治黑暗而投奔越国，帮助勾践兴越灭吴，三次经商成巨富，三散家财，自号陶朱公，乃中国儒商之鼻祖。

导航将我们指引上一条山间小道后便说是"导航结束"，但是范蠡墓在哪里？我们停车四处寻找，过了20多分钟还是没有找到。无奈，我走到附近一户农家乐的院落询问，热情的主人给我指了路，不一会儿，我们就找到了正在修葺周边配套设施的范蠡墓。

群山环抱，翠绿茸茸，范蠡墓就坐落于山东省泰安市肥城市海拔502米的陶山主峰西麓，墓地占地约1000平方米，2400多年前，范蠡就葬在这里。墓的四周有一米多高的石砌围墙，围墙内有8棵千年古柏树。范蠡墓三面环山，一面为湖，像一把座椅，实可谓"背山面湖固根基"也！陶山后山顶有齐鲁长城，长城以北是齐国，国都临淄距这里150多千米，南边是鲁国，国都曲阜距此120多千米。此地是三国交界处，距三国国都甚远，有山有湖，有洞有林，交通便利，自然成了范蠡逃离越国，免受纠葛，幽栖隐居的好地方。陶朱公范蠡之墓的石刻显示着范蠡在陶山的隐居生活。范蠡在陶山经商期间著书立说，写出世界上最早的《养鱼经》和《支付奇书》。当时他把经商之道和养殖技术传授给亲友乡邻，让他们富裕起来，范蠡也因此被当地民众尊为财神。

尽管范蠡墓周围的道路交通不算好，但入口处也有一位把门的老人收着10元的门票费，里面正在修建的几处亭台门楼，预示着这里将要依托范蠡墓打造旅游文化的项目。

虽然时光已远去，但躺在这里2000多年前的历史名人，用他在历史上卓越的贡献成就了自己不朽的灵魂。墓地虽然不甚光鲜，但顺着他的脉搏，我们可以触摸历史，寻求根脉，这，大概就是旅游和文化相结合的要义所在吧！

曲阜三孔

离开肥城，前往曲阜。下午大约3点，我们就到了孔子故里。孔庙、孔府、孔林是曲阜孔子故里的三大看点。

中国儒家文化的创始人孔子被尊称为"孔圣人"，被国际学术界尊称为世界古代十大教育家之首。20世纪70年代初，他所倡导的"仁义礼智信""克己复礼""学而优则仕""劳心者治人，劳力者治于人"等理论就在我稚嫩的心里留下了混沌的印象。随着时代的变迁，孔子作为儒家文化的代表，所倡导的"修身、齐家、治国、平天下"至今被人们所奉行，作为一个热爱中国传统文化的人，朝拜孔子故里是我向往已久的事。

一进景区停车场，守在门口的工作人员就告诉我们："你们只有两个多小时的时间了，五点半景区下班。建议你们买通勤车票，可往返三个景点。"我们立即买票上车，没有几分钟，就到了孔庙。济南市南120千米的

孔庙

曲阜市是一座有着5000多年悠久历史的城市，儒家学派创始人孔子、"元圣"周公等圣贤均生于此。

走进孔庙，我们仿佛穿越古今，牌楼院落、飞檐文阁、石雕书法、苍松翠柏，历史厚重、文化浓郁的建筑风格和孔氏遗迹让我们对孔圣人产生了更加亲近和崇拜之感。

在2000多年的历史长河中，孔子创建的儒家文化逐渐成为中国的正统文化，并影响到东亚和东南亚各国，成为整个东方文化的基石。在他去世后的第二年，他的住宅被改成孔庙。汉代以后历代皇帝都提倡尊孔读经，对孔子不断追谥加封，不断扩大祭祀他的寺庙，孔庙也越修越大。

现在的孔庙占地327.5亩，建筑466间，前后有九进院落，纵向轴线贯穿整座建筑，左右对称，布局严谨，气势宏伟。前三进院落由门或牌坊等导向性建筑物构成，第四进有一座三重檐的高阁奎文阁，其中藏有历代皇帝赏赐的图书。第七进院落中有"杏坛"，据说是孔子生前讲学处。孔庙的主殿、廊下云龙古柱，由石材雕成。雕塑双龙对舞，衬以云朵、山石、涛波，造型优美生动，是艺术瑰宝，与故宫、避暑山庄并称为中国三大古建筑群。

孔庙内有孔子塑像，由石雕碑刻，特别是汉魏以来的800多块碑刻，连同孔庙内原有的1200多块，形成了我国又一碑林，成为研究中国古代书法和文化艺术的宝贵资料。

离开孔庙，完全不需要坐中巴车，步行不远便是孔府，几个身着道服的

孔府（摄影 王广东）

孔府

男子从侧门出来，哦，他们不是在拍历史题材的戏吧？瞬时，我仿佛穿越到了春秋战国时期。位于孔庙东侧的孔府是孔子的嫡长孙居住的地方。

建于宋代的孔府，占地240余亩，有房舍480余间，是一座官衙和住宅建在一起的封建贵族庄园，衙署大堂用于接受皇帝颁发的圣旨，或处理家族内事务。其前院为官衙，后院为住宅。孔府后院的花园，幽雅清新，布局别具匠心，是园宅结合的范例。孔府在此藏有大量珍贵的历史档案、传世文物、历代服饰和用具等，是中国封建社会官衙与内宅合一的典型建筑。孔子去世后，子孙后代世代居庙旁看管孔子遗物，到北宋末期，孔氏后裔住宅扩大到数十间，随着孔子后世官位的升迁和爵位的升高，孔府建筑规模不断扩大，至清朝达到现在的规模。

厚重的历史本应慢慢观赏、细细消化，但眼看快到景区下班时间了，突然，街头飞驰而来一位蹬三轮车的大妈，问我们是否要车，送我们去孔林。这时，我才想起我们是买了景区通勤票的啊，但中巴车不知在哪儿，眼下时间紧迫，不容多想，我们立即坐上了这位大妈的三轮车，前往孔林。

上了车我才问她："您的腿脚这么利索，多大了？"

她说："60岁了！"

哦，真是能人，蹬起三轮车，她那神态和反应不比年轻人差！随着车三拐两拐，我们迅速到了孔林。

原以为，孔林是孔子后裔的植物园，但"林"与"陵"的错觉，还是让我领略了"孔陵"的规模与气派。

走进孔林，仿佛走进了绿意盎然的植物园，人行道两旁，是规划整齐的参天柏树，挺拔耸立，向游客讲述着这里的古老与沧桑，楼阁雕塑，彰显着

孔林一景

中国传统文化的魅丽。漫漫的绿意，在错落有致、时而凸显的孔氏后人陵墓中一直延伸至孔林的最北端。

孔林最北端，一座绿草茂盛、规模较大的青冢前立着一块牌子，前碑篆书"大成至圣文宣王墓"，后碑为篆书"宣圣墓"，表明这是孔子之墓。

公元前479年孔子病逝，鲁国上下哀悼，孔子的得意弟子子贡遵循一种古老的信仰，从四面八方持奇木异树来到老师的墓地，栽种在坟的周围，形成了最初的孔林。

孔子的弟子们也许担心天长日久找不到老师的墓地，不约而同地围绕墓地种植下树木，作为老师墓地的标志。子贡还在老师的墓前盖了一座茅屋，为老师守墓6年。这些弟子守墓时，年年植树。孔子墓地的东边有一个被称为"楷亭"的凉亭，亭内石碑上刻有一棵古老的楷树。相传在孔子去世后，子贡将一棵楷树苗种植在老师的墓旁，后来这棵树长成参天大树。清康熙年间遭雷火焚死，后人便将这棵楷树的枯干图像刻在石上，筑亭纪念。孔子的弟子们用植树的方式来表达对恩师的思念之情。

孔子长眠于弟子及后人栽植的树林里，始终只有墓而没有起坟堆，因此，这里也没有称为孔墓。直到东汉桓帝时，朝廷才以官方名义修了孔子墓。此后历代帝王赐给祭田、墓田，重修和扩建，才形成了现在古木参天、遮天蔽日的孔林规模。

孔子在林木环绕中长眠了2400余年，孔子墓不称孔陵而称孔林，恰如其分地把孔子同那些功业傲天下的帝王们区分开来，因为他毕竟是中国历史上独一无二的圣人。

孔林作为孔氏的家族墓，埋葬孔子长孙已至第七十六代，旁系子孙已至七十八代，从周至今，全无间断。作为一个家族墓地，延续时间之久，墓葬数量之多，保存之完好，在世界上是没有先例的。它是儒家思想在漫长的中国封建社会里居统治地位的产物。孔林丰富的地上文物，对于研究中国墓葬制度的沿革和古代政治、经济、文化、风俗、书法、艺术等都具有很高的价值。

晚上，我们住在曲阜孔府旁的一个酒店。晚饭后，我漫步在曲阜街头，欣赏着灯光亮丽的夜景，城门楼、步行街、特色小吃、与孔子相关的书籍和以"孔"字头号命名的各种酒店、餐馆等的招牌、幌子，耳边还不时传来招揽游客的马车铃铛声和马蹄声，游客在宽大的马车上观光游览，好不惬意，而我也从中感受到了浓浓的孔府氛围，仿佛回到了春秋战国时期，感受着古代文化的气息。

曲阜"三孔"以丰厚的文化积淀、悠久的历史、宏大的规模、丰富的文物珍藏以及较高的科学艺术价值而著称，是中国历代纪念孔子，推崇儒学的见证，因其在中国历史中的显著地位，被联合国教科文组织列为世界文化遗产，于1994年12月被收入《世界遗产名录》，被世人尊崇为"世界三大圣城"之一。2007年，曲阜市明故城（三孔）旅游区经国家旅游局正式批准为国家5A级旅游景区。

景区内的遗迹、旧址、庙宇、石刻、书法等，处处显示出孔子的历史贡献及其地位，还有后人对他的尊敬和对儒家文化的传承。夜幕降临，沿街商铺上橘红色的筒式灯笼纷纷亮起，暖人暖心的颜色仿佛向游人讲述着古老的中国传统文化，孔子晚年修订的《诗》《书》《礼》《乐》《易》《春秋》以及所述内容的《论语》，奠定了其历史地位，被后人尊为"万世师表""至圣先师"。

匆匆的"三孔"之旅，让我从脉络上理清了思路，从感官上得到了强化，从心灵上产生了共鸣，更重要的是，我走近了这位思想巨人，对儒家文化似乎多了一份了解，这大概就是文化之旅、根脉之旅、学习之旅的一种收获吧！

孟子故里

是造物主的神奇还是儒风互染？曲阜和邹城，相距20余千米，出了两位儒家文化的杰出代表，孔子因其为儒家学派的创始人、奠基者，被后人称为

"孔圣人",而生活在战国时期的孟子,是孔子思想的继承者和发展者,被人们称为"亚圣"。孔孟都主张"仁治"和"法治",人们常把孔孟连在一起,孔孟之道,是中华传统文化的重要组成部分。

有着3000多年文明史的山东邹城有各类文物古迹300余处,春秋战国时期为邹国国都,同鲁国并称为"邹鲁圣地",为文化兴盛之地。

走进邹城孟子故里,映入眼帘的是标有"亚圣"的门楼。孟庙便是我们拜访孟子故里的第一个窗口。始建于北宋时期的孟庙,经宋、元、明、清扩建和维修后,前后五进院落,自第三院落后分左中右三路,庙内有历代碑刻270多块,古树名木环绕。亚圣殿是孟庙的主体,几棵承载着悠悠岁月的古树像左右卫士,护佑着"亚圣"。

庙内院落,巨树参天,生机盎然。这是岁月的流淌、文化的传承,更是不朽的传说……

孟子故里更多的是富有人文气息的历史典故。"子不学,断机杼""孟母三迁"的故事在中国可谓家喻户晓,看到孟庙里刻有这些典故的石碑,更觉这些故事之亲切,富有教育意义。

孟府的礼门、仪门、亭台楼室等体现了我国明清时期古建筑的特点。"亚圣府""礼门义路""世恩堂""赐书楼""国医

孟庙

孟府

堂""后学""习儒馆""讲儒堂"等门厅的设置，体现了孟子当年礼仪、生活、办公、教学等学习、生活状况。

幽静古老的院落内，盛开着几处鲜红的花朵，还有盎然的苍松翠柏，满眼绿植，煞是喜人，这是心花的绽放还是生命和文化充满生机的传承？

离开孟庙、孟府，驱车20多千米后，我们来到了孟林，这里也被称为"亚圣林"。

我们沿着道路两旁郁郁葱葱的苍松翠柏漫步园林，经过前面此起彼伏的孟氏墓丘后，终于见到了立着"亚圣孟子墓"碑的孟子墓。这里虽然游客不多，但面对沉睡在地下2000多年前的伟大的思想家，我还是充满了敬畏之心，深谙"文化是魂""精神不朽"的内涵。

孟子的主要思想就是仁、义、善。他的《鱼我所欲也》《得道多助，失道寡助》《寡人之于国也》《生于忧患，死于安乐》和《富贵不能淫》等文章被编入中学语文教科书中，使儒家文化得到了很好的传承。他倡导"民为贵，社稷次之，君为轻"，意思是说，将人民放在第一位，国家其次，君在最后。孟子认为君主应以爱护人民为先，为政者要保障人民权利。这和共产党倡导的"以人为本""为人民服务"其核心要义是何等相似！

孟子一贯以孔子正统的继承者自居，他不仅授徒讲学，培养出了乐正子、公孙丑、万章等优秀的学生，还与弟子一起著书立说，著《孟子》七篇留给后世，犹如绵绵春雨，普降于漫漫历史长河之中。

匆匆的孔孟故里行，走马观花式的观光游，只是从感性的角度了解了孔孟文化，形影相随的孔孟，有大成至圣，也有亚圣；既有《论语》，也有《孟子》。孔曰"成仁"，孟曰"取义"。以孔子、孟子为代表的儒家思想和理论体系，弘扬和践行仁、义、礼、智、信，倡导厚生、爱民、公平、正义、诚实、守信、革故、鼎新、文明、和谐、民主、法治等。在今天，我们依然能感受到孔孟之道对中华民族传统文化的影响。

清波荡漾微山湖

微山湖

西边的太阳快要落山了,
微山湖上静悄悄。
弹起我心爱的土琵琶,
唱起那动人的歌谣。
爬上飞快的火车,
像骑上奔驰的骏马。
车站和铁道线上,
是我们杀敌的好战场……

一首脍炙人口的《弹起我心爱的土琵琶》把我的记忆带回了铁道游击队的岁月,我上中学时就会哼唱这首歌,使我第一次知道了"微山湖"的名字。山东省济宁市枣庄铁道游击队,扒火车、炸桥梁、钢刀插入敌人胸膛,打得敌人魂飞胆丧的故事,是小说留给我的记忆,也是电影给我们展现的场景。

今天,当我近距离欣赏微山湖时,只见湖面上波光倒影,水流清澈。"中国十大魅力湿地"之一的微山湖湿地公园是国家4A级旅游景区,鸥鸟盘旋,芦草飘逸,白帆点点,好一派水天一色、山湖相间的美丽景色。

祥和、宁静、悠然、休闲是这里的主色调,但这宁静的背后,却有着战火纷飞的故事。

草木兴衰,物是人非,但当年芦苇激荡,激烈战斗的回声仿佛还在耳畔;火车黝黑,汽笛声声,仿佛铁道飞侠的身影还在穿梭。在这里,火车已是一种固定陈列,向游人讲述着铁道游击队的故事。

景区内,游客可以乘船游览,上岛参观,或乘坐电瓶车游览。上岛后,微子墓及其塔楼是这里最大的景观。

微子名启,是殷代"帝乙"长子,殷纣王同母庶兄,孔子及宋襄公之

微子塔楼

祖。因反对纣王的暴政而出走，周成王时受封于宋，死后葬于微山岛，微山湖、微山县因此得名。如今，微子墓已成为山东省重点保护单位。

微子塔楼主建筑有正殿、偏殿、碑亭等，仿古建筑群中有拜台，正殿内雕梁画栋，古朴典雅。碑亭周围，花团锦簇，绿意盎然，俨然一处文化厚重、景色宜人的文化公园。据这里的人讲，真正的微子墓还需要走大约半个小时才能到。

岛上有铁道游击队展览馆，此时因维修而闭馆，又成为我此行的一个遗憾。电瓶车还拉着我们参观了一些景点，一些老式房屋、生产生活用具勾起了我们时代的记忆。

返程途中，落日西下，微山湖上微风吹草，水波荡漾、倒影连连，景色别样，不失为一种水天相连的悦人景色……

台儿庄

离开微山湖，前往台儿庄。台儿庄古城、台儿庄大战纪念馆是这里的主要景点。由于时间关系，我们重点参观了台儿庄大战纪念馆。

走近纪念馆，24根立柱支撑着白色的天棚，象征着中华民族顶天立地，屹立于世界民族之林。整个建筑气势雄伟，庄严肃穆，富有现代色彩。

1992年，经中宣部批准，台儿庄人民政府投资3000万元兴建了台儿庄大战纪念馆，该馆坐落于风景秀丽的古运河畔，含展览馆、影视馆和全景画馆三大部分，陈列着台儿庄大战时中日双方资料、文物千余件。书画馆珍藏着参战将士和亲属以及著名书画家、政界人士的书画作品近千件。展览用图片和实物的形式，介绍了淮河阻击战、临沂反击战和滕州保卫战。

血战台儿庄是抗日战争初期，中国军队击败日本侵略者的一次战役。台儿庄也因此名声大振，坚定了全国军民共同抗日的必胜信心。这场战役也是中华民族全面抗战以来，继长城战役、平型关大捷等战役后，中国人民取得的又一次胜利。

台儿庄位于以山东枣庄台儿庄为中心的鲁南区域，是江苏省徐州市的门户。1937年底，日军攻陷了南京，急欲打通津浦线，夺取徐州，然后循陇海线西进，取道郑州南下，占领中国抗战的中心城市——武汉，台儿庄因此成为日军夹击徐州的首争之地。

1938年3月24日，日本侵略军濑谷支队向台儿庄发起进攻，中国军队在以徐州为中心的津浦路南北的广大地域内，击败了日军两个精锐师团。在历时半个月的激战中，中国参战部队4.6万人，伤亡失踪7500人，歼灭日军1万余人。此次战役，沉重地打击了日本侵略者的嚣张气焰，鼓舞了全国军民坚持抗战的斗志。

作为全国百家爱国主义教育示范基地、红色旅游景区，台儿庄大战纪念馆游人众多，成为后人汲取精神力量的重要场所。

走出纪念馆，环视周围，绿草如茵，垂柳婆娑，玉带拱桥，河水清波，诗情画意，宁静安详的画面，更让人怀念英烈，珍惜当下。

荀子墓

齐鲁大地，是春秋战国时期诸子百家的活跃之地，也留下了诸多那个时代思想家的遗迹。荀子墓，是我们接下来参观的景点。

离开台儿庄，前行一个多小时，我们来到了山东省临沂市兰陵县兰陵镇，荀卿的墓地坐落于此。景点大门前，一面砖墙上雕刻的"登高望远，青出于蓝"的大字非常醒目，显然，这些大家耳熟能详的成语出自荀子。

不巧的是，正在维修的荀子墓闭门谢客，我们只能绕外围参观一下了。"青，取之于蓝而青于蓝。冰，水为之而寒于水。"景点门口的这些石刻，表明荀子作为战国时期的一位思想家，对中国文化的影响。

荀子（约公元前313年—前238年），名况，战国时赵国人，是继孔孟之后的又一位儒学大师，世人尊称他为"荀卿"。他曾游学于齐国，任稷下学宫祭酒，后又到楚国，由春申君任用为兰陵令。年老辞官，著书立说，死后

荀子讲堂

葬于兰陵。

被围墙包围起来的荀子墓大门紧锁,里面正在施工。门口有一个商店,出售与荀子有关的著作和商品。粗略翻了一下这些书籍,可以看出,荀子长期在兰陵从政,著述讲学,传《五经》之义,授"帝王之术",论"修身、齐家、治国、平天下"之道。荀子培养了韩非、李斯、浮丘伯等许多弟子,也为兰陵本土培养了不少人才。西汉时兰陵儒学勃兴,多善为学,均得益于荀子学风。

荀子晚年于兰陵总结百家争鸣的理论成果和自己的学术思想,创立了先秦时期完备的朴素唯物主义哲学体系,其思想集中反映在《荀子》一书中,流传至今。

日照市

离开临沂市的兰陵,我们前往日照。日照,是因为"日出初光先照"而得名。

夸父逐日,是探寻太阳从什么地方升起,从菏泽、曲阜一直向东,就到了日照。在远古人类活动的有限区域,认识有限的情况下,日照沿海地区就被认为是"日出初光先照"。经考证,日照自古有之,自周朝、秦朝、西汉、三国、北魏、隋唐皆归属不同的区域,1087年,置日照镇,属莒县,日照之名始于此。1184年,始设日照县,属益都府莒州。元明沿袭。清属沂州府。1913年撤府,属胶东道。1928年撤道直属省政府。1940年3月,日照县抗日民主政府成立,1956年归临沂专署。1985年3月,撤县设市(县级)。1989年6月,升格为地级市。

位于山东省东南黄海之滨的日照市,背山面海,中部高四周低,全市河流分属沭河水系、潍河水系和东南沿海三大水系。

"万艘船只平安抵达口岸"的万平口海滨风景区成为我们的打卡点。找到停车场,步入景区,湛蓝的海水,松软的沙滩,踏水的游人,玩沙的儿童,还有色彩斑斓的景区小火车,装点着海天一线的美丽画卷。远近相间的灯塔仿佛定海神针,高耸而立。

依黄海而建,南临日照港,西接植物园,5000米的万平口海岸线,以优美宜人的自然环境、湿润清新的空气、宽阔洁净的沙滩、清澈透明的海水和明媚灿烂的阳光成为游客们进行沙滩浴、海水浴、日光浴、沙滩排球等运动

日照海边

的休闲场所。

眼下，虽然只是春意初萌，却挡不住游人们挽起裤脚，踏沙而入，搏浪嬉戏，与海水、沙滩来个亲密接触。"蓝天、碧海、金沙滩"融入了人与自然和谐共处的理念，集广场、绿地、餐饮、购物、停车、娱乐、洗浴于一体的万平口海滨风景区，成为日照"海滨生态市、东方太阳城"的主要标志。

在这里，还有造型各异的各种海洋或水上场馆，看得出，这里不仅是游客休闲娱乐的场所，还可举办各种海上赛事或者活动，2005年、2006年欧洲级、470级世界帆船锦标赛和2007年全国首届水上运动会曾经在这里举办。

海上明月，日照千里，匆匆的日照之旅，给我留下了蓝天碧海，玉水沙滩的印象。日照，有机会定会再来观光，相信你的风情万种、魅力无限，定会让更多的人喜欢你、爱上你！

青　岛

从日照车行约150千米，我们来到了青岛市。首次走进青岛，我感受到了青岛海滨城市的气息，现代化的城市中，还有近代史上留下的文化遗迹。青岛，用它的风姿、气度和个性展示出它是一座有历史、有文化、有内涵的城市。

经常在电视上看青岛，鳞次栉比的高楼，弯弯的大海，银色的沙滩，如织的游人，嬉水的场景……今天，我终于成为众多游人中的一员，近距离感受青岛海滨的浪花。

在青岛第二海水浴场，我们漫步在海边，海水拍打着礁石，海潮翻卷着白浪，海鸟翻飞，水流涌动，海风拂面，观海听涛，情侣牵手，细语呢喃，有节奏的波涛韵律仿佛向游人讲述着青岛的百年过往……

青岛德国总督楼地处青岛老城区，我们围绕信号山转了三个来回也找不到停车位，最后，还是以车的右前侧遭受剐蹭的代价，挤进一个很小的车位，然后步行好远，才排队参观了德国总督楼。

路上风景

　　始建于1905年的德国总督楼让人想起德国中世纪的新天鹅堡。该建筑由德国建筑师拉查洛维茨设计，1907年交付使用。它是一百多年前德国侵占青岛时期所建造的胶澳总督的官邸，后为日本驻青岛守备军司令、国民党驻青岛市市长的官邸。

　　这座欧洲皇家风范的德国古堡式建筑，其造型之典雅，装饰之豪华，轮廓线条之优美，色彩之瑰丽，居我国单体别墅建筑之前列，20世纪初建造的这种风格的房屋在德国也不多见了。

　　缓坡上行，宽敞的院落内，花式秋千、玻璃茶几、拱门、欧式立柱式大门，尖尖的塔顶红白相间，黄色的主色调，粗朴的花岗岩石料装饰，宫廷式的内饰，构成了德国威廉时代典型建筑样式与青年风格派相结合的建筑。

　　总督楼为四层楼房，一、四层系辅助性房间，窗户明显偏小，二、三层为办公室，门窗很大，宽敞明亮，向阳面还有类似阳台的长廊。楼内的会议厅和门厅均高大气派。

　　这座建筑创造性地包容了多种建筑艺术语言和东西方的文化理念。它记载着历史，又超越了自身的历史，成为20世纪建筑艺术的经典之一。

青岛海畔

新中国成立后,青岛德国总督楼作为政府宾馆,曾接待过许多国家领导人和贵宾。

1996年,国务院将其公布为全国重点文物保护单位。

依山傍海,青岛海边形成了十条幽静清凉的大路,这些路以我国八大著名关隘命名。"八大关"周围有300多座俄、英、法、德、美、丹麦、希腊、西班牙、瑞士、日本等20多个国家建筑风格的别墅,这里因此有了"万国建筑博览会"之称。

青岛的德国总督楼

一座楼与一座城市共同经历了往昔,也折射了一段历史。告别了青岛德国总督楼,我们又来到青岛花石楼。

从外表看,灰色是它的主色调,鹅卵石砌出的墙颇有欧式古典风格,楼内由大理石贴面,"滑石"作为墙壁内饰装饰。花石楼背靠八大关,面临第二海水浴场,位置优越,园景优美,五层的建筑,楼顶可以作为观海台。

苏联十月社会主义革命后,一大批俄国人来到青岛定居,1932年,一位较为富有的,名叫格拉西莫夫的白俄人在临海呷角上修建了这座海滨别墅,其建筑融入了希腊式、罗马式和哥特式的建筑特色,建筑物正面造型由圆形和多角形组合而成。

建筑面积750多平方米的花石楼一层为会客厅、办公室和餐厅,二层为主卧房,三层为咖啡屋、书房和客房,塔楼为瞭望台,主楼地下一层为厨房和佣人住房。

院内凉亭、花坛、石径通幽。新中国成立后,花石楼成为接待中外贵宾的馆舍,党和国家领导人董必武、陈毅等都曾在此下榻。

花石楼

建筑是凝固的音乐,更是文化的博览,还承载着历史的印记与名人的过往。斯人已去,建筑犹在。抚今追昔,深感岁月沧桑……

济 南

来到山东省,不能不去济南市。大明湖、趵突泉便是我们在这里首选的打卡点。

杭州西湖、福州西湖、武汉东湖,都曾是我过往的记忆。一座城与一个湖仿佛有着不解的渊源。济南大明湖有着怎样的传说?

走进大明湖景区,放眼望去,园内一湖烟水,绿树蔽空,春意盎然,碧水清波,杨柳摇曳,亭台楼榭,曲径回廊,文人墨迹错落其间,好一幅林水相间、天光云影、游鱼可见的美丽画卷。清人刘凤诰"四面荷花三面柳,一城山色半城湖"的对联是大明湖风景的最好写照。

漫步湖畔,临湖观景,荷花满塘,荷浪迷人,嫣红点点;岸边暖风吹拂,杨柳荫浓,繁花似锦,各色亭、台、楼、阁,远山近水与晴空融为一色，画舫穿行。杜甫、蒲松龄等历代文人对大明湖多有赞美。大明湖可谓风光旖旎，景色秀丽，虽然与杭州西湖、武汉东湖丽景各异，但也美不胜收，让人流连忘返。

北魏郦道元在《水经注》中称之为"历水陂"，唐时又称莲子湖。北宋文学家曾巩称"西湖""北湖"。金代文学家元好问在《济南行记》中始称其为"大明湖"。大明湖由济南众多泉水汇流而成，湖水面积46公顷，泉水由南岸流入，水满时从宋代修建于北岸的北水门流出，湖底由不透水的火成岩构成。

大明湖的人文景观十分丰富，历下亭、铁公祠、南丰祠、北极庙等30余处名胜古迹，有着十分厚重和悠久的历史文化底蕴。

大明湖自1958年正式建为公园，经过疏浚清淤、修缮扩建，砌筑了湖岸，美化了园容，恢复重建了名胜古迹，增添了茶社饭店、游船和游乐设施，使之旧貌换新颜，姿容胜往昔。

以"泉城"著称的济南，趵突泉闻名遐迩。从大明湖出来，我们步行到趵突泉，一来为了健身，二来为了近距离感受济南。两三千米的路程，我们

大明湖畔的长廊

很快就到达了目的地。

在熙熙攘攘的济南街头,我们终于看见了趵突泉的大门。同样是以公园形式出现的趵突泉,与大明湖、千佛山形成了济南三大名胜。

欣赏了大明湖水域的开阔,趵突泉小桥流水、曲径回廊、山石林立的景色显得婉约秀气,精致玲珑,仿佛是到了苏州园林。

趵突泉面积达158亩,位居济南七十二名泉之冠。乾隆皇帝南巡时因趵突泉水泡茶味醇甘美,曾册封趵突泉为"天下第一泉"。

趵突泉泉眼是古泺水的源头,1931年四周用石砌岸,北临泺源堂,西傍观澜亭,东架来鹤桥,南有长廊围合。泉水从地下石灰岩溶洞中涌出,3个

趵突泉

出水口每天可涌出7万立方米泉水，最大涌水量为16.2万米/天，泉水一年四季恒定在18℃左右。

济南市的山区是由大约在4亿年前形成的石灰岩组成的，而平原的泥土底下也隐藏着岩浆岩。石灰岩以大约30°的斜度由南向北倾斜，石灰岩本身有空隙、裂隙和洞穴，地下水顺着石灰岩层的倾斜大量流向济南，成为济南泉水的水源，济南也由此得名泉城。

趵突泉泉群也形成了以趵突泉、环城公园、珍珠泉、五龙潭、大明湖五大景区为主的趵突泉地质公园。

趵突泉周边的泺源堂、观澜亭、尚志堂、李清照纪念堂、李苦禅纪念馆等名胜古迹记录着这里的历史和人文气息。

2013年，以趵突泉为代表的"天下第一泉"景区成为国家5A级旅游景区。

泉水涌动，亭榭堂阁，不经意间，一座写有"济南惨案纪念堂"的建筑映入眼帘，这流水花香间，也有战争的浸染？我不禁步入其中，准备看个究竟。

纪念堂内用图片、雕塑、文字等记录了济南惨案。

国民政府北伐后期，日本为了维护其在华北和满蒙的特殊利益而出兵山东。1928年5月，日本政府借口护侨，进兵济南，历下喋血，泉城涂炭，制造了惨绝人寰的济南惨案。济南军民被杀6000人，伤1700多人。5月3日，刚刚上任不到一天的山东交涉专员蔡公时蹈死斡旋，竟遭凌虐杀害。11日，济南全城失陷。

纪念堂外，石刻着《济南惨案歌》《国耻歌》的五线谱词曲，东侧悬挂着一口2.4米高的铸铁大钟，"勿忘国耻"四个大字成为时刻敲响在人们耳畔的警钟。这个爱国主义教育基地为人们提供着不忘历史、勿忘国耻的警示。

1930年，以时任新加坡中华总商会会长、著名爱国侨领陈嘉庚先生为代表的南洋各界同胞，捐款铸造了蔡公时烈士全身铜像。2006年4月10日，新

清澈的趵突泉　　　　　　　　趵突泉景区中李清照塑像

加坡孙中山南洋纪念馆、新加坡中华总商会和中国济南市人民政府联合举行蔡公时烈士铜像移交式，英雄蔡公时去世近70年后终于回家。借此机会，济南市政府等部门要建一座济南惨案纪念堂，考虑到趵突泉是原来五三街的所在地，历史脉络上可以相顺相承，另外这里每年有200多万客流量，社会教育受众广，由此，趵突泉景区内便有了这样一座让人铭记、长志的纪念堂。

每一座建筑都有其背后的故事，今天看似平常的山东宾馆也有着不同寻常的记忆。如今，它已是济南市的市级文物保护单位。

山东宾馆的东北角就是胶济铁路济南站旧址，立在门前的一块牌子介绍着原胶济铁路旧址附近的建筑群。1915年建成的胶济铁路济南站以蘑菇石为墙基，尖顶红瓦，立柱支撑，显示着欧洲文艺复兴时期的建筑风格。

胶济铁路东起青岛，西至济南，全程395千米，是中国最早的铁路之一。1939年胶济铁路与津浦铁路接轨后，胶济铁路济南站改为办公用房。2012年，山东省在1915年建成的胶济铁路济南站旧址兴建胶济铁路博物馆，2014年扩建，2016年正式开放。胶济铁路在中国近代史和社会主义建设时期作出过巨大贡献。

短短一天的济南行程，我们的安排是满满的。坐着公共汽车，我们又来到了位于济南市中心位置的英雄山，这里有党的一大代表邓恩铭和王尽美之墓。建党百年之际,重温他们的功绩,也不失为一种好的党史学习教育方法。

走进英雄山,一座高大的雕塑以"胜利"为名,一位威武的解放军战士骑着战马,振臂高呼,胜利的姿态跃然马背。满目葱郁中,高山上的那座丰碑上,刻着毛泽东手书的"革命烈士纪念塔",让人仰之,敬之!

风光秀丽、幽静的英雄山,四季常青,松柏遍地,是济南市民登山锻炼、休闲游乐的舒适场所,也是内涵丰富的爱国主义教育基地。

踏山而行,拾级而上,一座建筑宏伟,庄严肃穆的济南战役纪念馆映入眼帘。

爆发于1948年9月的济南战役,历经8天8夜,以伤亡2.6万余人的代价,共歼国民党军10.4万余人获得胜利,使华北、华东两大解放区连成一片,开创了人民解放军夺取国民党军重兵坚守的大城市的先例,拉开了中国人民解放战争战略决战的序幕。为纪念这一伟大胜利,缅怀先烈,教育后人,济南市将革命烈士陵园烈士事迹陈列室扩建为济南战役纪念馆。

走进陵园,一座座为解放济南而献出生命的英雄之墓,一个个为中华民族解放事业而牺牲的英雄丰碑,像镌刻在中华大地上的不朽篇章,用他们的传奇故事,忠魂烈胆诉说着中华之子的壮美人生!

在前面静躺着的烈士墓的后面,是一排红色大理石制作的墓碑,王尽

山东宾馆大堂

胶济铁路济南站旧址

济南英雄山

济南战役纪念馆

美、邓恩铭的墓位列其中。

这些静卧、长眠在英雄山的英雄,哪一个不是为人子、为人夫、为人父的好男儿,当然,也不乏巾帼英雄。默念英名,仰慕英雄,我们缓缓移步,凝视着一个个英雄的名字。

忠魂英烈,高山仰止!

安息吧,英雄山的每一位英雄!微笑吧,中国共产党为民请命的每一位党员！你们当笑看今朝之中国：山川满目青翠，百姓步入小康，社会和谐安宁，国家繁荣富强，这不正是你们梦寐以求的美丽画卷吗？我们的心将始终牵挂、怀念你们！千里凭吊，为的就是向你们汇报：祖国永远不会忘记你们，人民将永远记得你们！

尾 声

齐鲁大地，根脉之旅。6天的有效旅游时间，我们完成了泰山、微山湖、日照和青岛海滨、大明湖、趵突泉等自然之旅，孔孟故里、范蠡、左丘明、荀子、微子、冯玉祥之墓、青岛德国总督楼、花石楼等人文之旅；台儿庄大战纪念馆、济南惨案纪念堂、英雄山等红色之旅。

三类景点，彼此交融，它们是中华民族立于大地的生存根脉，是中华民族传统文化诞生、传承、发展、丰富、创新的精神根脉，更是中华民族强大和延续的红色根脉。正是有了这三种物质、文化和精神的根脉传承，才有了中华民族的生生不息。齐鲁大地，让我看到了中华民族根脉的久远、厚重和它向阳而发，蓬勃发展的势头！

2021年8月16日

壮锦清秀 文史绵延

时隔大半年，才顾得上提笔回忆2022年春节后的广西之旅，再不动笔，游记就会变成"忘记"了！

鉴于春节假期我们可以暂时不用照顾孙儿，又由于是冬天，我们将旅游地点选择在南方。正月初五，我们直飞南宁，开启了广西之旅。

中共中央南宁会议会址

入住宾馆后，次日上午，我们按计划自驾到南宁市参观了中共中央南宁会议会址。内蒙古大学历史系毕业的先生对人文历史比较感兴趣，每到一座城市，他总是会提前做好攻略，安排相关景点。

现在的南宁市明园酒店是20世纪50年代南宁市最早的涉外五星级饭店。1958年1月11日至22日，中共中央南宁会议在此召开。会议总结了我国第一个五年计划，讨论第二个五年计划和长远规划，形成了《工作方法六十条（草案）》，强调了"不断革命"的思想，提出今后要"把党的工作重点放到技术革命"上去。

如今仍在营业的明园酒店，周围喷泉飘洒，绿意盎然。进入酒店正门，

南宁会议毛主席下榻地　　　　　　中共中央南宁会议会址内景

一辆CA770三排座红旗轿车展陈于大堂，显示着20世纪中期我们党和政府迎送各国政要及贵宾的交通工具。

酒店东面，一个类似雅间的房门口挂着"南宁会议旧址"的牌子，进入屋内，视觉上房间不算大，中间一张大圆桌表明现在它已是餐厅了。

东面院子，一片充满绿意的草坪恬静而富有生机，草坪正北方，"南宁会议毛主席下榻地"的平层房间普通而又规整。

整个酒店用图片介绍着自己的接待历史和在这里进行过的重要外事活动，仿佛让游人和宾客走进历史，感受文明。

半个多世纪过去了，明园酒店依然正常营业，颇有2021年5月初我们在山东省济南市参观山东宾馆的味道。这么多年，明园酒店保留着南宁会议旧址的珍贵历史，在守护中经营，在经营中守护，也算是不多见的经营模式。

花　山

离开南宁，前往花山。一路向南，山水婉约。是上帝眷顾广西的山水，还是广西的山水天生就富有婀娜的灵性。耳畔仿佛响起了刘三姐悠长婉转的山歌，连续性、条带状、流线形的山脉伴我们一路前行，好不惬意！

到了景区也不过如此吧？我惊叹大自然的鬼斧神工。哦，画家应该就是看了大自然的山水才有了笔下的神仙美景吧！

花山风景区位于南宁地区西南部的宁明、龙州两县境内。到了景区售票口，说是一只船够8位游客才开船，此时已下午3点半了，游船一趟往返需32千米，时间也不够了，开不了船。景区工作人员说："你们可以绕到后面自驾观赏，但因为不在湖中游览，看不到壁画。"原来，花山风景区的一大特色是观赏古代留下来的沿江壁画。

我们正不知该怎么办时，一位65岁的老大哥招呼我们上船，并开始和我们讲价钱。原来，这是一位个人营业的游船，这位老哥说，他还可以给我们当导游，为我们介绍壁画的故事，可以引领我们选择最佳的拍照地点并提供照相服务。

我最早对漓江山水的印象来自儿时阅读的小人书《刘三姐》，大约是20世纪70年代中后期又观看了电影《刘三姐》。婉约的山水，悠扬的山歌，一改我对大山苍茫雄浑的印象。这山，这水，不是神话吧？不是人们想象的仙境吧？2000年和2019年，我两次赴桂林旅游，亲眼看到了漓江山水，才确信，这种富有诗意的山水是广西特有的地质地貌和自然风光，山水孕育山歌，山歌传颂山水，这也许就是广西壮族自治区的独特魅力吧！

游船上只有我和先生两位游客，我俩可以静心尽兴地观赏花山风景。是啊，这山，这水，一点儿也不比桂林山水差，其共性是都具有婉约的流线美，其个性是花山有实实在在的古代壁画。

这天是2月6日，花山用阴沉沉、雾蒙蒙、冷飕飕的天气迎接了我们。但山水相宜的美景让我忘却寒冷，不时走上船头，欣赏美景，记录风景。绿水荡漾，涟漪泛起，绿树倒影，山峦起伏，我像行走于美丽的自然画卷中，在宁静中享受着这诗画般的美景，大有心旷神怡之感。此时，仿佛人世间的烦恼和杂事都烟消云散……

游览中，我们和这位船老大聊着天，他说，虽然他已65岁了，但还要靠这艘船来谋生活，他有两个儿子，还有一个未娶媳妇，按当地习俗，娶媳妇要准备很丰厚的彩礼，这艘船是他家的主要经济来源。突然，他指向一座横躺的美女山峰，并给我们讲述了这个传说故事，然后提示我们，马上要到花山壁画的地方了。

说着，我抬头仰望，峭立的山崖上出现了一片片红色的壁画。我戴上眼镜仔细观看，壁画中有双腿弯曲、手拿弯弓的士兵，有女子下跪拱手相敬的形象，估计专门研究花山壁画的专家可以讲述其中的内涵。

花山以古代壮族的大批山崖壁画为主要景观，分布于2800多平方千米范围之内，大壁画有64处，最集中的是花山和明江两处。其中花山临江的一幅壁画全长约200米，高约40米，有各种人物图像3100余幅。人像最大的高达3米，最小的只有30厘米。这些山崖壁画，或三五为组，或千百为群，多画在下临深渊、上难攀缘的河道拐弯处的绝壁之上。画像全部是用赭红色单线勾勒，线条粗犷，形象传神。

这些像刀劈斧砍的立式山崖，山下波涛汹涌，古人是怎样上去作画的，为什么选择在峭壁上作画，这些画有哪些时代意义？

经查，花山壁画是战国至东汉时期，岭南左江流域壮族先民骆越人

花山壁画

巫术活动遗留下来的遗迹，是国内外著名的古代涂绘类岩画点，距今已有1800～2500年的历史。

仰望花山壁画，诸多朱红色的人物有正面和侧面之分，正面人像高大，大多双腿叉开，弯膝而立，双臂高举，头戴虎冠，身佩长剑，威风凛凛，神情潇洒。壁画中人物有男有女，众多体形较小的人物簇拥在身形高大的"首领"周围，形成众星捧月的构图。期间，还有铜鼓、钟、太阳、船、狗等组成的画面，整个画面，既像庄严隆重的祭祀场面，又像钢筋铁骨的兵马阵，还有先民们狩猎归来的丰收图……

花山壁画规模宏大，场面壮观，图像众多，是广西左江流域岩画的典型代表。1988年，由国务院公布为全国重点文物保护单位，被国家列入中国申报世界文化遗产预备名单。花山岩画历经了战国、西汉、东汉等多个历史时期的不断完善，才形成这震撼人心的鸿篇巨著。

往返32千米的船程，在山流畅、水碧绿、壁画奇的自然之美中度过。

明仕田园

一处类似桂林山水的景区把我们带入如画的境界中，买票进入景区后，坐竹筏游览是必选的游览方式。竹筏上的船夫专心地划桨，一位壮族姑娘提着一壶热茶、一盘花生米摆在竹筏的茶几上，给我们如数家珍地夸起了明仕田园的美丽，说这里曾接待过多个摄制组。是啊，山一旦和水结合起来，就使风景有了灵性。

明仕田园地处中越边境的广西崇左市大新县堪圩镇，距南宁市210千米，距著名的德天大瀑布37千米。此处位于北回归线以南的热带地区，一年四季高温多雨，以石灰岩为主的山脉受到水的侵蚀，形成了喀斯特地貌。

明仕旅游度假区

坐在竹筏上，目光所及全是青山绿水。清澈的河水，飘动着柔美的水草，缓缓的涟漪，将陡峭的山峰变得婉约，倒映着翠绿的湖中，几只黑色的水鸟或在水中嬉戏，或扑腾着翅膀，偶尔发出阵阵鸣叫，使山水间多了一份欢愉和灵动。

大约45分钟的竹筏游览时间在山水间的漂移中很快结束。漫步景区，一幅幅文化长廊的展览介绍了壮族农耕文化、民居文化、服饰文化、骆越文化等，让我对壮乡有了进一步的了解。

明仕田园，恬静山水，舒适幽静，真有世外桃源的感觉。依依惜别后，我们前往著名的德天大瀑布。

德天瀑布

德天瀑布位于大新县中越边境河归春河的上游，距中越边境53号界碑只有50米，与越南的板约瀑布连为一体，是世界第四、亚洲第一大跨国瀑布。德天瀑布景区属国家5A级旅游景区，其设施、景观堪称一流。

德天瀑布

德天瀑布

步入设有围栏的观景通道，一路翠绿，一路涛声。观三叠瀑布，听银珠落盘，远望水帘似绢，水雾迷蒙，清流直下，如玉丝悬挂，瀑布发出的翠笛声声，击打石崖；近观如飞珠溅玉，透过阳光的折射，五彩缤纷，哗哗的水声振荡河谷，愉悦心房。

仰望山崖，郁郁苍苍，富有层次的梯田和山水在云山雾罩的掩映下，形成了天然的山水画。瀑布渲下，清泉流淌，山泉叮咚，绿树茂密，满山的湿润空气，充满了负氧离子，流畅的山水，比山水画更富有活力和美感。

德天瀑布的汩汩流水，伴着日月的流年，在山间舞动，被日月冲刷，但永远保持着生命的活力和优美的韵律，这是大自然的魅力，更是生命的永恒⋯⋯

带着对德天瀑布的眷恋，我们又来到了景区的中越一条街。

登上跨境山，体验了海拔约524米高的魔毯，在滑道中，双腿平放，保持舒适坐姿，本可一览越南风景，但这天水雾太大，即使是在五号观景台，也是景色"迷"人。

壮锦华章书美卷（中华新韵）

婀娜碧水映青山，倒影叠浮曲线弯。

壮锦华章书美卷，陈烟史传记丰岚。

登高望越张明目，踏海迎波入赛坛。

桂树飘香歌荡漾，南疆两广竞扬帆。

注："越"指越南。

太平天国金田起义遗址

2月9日清晨，我们驱车450多千米，前往广西桂平市金田村，参观太平天国金田起义遗址。

到了金田村已是下午快5点了，金田起义博物馆要下班关门了，博物馆的广场前，以洪秀全为首的太平天国运动领袖的群雕气宇轩昂。广场两侧，还有炮台雕塑等景观，喧嚣的历史烟云已荡然无存，只见游人悠闲，童叟惬意，人们在博物馆前面的广场上漫步休闲，嬉戏玩耍，好一派恬静祥和的画面。

望着洪秀全高举手臂的身影，看着他周围纵横捭阖的群雄名将，在中国

太平天国金田起义遗址

金田起义博物馆

近代史上有着重要意义的太平天国运动仿佛浮现眼前。只可惜因时间关系，我们没能走进博物馆。于是，我们匆匆与雕像合影后，迅速前往金田起义遗址参观，某种程度上，这个景点更值得一看，因为是实地实景，对我们有着更大的吸引力。

在周围转了半天，我们才找到了改建后的景区大门。一进景区，值守人员告诉我们，距下班时间只有半个小时了，让我们抓紧时间参观。在即将夕阳西下的时刻，我们迅速进入景区，此时，游人已少，景区宁静。我们步履匆匆，眼观四方，一览当年的风雨喧嚣和历史足迹，只见大门口的几尊雕塑双手合十，体现着当年他们拜上帝教的主旨。景区内的石牌上，有金田起义和古营盘的简介。

位于金田村边犀牛岭北端的古营盘，是太平天国军民誓师起义之地。相传，营盘原是明代大藤峡瑶民起义军所建，金田起义前夕太平军重新构筑，进行了加高加固。

漫步太平天国金田起义遗址，古木参天，绿草如茵，韦昌辉故居、三界祖庙、练兵场、风门坳古战场、犀牛潭等遗址，经过多年的修复保护，古风犹存，地坑炮台，女兵雕像等仿佛向游客讲述着那段厚重的历史。

当年，太平军所到之处，出现了没收地主、官僚的财产，焚毁田契、债券，限制地主收租的斗争场面，其反封建精神鼓舞着千百万农民群众为推翻封建的土地制度而斗争。摧枯拉朽的太平军一路高歌猛进，后定都天京（今南京），直到1864年，洪秀全病逝，天京沦陷，太平天国运动以失败告终，但分散在长江南北各个战场上的数十万太平军，仍英勇顽强地抗击着清军。

故地触景，睹物思人，这些耳熟能详的历史名人，有贡献，也有教训；有突破，也有局限。太平天国运动是中国历史上规模最大的农民运动，从1851年到1864年，太平军势力扩展到17省，有力地打击了清王朝的封建统治和外国的侵略，促进了封建社会的崩溃，阻止了中国殖民化的进程，在中国历史上留下极其重要的一页。

明秀园

对历史感兴趣的先生专程到南宁市武鸣区,本想看一下旧桂系军阀陆荣廷的故居,却没能找到,据说是年久失修,已被拆除了,靠导航我们只找到了一个明秀园,大概是陆荣廷故居所在地。一名值守工作人员向我们大概介绍情况后,就让我们尽快参观。院内一些植物、池塘、寺庙和陆荣廷雕像仿佛依稀可见这所院落曾经的辉煌。

据考证,明秀园是旧桂系军阀陆荣廷的私人庭院,位于武鸣县城西郊,占地面积42亩,呈半岛形,三面环水。

这个园子系清嘉庆年间举人梁生杞所建,1919年,两广巡阅使陆荣廷从乡宦梁源纳的孙子手中买下该园,并以其叔陆明秀的名字将园名改为"明秀园",园内建"别有洞天亭""荷风亭"等,时称广西三大名园之一。

1938年,昆仑关战役期间成为国民政府第十八集团军抗日指挥部。新中国成立后,以北京大学袁家华教授为主的专家组在该园中工作,创制了拼音壮文。

明秀园

明秀园仿苏州园林，配以天然奇景相衬，清净幽雅、富于山野之味。园内古树遮天，石凳石桌，仿佛之前的主人在这里召集会议，运筹帷幄。1940年，武鸣县的第一个中共党支部也成立于明秀园。

青秀山

此行广西，游览南宁市青秀山应该是我们较大的收获之一了。首先是性价比高，也许是我们享受了老年优惠价，作为5A级景区，青秀山的门票只有15元钱，加上电瓶车、小火车等，通票也就50元。而进入景区，一天也看不完。我们一早从南宁市区出发，大约10点进入景区，直到下午5点半才出来，几乎一天时间，也只是游览了中部、西部的部分景区，东部还没来得及观赏。

按理说，这是我第二次游览青秀山，但即使是我似曾熟悉的北大门，好像也有一些变化。景区内的景点因观赏内容不同，也很少有似曾相识之感，除了途径的状元桥是我上次游览过的景点，好像再没有重复景点，可见景区之大。

青秀山占地78公顷，园内缓坡中，有绿色和红色的塑胶环形跑道，可运动，可漫步。园内青山绿水，山湖相间，亭堂错落，林草茂盛，到处是芭蕉、棕榈、香蕉等植物和各类姹紫嫣红的花草，青秀山也是南宁最大的植物园。

这里的兰园兰花吐翠，柳叶轻扬，拱形门洞，山石相依，颇有中国传统园林之特色。桂花园内桂树飘香，荷叶田田，月亮弯弯，玉兔盘绕，以桂花为题材的各种故事、传说展开的景点设置及桂花文化展览，让游客目不暇接，流连忘返。

步行游览，一路赏景，双腿不觉累，双眼不够用。空中花园、金玉满堂、椰林芭蕉、古榕参天、溶洞峭壁、湖中倒影，我们在一片绿意中漫步，饱吸负氧离子的能量，仿佛置身于人间仙境。

记得上次来青秀山，只有半天的游览时间，由于时间和天气等原因，我们没有近距离欣赏青秀山的标志性建筑龙象塔，这次说什么也得去看一下龙象塔了。

于是，我们买了前往龙象塔的小火车票，要一睹其芳容。始建于明朝万历年间的龙象塔，9层52.35米高，塔基直径12米，有207级旋梯，为广西最高的塔，登上塔顶，可眺望远近一二十里的风光，南宁市的景色一览无余。

龙象塔因"水行龙力大，陆行象力大"而得名，后被雷电击塌了两层。抗日战争时期，政府担心此塔会成为日机轰炸南宁的目标，就把它炸掉了，直到20世纪80年代中期才重新修建。建筑依然保留了明代建筑风格，青砖碧瓦，八角叠檐，也被称为"青山塔"。

龙象塔下，湖光山色，江帆破浪，凉阁听泉，金鱼戏水，游客们不时买食喂鱼，好一幅悠闲自得的怡情画面。

青秀山

面临邕江，后倚群峰，气势雄伟，风景绝佳的青秀山，被称为南宁市的"绿肺"，置身其中，仿佛忘了归期。

邓颖超纪念馆

回到南宁，我们参观了邓颖超纪念馆。

南宁市中心的"三街两巷"街区，一座青砖灰瓦的小房子的门上，镶嵌着"邓颖超纪念馆"几个字，这个2007年开设的纪念馆，每年接待着来自全国各地不计其数的游客。

刚一走进这座外表朴实的纪念馆，和蔼可亲的邓颖超全身塑像就立在眼前，仿佛和你共同回忆着邓颖超不平凡的过往。

"我是喝着邕江水长大的南宁女儿。"展厅内醒目位置的这句话，道出了邓颖超的出生地和她对南宁市的感情。1904年2月4日，邓颖超出生在南宁市邕江边北岸南宁镇台官邸，在这里，她度过了难忘的童年时光。邓颖超清晰地记得，这里红色的木棉树又高又大，小时候她就在树下玩耍，拾红木棉花。

邓颖超6岁时，随母亲离开南宁，先后辗转广州、上海等地，过着颠沛流离的生活，最后在天津落脚。母亲杨振德以行医和当家庭教师为生，日子

邓颖超纪念馆

邓颖超出生地纪念石

清贫,却丝毫没有放松对女儿的教育。

从五四运动开始,邓颖超在70多年的革命生涯中,为中国人民的解放事业、社会主义建设和改革开放事业,为中国妇女的解放事业建立了不朽的功勋。她是中华民族的优秀女儿,是南宁人民的骄傲。

邓颖超是中国妇女运动的先驱和卓越领导人,参与领导起草的新中国第一部《婚姻法》,号召广大妇女奋发图强,做自尊、自信、自立、自强的新女性,并为增进中国妇女同各国妇女的友谊,推动世界和平做了大量工作,赢得了各国妇女的敬重。邓颖超与周恩来一生无儿无女,却收养、照顾了很多革命烈士的子女。

无论是在革命战争年代还是在社会主义建设和改革开放时期,邓颖超都能经受住各种艰难困苦的考验,始终坚定共产主义信念,表现出共产党人坚忍不拔的奋斗精神。

展厅由邕城记忆、革命征程、妇女先驱、伉俪情深、公仆本色、情系广西6个单元组成,通过实物、图片、场景复原、多媒体等多种方式,全面展示了"南宁女儿"邓颖超同志波澜壮阔的一生,特别是她和周恩来的书信、邓颖超穿过的大衣、鞋等衣物和她用过的物品，让我感到亲切真实，简单朴实，仿佛这位党和国家的卓越领导人并未离我们远去。她的理想、追求和崇高品德依然激励和鼓舞着我们。

离开邓颖超纪念馆，我们绕到马路对面参观邓颖超故居。现代化的建筑已将旧貌取代，十字路口的大桥下面，滚滚的邕江水奔腾不息，这就是邓颖超所说的养育她长大的邕江水。

几经改造后的"三街两巷"街区，颇有福建省福州市"三坊七巷"的味道，老建筑、城隍庙、旧牌坊、老商铺，处处弥漫着传统文化的气息，而邓颖超出生地的老宅子，早已被一块邓颖超出生地纪念石所代替，上面有周恩来的侄子周尔均将军书写的"志洁行芳"描金行书，旁边的老榕树依然郁郁葱葱，茂密繁盛。这块纪念石是这座城市变迁的见证，是邕江儿女与时代同行的守望者。

2月13日，我们结束了为期10天的旅行，乘白色云海，一路向北，飞回鄂尔多斯，但广西的多彩壮锦，南宁的桂树飘香，依然是我心头挥之不去的绿色情结；发生在广西的金田起义敲响了太平天国运动的晨钟；邓颖超纪念馆、南宁会议等人文景点让我进一步了解了中国共产党的历史，了解了南宁。

壮锦清秀，文史绵延，壮乡广西，是一次让我难以忘怀的旅行……

    同春雨　共富裕（中华新韵）
    北域银妆雪正飘，南疆碧绿泛波涛。
    亲肤细雨播新意，放眼良田吐翠高。
    故里融合江海水，他乡促长草林苗。
    稻香歌醉春光好，共建家园绘锦潮。

2022年8月15日

傣乡风情游 民族歌舞现

离开西双版纳,回到鄂尔多斯已两个月了,但挥之不去的傣族风情和温暖如春的舒适气候依然是我在寒冷北方的美好回忆。大约20年前游览西双版纳的印象至今已模糊不清,担心记忆再次衰退,我赶紧提笔,收罗一下近期的回忆吧。

2020年12月18日,我作为鄂尔多斯市老年大学哈日更班的学员,随团参加了2021年中国春晚文艺汇演舞动版纳云南站暨2021年中国旗袍春节联欢晚会的预选活动。当晚到达昆明,次日清晨,我们便启程前往活动地点——西双版纳。

滇池红嘴鸥

离开市区不久,我们就在昆明市西南的滇池驻足,云南省最大的淡水湖滇池碧波万顷,用浩渺的湖光山色展示着它秀丽的风光,络绎不绝的游客纷纷走上观景台,最抢眼的景致要数飞翔的红嘴鸥了。

由于昆明四季如春,每年冬季,成千上万只红嘴鸥都会聚集于此,在湖面上遨游飞翔,温暖过冬。当地群众和各地游客会从当地小贩手中买鸟食喂它们,同时形成的人鸟互动当然也是游客们最热衷抢拍的镜头之一了。

占地面积18平方千米的滇池国家级旅游度假区有10个功能区。我们游览的海埂公园紧靠滇池湖畔，垂柳绿枝、白浪沙滩，在多姿多彩的南国风光中，我们忘情地与红嘴鸥合影，同时也感受到了人与自然和谐相处的美好画卷。

墨江北回归线主题文化园

从昆明前往西双版纳傣族自治州，墨江县北回归线是一个必经之地。北回归线是指太阳光线能够直射在地球上最北的界线，是热带和北温带的分界线。北回归线自西向东穿过我国云南、广西、广东、台湾四省区。2007年春节，我曾在台湾游览过一次北回归线的风景，此次踏入墨江，又一次加深了对北回归线的了解。

墨江北回归线景点形成了以"北回归线文化"为主题的文化园。景区建于1993年，是目前世界上规模最大、功能最齐全的北回归线标志园之一，它融天文、地理和园林艺术、民族文化、观赏旅游为一体，被云南省评定为爱国主义教育基地和天文科普教育基地，是普洱市第一批国家4A级旅游景区。

北回归线从哈尼族自治县墨江县城穿过，在此居住的哈尼族同胞会用自己的方式去迎接太阳的转身，墨江也被誉为"太阳转身的地方"。

踏入占地面积200余亩的北回归线景区，从山脚到山顶依次建有回归之门、太阳之路、夸父逐日、石环、超越、日月交辉、日晷计时、窥阳塔、主标馆、双子星广场、天文馆、石阵广场、哈尼取火台、西大门景观台阶、月亮广场等15组景点。

矗立在景区的指南针等各种雕塑和主体标志，表达着对自然、生命、阳光的理解，向人们展示着从悠悠亘古到今日科学文化发展的变化。

普洱市

离开墨江，我们又来到世界上最大的普洱茶产地和集散地云南省普洱市。

位于云贵高原西南边缘的普洱，海拔跨度较大，多山地和坡地，地处北回归线之南，太阳光直射时间长，从印度洋过来的暖湿空气为当地带来了充足的降水，使普洱、西双版纳一带成为云南茶树生长、晾晒的好地方，普洱也是云南最古老的茶区和茶叶、核桃、蕨菜、竹笋、食用菌、紫米、香糯、芒果等山货和水果的产区，并成为茶都。产自这里的普洱茶使地名思茅又改名普洱，正所谓茶因地名，地因茶名。

车辆驶入产茶区，茶农分工明确，领着我们这些游客直奔茶园，采茶叶、闻茶香、拍美照，然后又将我们领到一个茶庄，一位年轻的女性茶农以讲解员和推销员的身份，详细向我们介绍起普洱茶的生熟之别，讲述着其功效、喝法等，当然，我们也不会枉来原产地一回，每个人都或多或少买了些普洱茶以留作纪念。

民族风情歌舞　舞动西双版纳

一路前行，一路观景，晚上，终于到达了西双版纳傣族自治州的首府景洪市。

第二天，我们来到活动举办地西双版纳国家森林公园，错落有致的椰树、油棕、槟榔、棕榈、垂叶榕、扶桑、红桑等热带植物遮天蔽日，藤蔓交错，盘根错节，巨大的树叶随风飘荡。草地、绿道、树影，我们在一片绿意中走入了荷塘边，粉色点点，绿意片片，婉约的荷叶托扶着朵朵睡莲，鲜嫩的荷花在碧波的倒影中盛开、绽放，将荷叶连连的公园装点的富有诗意。

蝴蝶园、野象谷，森林公园满眼绿色，鲜花盛开，热带的灌木花卉各显其能，荷花绽放、碧水清泉，一片春意，我们这些来自北方的人仿佛从冬季回到了春天，牵手欢歌，绽放舞姿，留下倩影，和大自然融为一体。

西双版纳蝴蝶园

2020年12月20日上午至中午,是我们来西双版纳的主要任务,身穿鄂尔多斯蒙古族服饰参演"舞动版纳"云南站暨2021年中国旗袍春节联欢晚会的选拔赛活动。所有参演人员一大早就起来化妆,准备服装,以饱满的热情展示鄂尔多斯蒙古族服饰的魅力。

当我们穿着枣红色的丝绒旗袍,款款通过红地毯,走上签名台时,迎宾队伍两旁的欢迎队伍以傣族的孔雀开屏和热情笑脸欢迎着我们,为我们带来了傣乡人民的热情和友好,也为我们的表演增加了自信。

外表装饰富有孔雀特色的孔雀剧场,里面的设施也不含糊,舞台宽大,座椅舒适,来自内蒙古鄂尔多斯市、重庆市、安徽蚌埠市、海南省海口市、北京市等省市的13支代表队以民族服饰、旗袍走秀、民族舞蹈、太极拳舞、合唱等不同形式的表演,尽显风采。

鄂尔多斯市哈日更团队表演的蒙古族服饰《鄂尔多斯情韵》作为第一个节目精彩亮相,荣获2021东方秀第七届中国旗袍春晚海选"最佳节目创

蒙古族服饰走秀

意奖"。

演出结束后,我们迫不及待地开始了游览,首先在景区观看了孔雀表演。西双版纳是孔雀、大象和长臂猿等动物的乐园,孔雀是傣族的吉祥之鸟,也是傣族人民热爱的生命精灵。围观的游客尽管把观赏区围得水泄不通,但我们依然捕捉到了15分钟一次的孔雀放飞表演。喂鸟员朝空中抛出一条弧线,一声哨声伴着一把鸟食扬洒开来,一群孔雀飞旋而下,驻足、觅食,有时还仿佛互相叽叽咕咕地对着话,游客们饱览了孔雀的舞姿。

景区内还有大象表演。体格健壮的大象在驯导员的引领下,载着游客,甩着长长的鼻子漫步其中,悠闲自在,憨态可掬。

离开西双版纳国家森林公园,车辆载着我们驶入西双版纳的首府景洪市,高大的棕榈树、椰子树和油棕掩映着平整宽敞的街道,商场、家电、通讯、美容、餐饮、酒店、学校、医院等设施一应俱全,不足百万人口的城市在四季怒放的各种鲜花和绿色中流露着淡淡的馨香和旺盛的生机。

神奇的勐巴拉娜西

这天晚上，我们要在久负盛名的勐巴拉娜西大剧院观看一场大型歌舞晚会。

下午4点半左右，我们来到大剧院门前，只见这里金碧辉煌、孔雀亮丽，铺着红地毯的台阶上站满了美丽的孔雀姑娘，她们身着含有孔雀羽毛图案的傣族服饰，手舞足蹈，举行着热情欢快的迎宾仪式，爱美的我们当然少不了要在这里留下美丽的记忆。

络绎不绝的游客将这里围了个水泄不通，为了保证大家的安全，保安出动，限流游客，才使我们这些提前买了票的游客得以顺利入场。

在剧场用了如流水席般的自助餐后，我们终于落座，以民族风情为题材的《那个神奇美丽的西双版纳》以其灯光绚烂、舞蹈精美、服装具有民族特色的特点，给游客带来了一场华美的视觉盛宴。

投巨资，集名编导打造的这场歌舞秀讲述了一个美丽的故事，传说在很久以前，傣族王子召树屯率领一群青年人在森林里狩猎，发现了一只美丽的金孔雀，他们追了七七四十九天也没追上这只金孔雀，越往前追，沿途的景色越神奇美丽，当他们快追上金孔雀时，眼前出现了一个开遍了芳香四溢莲花的金湖，金孔雀纵身一跃，消失在金湖里。召树屯转身对众人说："这里就是勐巴拉娜西吧！"勐巴拉娜西意为"光之城"。不久，召树屯和青年们就把家迁到了这里，这个地方就是西双版纳傣族自治州。在这个神奇美丽的生态家园，居住着傣、汉、哈尼、拉祜、布朗、彝、基诺、瑶、壮、回、苗、景颇、佤等13个世居民族。

这场晚会，共分为《版纳神韵》《孔雀吉祥》《泼水欢歌》《圣洁祝福》《一江春水》五场剧。晚会浓缩了云南的历史、泼水节等习俗的来历，流经六国的澜沧江、美丽诱人的凤尾竹、神秘的傣族竹楼、欢乐的泼水节及傣族姑娘艳丽的筒裙和袅娜的腰肢，还有云南丰富的植物、动物和佛教文化等，都通过歌舞的形式得以展示，的确是一场文化盛宴、民族之旅和艺术享受。

当观众徐徐离开剧场时,外边的广场上又燃起了熊熊篝火,扩音器里传出"请游客朋友们继续参加傣族篝火晚会"的邀请,并告知时间,不一会儿,在广场的高台子上就有身着民族服饰的主持人呼喊、组织游客。随着音乐的节奏,游客立刻加入其中,踏步拍手,牵手迈步。参与性、互动性很强的篝火晚会让在剧场里久坐的观众身体得到了放松,心情得到了愉悦。

在前往停车场的途中,景区又给游客提供了一幅神话般的美丽夜景,回头望去,一朵朵莲花,像纯洁之心绽放;一处处景观,让人流连忘返。

这天,我们虽然项目安排得多,时间紧,但累并快乐着,这大概就是旅游的乐趣吧!

傣乡风情

进入勐腊文化旅游区,首先给我们展示的还是极通人性的孔雀表演。购买10元钱一袋的孔雀食,你可以进入观赏区内亲自喂孔雀,与孔雀拍照。

傣乡的村寨也是风景宜人。我们参观的傣族村寨曼塘村只有50多户人家、260多口人,村寨干净整洁,院落中一棵遮天蔽日的大树上挂满了祈福的红布条,

孔雀

其沧桑感也足见这个村寨的久远。放眼望去，这里的竹楼凌空，防潮防湿；吊脚建筑、佛教文化、傣医传承等至今仍有着旺盛的生命力。

12月24日，返回昆明后，我们此行的最后一站是花市，我们在这里欣赏了云南作为花都的多彩。

面积巨大的花市，是花卉销售的重要集散地和批发地，种类繁多，价格便宜。种类丰富、形式多样的鲜花如同播撒在生活中的绚烂，成就着百姓追求美丽、向往美好的心愿，也为人们铺展开一幅生动美丽的五彩画卷。

在云南的6天，我们集中了解了西双版纳的傣族风情，领略了云南作为植物王国、鲜花王国、有色金属王国的多姿多彩，感受了孔雀之美，大象之壮，傣族文化之魅力，更增添了对大美中华的热爱之情，感受到了中华民族历史的厚重和多民族大家庭的温暖。

七彩云南，版纳之旅；傣乡风情，美不胜收！

2021年2月22日

"三同"悟同心 探访桃力民

扫码查看
- 聆听作者解说
- 收藏路上风景
- 观览城市魅力

2022年的五一前夕，鄂尔多斯市市直机关离退休第二联合党委组织市老年大学11个党支部的部分支委和党员，到鄂托克旗木凯淖镇开展"三同"主题教育实践活动，参观桃力民抗日根据地旧址，我感到受益匪浅。两天的活动，我们这些年过半百的老党员走进牧区，了解感受牧民生活，参与劳动，体会牧民劳作的辛苦；参观桃力民革命旧址，了解伊盟抗日历史，这种体验

桃力民抗日根据地旧址，八路军后方留守兵团驻伊盟联络参谋处

式的主题教育活动，让参与者有感受、有记忆、长知识、不忘本，是一次有思想、有情怀、有意义的活动。

早在抗日战争时期，我党就有党员深入群众，宣传抗日救国道理，密切党群关系的工作方法；20世纪50年代土改时期，包括领导干部在内的下乡工作人员到农村，通过"同吃、同住、同劳动"和工农群众打成一片。之后的干部下放、知青下乡和近几年开展的包联干部驻村、群众路线教育实践等活动，都通过"三同"体现了听民意、察民情、解民忧、聚民心、汇民智，增进与群众血肉联系的重大意义。

此次市直机关离退休第二联合党委举办的"三同"，让我们这些党员走进牧区，走进乡野，通过短暂的一天时间，体验了"三同"。

桃力民：不能忘却的历史

作为鄂尔多斯人，我对桃力民抗日旧址早有耳闻。2021年，这个红色遗址经过修建开放。

4月28日晚，我们在桃力民村听村民宣传队唱村歌，感受到当地村民对

桃力民抗日根据地陈列馆

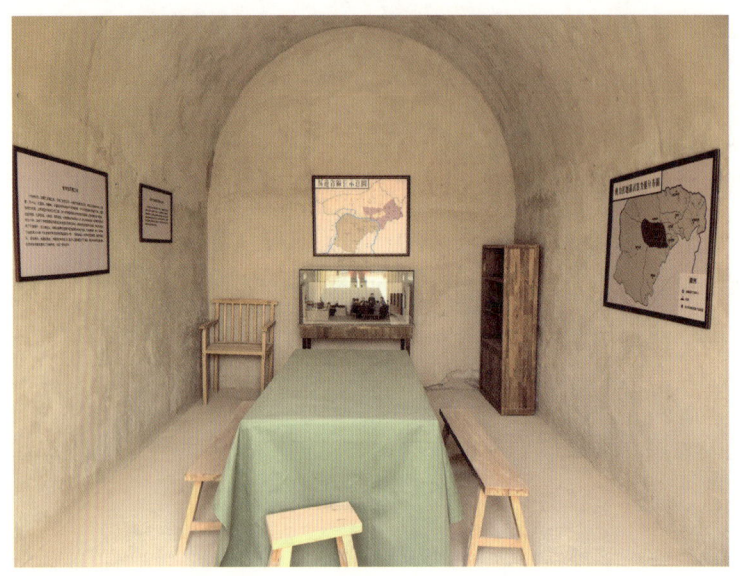

中共绥蒙工委旧址

桃力民红色文化的热爱和传承，村民们站姿的整齐，歌声的豪迈，显示出他们的自信、骄傲和文化的力量。

村部电影院的设施、活动场地的齐备，也体现了镇党委和政府对红色文化传承的重视和投入。电影《我和我的父辈》通过另一种方式，让观众和游客了解历史，弘扬革命精神。

桃力民抗日旧址群落，仿佛让我们走进了历史；桃力民抗日根据地陈列馆，让我们系统地了解这段历史。1935年中央红军长征到达陕北，毛泽东主席发表《对内蒙古人民宣言》后，革命先辈率领新三师驻防伊克昭，以桃力民地区为中心，创建了中国共产党在内蒙古地区的第一个抗日根据地——桃力民抗日根据地，成为抵御日寇进犯陕甘宁边区的北部屏障，是我党抗日民族统一战线的成功范例。桃力民成为我党民族政策的实践基地，是我党秘密交通线上的重要节点，其历史贡献彪炳史册。

作为鄂尔多斯人，应该了解这段历史，发挥好家门口红色资源的作用，珍惜当下，让这种精神力量永远激励我们的子孙后代砥砺前行。

木凯淖镇，因地处干旱硬梁区，过去一直是相对贫困的镇，此次走马观

桃力民中共伊盟工委旧址

花地观看,干旱缺水依然是这里的自然条件,但依靠红色资源和近几年的综合发展,镇里的街道和文化等设施比以前有了较大改观,当地农牧民的生活水平也有较大提高,希望桃力民的红色资源能促进这里旅游、服务等第三产业的发展,成为当地经济发展的一个支撑点。

作为党员,我将在本支部传达好本次活动的内容和意义,让更多的党员和老年人珍惜今天的幸福生活,积极参与老年大学开展的各项活动,在退休生活中传承文化,教育后代,散发热量,温暖他人。

2022年5月1日

红色印记 时代长征

历史的印记,会让我们知道来路,也会让我们明白去路。来路是初心,去路是目标。作为北方少数民族地区的鄂尔多斯,在建党初期,在红军长征途中,有过怎样的印记?作为鄂尔多斯人,应当对当地的红色故事有所了解。

2022年5月24日至26日,市直机关离退休第二联合党委组织所属4个党支部的46名党员赴三段地、城川、萨拉乌苏的研学、主题党日活动,让全体参团人员受到了一次心灵净化和精神洗礼。

鄂尔多斯的红色历史我以前也知道一些,但当我们亲临故地,面对实物,观看图片,倾听讲解,用耳目观察,用心感受,用情体会,这种多感官、多回路的触动,更让人感同身受,触动心灵,深受教育。

20世纪90年代末,我从同事在三段地拍摄回来的视频画面上形成了对三段地工委的感性印象:一排平房、一个院落、一个门牌,理性印象只记得这是中国共产党20世纪30年代在鄂尔多斯地区建立的政权组织,但对于它们具体开展了哪些工作,发挥了什么作用确实不了解。

三段地

此行近距离走进三段地,穿越时空的大门,内容翔实的展览,泥土复原的旧址,完整规模的建筑群落,已完全颠覆了我脑海中三段地旧址的印象。展馆陈列中,一张张照片,一件件当时的桌椅、生活用具等实物,特别是中国共产党各位民族工作领导人在这里工作、战斗的光辉足迹,再现了那一历史阶段艰苦的工作和生活条件。

1936年8月,中共中央蒙古工作委员会先后派高德义等大批长征红军政工人员到达三段地,成立三段地蒙民招待所,实为三段地工委,开始发展党员,建立党组织。1936年10月,中共中央蒙古工作委员会改组为中共少数民族工作委员会,在三段地建立三段地苏维埃政府。这是中共中央亲自关怀支

城川民族干部学院展厅内景

城川阳早寒春纪念馆内景

阳早寒春三边牧场陈列馆

持下，红军长征时期在内蒙古建立的革命政权，影响了绥蒙地区广大蒙古族群众的革命思想。

三段地苏维埃政权成立后，广泛发动群众，组建村级政权，开辟根据地，形成三段地苏区。之后，三段地工委在中共中央和西北局领导下，先后进行了和平解决乌审旗与鄂托克旗边界武装冲突、归还盐湖、平毁日军机场、和平解决伊盟事变等革命运动和统战工作，积极进行土地革命，争取大户和封建地主拿出土地分配给贫苦农牧民，以低额租金等形式让贫苦农牧民获得土地等生产资料，在漫水塘成立苏维埃学校，推动百姓脱盲。

之后，中共中央蒙古工作委员会在三段地苏维埃政府建立群团组织、分配土地、开展剿匪、争取哥老会的行动，改变了大户拥有土地农民租佃使用的土地所有制和生产关系，实现了乡村社会结构的改变和重组；为巩固陕甘宁边区北方门户，为抗日战争和解放战争的胜利及内蒙古的解放和党的民族政策的形成作出过重大贡献。

哦，原来三段地工委有这么重要的历史作用，它是鄂尔多斯早期革命历史的印记，也是鄂尔多斯的革命先辈在建党初期和抗日战争中的探索和奋斗之地，被称为"草原上的延安"。

城川民族学院

城川民族学院我来过不止一次。2017年6月，城川民族学院在重新修建的施工攻坚战役中，我曾到这里采访。施工人员用红色精神激励自己，夜以继日，统筹协调，倒排工期，终于为7月10日的正常开班交出了圆满答卷。之后若干次的零星参观，每次都有少许收获。

此行随老干部、老党员再次来到这里，也许是这个团队年龄偏大，也许是这里的故事更有地域的接近性，大家听讲解的专注力更集中，因此我依然有新的感悟。

1941年9月，中共中央西北局受中央委托，为广泛发动各民族的抗日运动，在延安大砭沟成立了民族学院。1944年4月，由于工作需要，民族学院由延安迁到接近少数民族地区的陕西省定边，改称三边公学。1945年2月，原中共城川工委改为中共伊盟工委，三边公学迁至城川，改称为城川民族学院。新中国成立后，在党中央的关怀下，城川民族学院迁至北京，成立中央民族学院，后改为中央民族大学。

在办学的8年历程中，民族学院为全国少数民族的解放和中国革命的胜利培养出了500多名民族干部，很多优秀的少数民族干部在领导当地抗日民族斗争中所发挥的宣传、鼓动、教育、示范、凝聚和引领等作用为抗日战争的胜利发挥作用。

在建设中国特色社会主义的新征程中,民族团结、社会稳定依然是我国长治久安、共同繁荣的重要基础。了解民族文化,传承民族历史,学习民族语言,尊重民族习俗,促进共同发展,都是我们这些老党员应该认真学习、努力践行的。

三边牧场

此行大家还参观了阳早寒春三边牧场陈列馆、城川红色国际秘密交通站陈列馆。

三边牧场陈列馆外观设计巧妙地将延安窑洞和现代风格相结合,门前绿色草坪上阳早、寒春养牛的浮雕给人以形象、生动、亲切和生机盎然的

阳早寒春三边牧场陈列馆外景

感觉。

走进展厅,美国友人阳早、寒春受共产主义信仰和《西行漫记》等作品影响,先后于1946年和1948年来到延安,他们没有被当时艰苦的生活环境吓倒,带着83头荷兰奶牛来到党中央创办的第一个种畜场三边牧场,开始了解放区的牲畜品种改良和疫病防治工作。

阳早寒春三边牧场陈列馆内景

展览介绍了阳早、寒春的家庭背景、成长经历和追求事业的奋斗历程,他俩从稚嫩青年到耄耋老人,一生求知干事,在中国生活的60多年里,像白求恩一样,把中国人民的解放和建设事业当作自己

阳早寒春夫妇

的事业,实践了"为信仰而来"的诺言,执着探寻人生的真正价值和真正意义,并将骨灰撒在了中国这片土地上。

展馆内的图片、视频,生动、真实、感人,展馆外的浮雕墙浓缩了这对美国夫妇动人而又伟大的故事,留给我们的是深深的感动,还有由这份感动而带来的责任。

杨宝山

离开三边牧场陈列馆,我们驱车前往城川红色国际秘密交通站陈列馆,参观学习国际交通员杨宝山的事迹。

曾任伊盟政协副主席的杨宝山也是我父亲的至交,我曾随父亲到他家拜访过。杨宝山浓眉大眼,眉鼻挺括,缄默少言,关心他人。

草木茂盛、绿树掩映的城川红色国际秘密交通站陈列馆,讲述了国际交通员杨宝山的英雄事迹。

杨宝山原名孟克敖其尔,1915年出生于原伊克昭盟鄂托克旗珠和苏木一个普通牧户家庭,曾在西官府当差的他于1937春天离开家乡,到陕西省定边少数民族事务委员会寻求出路,当时的民族事务委员会秘书长赵通儒留下了他,并让他参加培训班的学习,从此他更名为杨宝山。不久,他来到了中央党校学习,后来,天宝介绍他加入了中国共产党。

复原后的杨宝山旧居

国际交通员杨宝山传送情报中

1940年12月,杨宝山来到延安,中组部副部长李富春对其进行反复、严格的考核后,决定任命他为交通线上的联络员。1941年2月,杨宝山正式担任国际交通员。1942年,杨宝山等三人克服重重困难,冒着枪林弹雨,先后三次穿过日伪封锁线,往返于延安至大青山和乌兰巴托之间送情报,打通了我党与第三国际的联络通道,出色地完成了组织上交给的传递情报和护送干部的重要任务。但不久,这条国际交通线遭到破坏,中共失去了与第三国际的联系。

1943年,为了适应新形势,中央决定开辟一条新的国际交通线,需要在鄂托克旗建立一个秘密交通点,由于杨宝山的老家在鄂托克旗,他对这一带比较熟悉,所以交通局决定派他完成这个任务。从此,杨宝山开始了漫长的潜伏生涯,秘密与上级联络,直至1947年党中央撤离延安。

"活着烂在肚子里,死了带到棺材里",这是一位机要交通员对共产党的承诺，也是一位铁骨铮铮的汉子对革命事业的坚定信念。

在复原后的杨宝山旧居，我们看到杨宝山家不同年代的居所，虽然简陋，却有生活气息。杨宝山用自己的一生诠释了硝烟弥漫的抗日战场上，生死无悔；纷繁复杂的险恶环境中，镇定自若；隐名埋姓的秘密战线中，甘于寂寞的高尚品德。

三段地和城川的红色之旅，是一次在家门口开展的了解历史，不忘初心，牢记使命，面向未来的思想之旅、文化之旅，老年大学的学员依然需要这样的精神滋养，因为我们肩负着传承和接力的重任。

愿长征精神永存！愿家国事业兴旺！

2022年6月3日

探中华文脉
寻民族精神

太行大峡谷

太行雄伟，久有仰之。幼时学习《愚公移山》之后，太行山的伟岸似乎就是我心中一个仰慕的高度。前几年，先后领略了太行山辉县和郭亮村的挂壁公路，才有了走进太行山的机缘。似乎是上天从太行山中间劈开了一条条缝隙，让我从太行山的内核感受了其险峻、苍茫和气度，其山的豪迈、树的英姿、石的坚韧、壁的陡峭都让人心中为之一振，人类之渺小、人类之力量在太行山的映衬下，都显得极富哲学思考。

2023年五一小长假，我们夫妻二人游览了太行峡谷，这让我从另一个角度又一次领略了太行山的多姿与碧绿，太行峡谷的清流、河水、瀑布与小溪又给我们呈现出其山与水相融的魅力，刚与柔相伴的辩证，草与花相间的和谐，让我对太行山又有了新的认知。

4月30日上午，在河南省林州市桃花谷景区，小车排成的长龙早已将景区附近堵得水泄不通，我们将车停在离景区入口大约两千米处，步行到景区入口，又是人满为患，排队到中午一点半才进了景区。

仰头望去，如刀劈斧砍过的陡峭山崖以立式的姿态矗立两旁，期间宽阔的峡谷中，碧水流淌，清泉汩汩，溪水中弯曲的小石板将拥挤的人群自觉成列，人们在透彻的峡谷中感受清凉，感悟自然。

不时间，人们又在弯曲的小道中攀缘而上，抬头一看，瀑布悬流之下，银泉喷涌而至，水有了山的刚毅更显其柔美，山有了水的婉约，更显其雄壮！

游走间，我不禁发出这样的疑问，这奔腾不息的泉水从何而来？茫茫群山中，绵绵峡谷由何而生？是大自然的馈赠，还是上天的安排？我在乐山乐水间不断产生着无限的遐想……

哦，习惯了南方的山水相间、瀑布高悬，没想到，靠近北方的中原地区竟然也有太行大峡谷这样的山水风景，让我这个自以为走过许多地方的"旅游达人"大开眼界且为之一振！

太行山，我又一次为你震惊，你的雄壮伟岸，造就了无数英雄勇士；你的陡峭险峻，产生了挂壁公路的奇迹；你的挺拔巍峨，产生了无数神奇传说。太行峡谷奔腾的泉水、翻卷的浪花、高悬的瀑布让我又一次领略了太行

太行大峡谷

山的神韵！此行虽然稍显拥挤，但终生难忘，因为美不胜收！

亲爱的读者，你以为我就此算是全面了解了太行山吗？错！如果说，搬迁太行、王屋二山，是愚公的传说，那么，在太行山上凿渠引水，也算是英雄壮举了！不错，下一站，我就要到20世纪70年代就有所耳闻的林州市红旗渠了，感受完自然山水，接着就要感叹人间奇迹了！

红旗渠

还是在我上初中的20世纪70年代，歌曲《敢叫日月换新天》就让我的耳畔常常萦绕着林县人民多壮志的故事，在山石中穿洞，在峭壁中搭桥，一副厚厚的垫肩，一双补了又补的手套，一根根钢钎，一个个被穿越的石洞，电影《红旗渠》展示人定胜天的故事让我对与自然斗争的太行英雄有了难忘的记忆。今天，探访红旗渠，就要圆我一个感受英雄的梦想。

当导航指引我们走进红旗渠时，一下子又进入了堵车状态，但我觉得，

红旗渠

路上风景

这是城市道路呀,不像是"渠"的感觉。哦,原来这是位于林州市的红旗渠纪念馆。我将头探出车窗向周围的志愿者询问红旗渠在什么地方。一位拿着小红旗的志愿者说:"你是要去青年洞吗?再往前约20千米。"当车轮驶入景区,俯瞰山脚下,一个刻有"跃峰渠"的巨大纪念碑矗立在眼前,由若干个渠构成的红旗渠显然是人类历史上的一座丰碑。

我们步入景区,1960年开始修建的红旗渠不仅依然发挥着它水利工程的作用,而且已成为一个旅游景区,接待着四面八方的游客。

现在的林州市过去称为林县,地处河南、山西、河北三省交界处,历史上严重干旱缺水,从1957年起,当地就开始兴修水利,先后建成英雄渠、淇河渠和南谷洞水库、弓上水库等水利工程,但由于水资源有限,仍不能解决大面积灌溉问题。1960年2月,林县人民在县委的决策下,决定从山西省的

红旗渠

平顺县引漳河水入林县，并把引漳入林工程命名为"红旗渠"，意思就是高举红旗向前进。

县财政缺粮缺钱，水利工程人才严重短缺，石灰烧制、水泥供应、开山放炮等一系列问题相继出现。在国家投资、社队投资、群众参与下，全县7万多人参与了引漳入林工程，大家凿山洞、架河桥、挖隧洞、引水渠，期间，81位干部和群众献出了自己宝贵的生命。

漫步红旗渠，陡峭坚硬的岩石中，时而搭建小桥，偶见矗立的雕塑，汩汩的渠水用流动的时光讲述着不朽的人间奇迹。山崖中的人脸雕塑坚毅刚强；沿途中的群雕，拉车推石，奋力向前，这是英雄的史诗，生命的赞歌。放眼望去，右边山石叠嶂，左边险峻深崖，在铁栏杆的护佑下，游人们沿着干渠，在缓缓流淌的渠水旁感受着岩的坚韧，水的涌动。

一个个干渠支渠，一座座堤坝隧洞，仿佛再现当年斧碰石的铿锵。山崖中悬吊升降的开山手回放着当年开山放炮的场景，这是对生活的渴望、对命运的挑战。不知不觉中，我们走过各种桥洞和渡槽，山崖中，三个醒目的字映入眼帘：青年洞。哦，途经红旗渠纪念馆时，就听说过这个地方，看来，这里应是红旗渠的重点景区。

当年，在红旗渠总干渠任村镇卢家拐村西牛岭山村开凿总干渠最长的隧洞时，需要从悬崖绝壁上的太行山腰穿过。这个隧洞长616米，高5米，宽6.2米，1960年2月，最初由横水公社320名青年先行施工，是年11月，因经济困难，总干渠暂时停工。为早日将漳河水引入林县，建渠干部群众坚持"宁愿苦战，不愿苦熬"，改由各公社挑选300名青年组成突击队继续施工。为了填饱肚子，施工者上山挖野菜，下漳河捞河草充饥，很多人得了浮肿病，但他们以愚公移山的精神，终日挖山不止。

面对坚硬的石英岩，青年们创造了连环炮、瓦缸窑炮、三角炮、抬炮、立炮等新的爆破技术，使日进度由0.3米提高到2米多。1961年7月15日，坚硬的岩石终于被凿通。

为了纪念青年们开山挖洞的突出业绩，此洞命名为"青年洞"。1973

年，郭沫若为青年洞题写了洞名。

沿途参观中，我们还欣赏了青年突击队、妇女突击队身着当年的施工服装，飞旋跨山崖，上下腾空越的实景表演，施工者摇身一变，成为山谷中的"蜘蛛侠"飞岩走壁，变成岩石中的"穿山虎"开凿山洞。是啊，直到1969年7月，历经10年，红旗渠才完成了干、支、斗渠的配套建设，红旗渠的灌溉体系基本形成，全面竣工。

在青年洞前拍照留念后，我不由得回味，如今清澈流淌的渠水是当年多少施工者的汗水和泪水换来的，堪称林县人民的"生命渠""幸福渠"，是当年建设者高扬"自力更生、艰苦创业、团结协作、无私奉献"的红旗渠精神所建成，全长1500千米的红旗渠改善了林县人民靠天等雨的恶劣生存环境，解决了56.7万人和37万头家畜的吃水问题，54万亩耕地得到灌溉，粮食亩产由红旗渠未修建初期的100千克增加到1991年的476.3千克。

红旗渠是党和人民刻在太行山岩上的一座丰碑，改革开放以来，林州人民不断赋予红旗渠精神新的内涵，谱写了气壮山河的"战太行、出太行、富太行"的创业三步曲，实现了林州由山区贫困县向现代化新兴城市、生态旅游城市的跨越。

【仙吕·醉中天】红旗渠感赋

板斧劈山路，绝壁绘宏图。万众凝神穿洞珠，气壮天河入，人类奇观少数。红旗渠驻，水流民惠心舒。

马氏山庄

离开红旗渠，我们来到了位于安阳市西蒋村的马氏山庄。尽管周围小商铺林立，但这座拱门高耸的灰色建筑，一眼望去，依然可感受到其深宅大院的豪门气派，建于清光绪至民国初期的马氏山庄是清代广东巡抚马丕瑶的府邸，主殿建成于1880年。

马氏庄园"千里挺进大别山从这里出发"标识　　　　　马氏庄园一景

　　马丕瑶为官30余年，清正廉明，忠心报国，深受百姓爱戴，老百姓称他为"马青天"。马丕瑶的长子马吉森是著名的实业家，先后创办了安阳广益纱厂、六河沟煤矿，开创了近代河南民族工业之先河。次子马吉樟曾任翰林院编修、国史馆协修、湖北按察使、提学使、民国总统府秘书等职，曾多次掩护革命党志士，并筹得巨款资助大批有志青年出国留学，意图走教育救国的道路。三女儿马青霞是中国同盟会会员，辛亥革命女志士。

　　马氏山庄占地面积20000多平方米，其中建筑面积5000多平方米，分三区六路，每路分四个庭院，九道大门。整座庄园布局严谨，错落有致，中轴线两侧的东西套房，既有典型的北京四合院宽敞明亮的建筑风格，又有晋商大院深邃富丽的建筑艺术，还有中原地区蓝砖灰瓦五脊六兽挂走廊的建筑特色。清末慈禧太后、光绪皇帝曾在这里下榻。桌台、卧室、课堂、家训展厅、主人雕像等陈设和"进士第"等牌匾、书法作品，用当年的豪华和现在的沧桑讲述着这座见证百年风云官邸的过往。

　　进入马氏庄园，门口还有一个醒目的标识："千里挺进大别山从这里出发"，旁边有马氏庄园作为爱国主义教育基地的介绍。难道这里是挺进大别山的策源地？

　　仔细参观马氏庄园才了解到，1947年6月，刘邓大军进入豫北地区，将司令部设在了马氏庄园,刘伯承、邓小平分别下榻在第三进院的东西厢房,在这里召开了鲁西南作战会议。马氏庄园内有四个单元的展览,介绍了我党我军在解放战争时期挺进大别山的辉煌战绩。

马氏庄园既有历史人文气息,又有红色教育内容,是个内涵丰富、信息量大的景点。

安阳殷墟国家考古遗址公园

告别马氏庄园,当天下午,我们驱车前往中国考古学的诞生地、甲骨文的发祥地殷墟。单听这名字,你就可以想象出殷墟的古老和分量。

两河流域的巴比伦文明、尼罗河流域新王国、恒河流域的哈拉帕文明、中国黄河流域的商文明,是世界最古老的四大文明,而世界最古老的三大文字体系,只有甲骨文经过发展后沿用至今。以殷墟为代表的商文明不能不说是重要的世界文化遗产。

3300年前,商王盘庚迁都于殷,并在此传位8代12王,历经255年,使

殷墟甲骨文景观

殷墟国家考古遗址公园

之成为中国历史上有文字可考，并为甲骨文和考古发掘所证实的商代都城所在地。殷商时期，商朝被周武王灭亡之后，殷都被废弃，逐渐荒凉，以致变成废墟，后来人们称之为殷墟。直至秦朝末年，在河南省安阳市西北郊小屯村一带才发现商朝后半期的文化遗址。

走进国家5A级旅游文化景区殷墟，几块刻着"殷墟"的石雕立在景区的大门旁，漫步殷墟，随处可见甲骨文的石片造型和宣传介绍。清末在殷墟发现的甲骨文已具备了"象形、会意、形声、指事、转注、假借"的造字方法，展现了中国文字的独特魅力，把中国有文字记载的可信历史提前到了商朝。由于甲骨文涉及殷商政治、经济、文化、意识形态的各个方面，对全面复原殷商社会史具有重要意义，所以被称为中国古代乃至人类最早的"档案库"，同时产生了一门新的学科：甲骨学。

视野开阔的殷墟，时而有水塘，时而有小道，以"墟"为景的景点适合我们信步参观。新建的殷墟博物馆还没有开放，绕道行走，边走边看，户外广场上，一座巨大的后母戊大方鼎矗立其中。哦，早在初中历史课本上我就了解到的后母戊大方鼎原来也是出土于这里。后母戊鼎，是迄今为止世界范围内出土的最大、最重的青铜器，号称青铜器之冠、国宝重器，被学术界公认为中国古代文化宝库中一颗璀璨的明珠。在景区左边一个区域的展厅，我们看到了出土的青铜器、玉器、骨器等，它们工艺细致，制作精美，让我对古人的智慧和技法产生了由衷地赞叹。

甲骨文、后母戊鼎已让我着实感受到了殷墟的厚重，行走间，一座白色的古代妇女的雕像款款而立，走近一看，这雕塑底座上写着"妇好"二字。她头戴盔甲，手拿板斧，婀娜中透着英姿，哦，这里是妇好墓。穿过一个不大的入口，通过展厅和墓穴的介绍，我才了解到，妇好是商王武丁的王后。妇好能文善武，平时不仅可以替武丁分忧，还亲自领兵打仗。妇好墓是殷墟发掘以来发现的唯一保存完整的商代王室成员墓葬，出土精美绝伦的青铜器达460件，栩栩如生的玉器多是珍贵的和田玉制成。妇好墓好似一座地下博物馆，用无声的语言讲述着商代的文明，被列为中国20世纪70年代十大考古发现之一。

雄伟壮阔的宫殿宗庙建筑遗址、等级森严的王陵大墓、星罗棋布的居住遗址和家族墓地，车马坑、祭祀坑密布其间，手工业作坊和以甲骨文、青铜器为代表的文化遗存等都展现出这座殷商王都的宏大规模和王者气派。半天的游览虽然走马观花，但中国最早成体系的甲骨文，中国最早的车马坑遗迹，中国最早的女将军妇好的墓葬，世界上出土的最大、最重的青铜器后母戊鼎都给我留下了深刻印象。

殷墟，这座文明宝库让我不虚此行。

道口古镇

作为中华文明的发祥地之一，河南省不仅有丰富的历史人文遗存，还有至今保存尚好的建筑。

我曾走过国内许多风格各异的古镇，道口古镇有哪些特点？进入河南省浚县，城区许多门脸年久失修，建筑也大多老旧，我在心里觉得与其相距7千米的滑县城市面貌也大抵如此。

中午时分，我们终于找到停车位。走进道口古镇，远没有我想象的商贾云集，古镇街头相对冷清，只有一个特别富有年代感、还在营业的滑县百

道口古镇街景

货商店让我印象深刻。走进店内,依然是20世纪70年代供销社的样子,我的脑子里突然冒出"发展经济,保障供给"8个字。柜台内的布匹、电视、零食、糕点有序陈列,店内偶尔有三五位顾客光顾。我没有考证,不知这个商店是在日常营业还是古镇特殊保留的旅游景点。总之,这种风格的商店让我这个年龄段的游客感到很亲切。

那么,这个古镇是怎么形成的,它的依托是什么?经了解,建安九年(204年),曹操为了北征袁绍,运输军粮在这里疏浚河道,修建码头,古镇初现雏形。隋大业四年(608年),隋炀帝开凿隋代大运河永济渠,穿古镇而过,商贾富庶云集于此,建铺筑屋,给道口古镇带来了经济文化的繁荣发展。清光绪二十八年(1902年),道口又修建了道清铁路,使这座千年古镇除了水路运输,还有了道路与铁路运输,成为远近闻名的水旱码头。明清鼎盛时期,道口古镇商贾云集,工商业发达,贸易繁荣,现在依然可见的古河道、古码头、古城墙、古庙宇、古民居、古商号等历史遗存和建筑都是在归浚县管辖时期形成的。

沿河而建的古镇因河而兴,作为隋唐时期大运河边上的名镇,道口古镇共有各类历史建筑2000多间，见证了大运河的繁华过往。眼下，我们漫步道口古镇，有300余年老味道的道口烧鸡、糖酥烧饼、高庄蒸馍等特色名吃依然散发着浓浓的香味……

纣王墓

小说《封神榜》刻画了暴君商纣王，而商纣王的墓地就在附近，对历史人物感兴趣的先生当然不想错过这个人文景点。离开道口古镇不到一个小时，导航指引我们在河南省鹤壁市淇县城东淇河西岸一处土路边停下，步行不远，一个巨大的坟冢矗立眼前，一块儿刻有"纣王墓"的黑色石碑旁，斑驳的石基上立有"纣王之墓"的石牌，这里就是纣王墓了。只见墓的周围道路不平，杂草丛生，墓的右侧，立有汉白玉的纣王塑像，偶有游客前来细读和观瞻黑色石碑上刻的祭文、铭文等。

2008年，纣王墓被确定为省级文物保护单位，其历史价值显而易见。纣王为商朝末代君主，本名子受，别名帝辛，在位29年，征战四方，开疆拓土，经营东南，统一巩固东夷和中原。他反对神权，改革旧俗，重视人才，

纣王墓

面对日益严重的阶级矛盾和民族矛盾，进行了一些有益于社会进步的革新措施。当然，他也营建朝歌、加重赋敛，动摇了商王朝的统治基础，后在牧野之战中，被周武王所率诸侯联军击败，帝辛身死，商朝灭亡。西周为了统治合法性的需要，历数了帝辛的罪状，并封其为纣王。

纣王墓附近还有纣王的正妻姜皇后和妃子苏妲己墓。纣王墓是淇县重要的殷商时期历史遗存。

比干庙

一个多小时后，我们来到了河南卫辉市城北7千米的比干庙。同是殷商时期的人，比干墓的规模、修缮和配套设施远比商纣王的气派。看来，一个人的声名、贡献及在后人心中的位置并不是依靠权利得来的。

比干是历史上第一个以死谏君的忠臣，也是一位伟大的爱国者和力图改善朝政的政治家。比干作为商纣王的叔叔，殷商王室的重臣太师，先后辅佐殷商两代君王。纣王当政时，比干竭力佐政，推动节牲、节殉、节酗、节欲

比干庙

和奴可戍耕的改革。针对东夷土著部落，在比干"武伐文征，以德服远，克而必定"的方针指导下，纣王亲率大军东征，使得中原地区与东南沿海一带交通得以沟通，促进了中原文化传播和民族大融合，奠定了中华民族形成乃至兴盛的根基。但随着国势的强盛，纣王愈加刚愎自用，愈加腐化堕落、荒淫暴虐，导致民怨沸腾，唯有比干一如既往劝纣王励精图治，修德修政，他冒着灭族的危险，连续三天进宫批评纣王的过错。纣王问比干何以自恃，比干曰："恃善行仁义所以自恃。"纣王怒曰："吾闻圣人之心有七窍，信有诸乎？"遂杀比干，刳视其心。比干毫无惧色，慷慨就戮，死后葬在卫辉。

周武王伐纣后，四处寻找比干后人，得知比干遗孤生于长林，于是赐予比干后人林姓，比干则为林氏太始祖。比干忠君爱国，敢于直谏，为民请命，最后被剖心而死，终年63岁。沿比干庙中心甬道穿过三门可见比干墓，为周武王所封国神，距今已3000余年的历史了。比干庙是中国第一座史有记载的坟丘式墓葬，魏孝文帝因墓建庙，自唐朝以来历代皇帝加以封谥和维修，众多文人雅士以诗词形式高度评价了这位亘古忠臣，并立碑纪念，使比干庙成为碑碣林立、文化色彩浓郁的文物宝库。现在的建筑群为明代弘治七年重建，占地百余亩，飞龙雕柱，苍松古柏，整个建筑古朴典雅。

在比干庙，还可以看到孔子用剑刻的石碑，上书"殷比干莫"几个字，因为这是孔子留在世上的真迹，所以被称为"天下第一碑"。因为碑下就是土地，所以孔子写了个"莫"字而不是"墓"字。比干庙还成为数万名林氏后裔和国内外游客在卫辉寻根问祖、旅游观光的重要景点。

比干庙的游览，使我懂得了什么叫作永生，为了国家和人民，比干宁愿剖心。3000年前古人的境界，我等堪比？

新乡八里沟

2023年5月3日快中午时分，冒着微微细雨，我们来到了河南新乡八里沟景区。啊！云山雾罩，山水相连，景区大门气派壮观，不时打出舞台效果般的雾气，雾朦胧、意朦胧的感觉更增加了我的游览冲动。

进入景区，正面山上好似一位古代文人的帽子，发髻高悬，非常传神，又仿佛是一位头戴方巾，腰系丝带的慈祥长者讲述着这座山的神韵与传说。后来我才知道，八里沟有"老子布道"的传说。传说作为河南鹿邑人的老子，在这座山头上观望到脚下八里沟里奔流不息的流水才悟出"柔能克刚"的道理，老子五千言的《道德经》，也奠定了其成为我国古代伟大的哲学家、思想家的地位。

在贵州、广西等地，山与水的风景屡见不鲜，虽然我也有过云台山、野三坡等地的旅游经历，但在河南，像这么大规模的山水风景我还是第一次看到。步入八里沟，景色的壮观与秀美，远远超出了我的期待与想象，开阔的视野，翠绿的植被，在险峻山峰中不时有飞流直下或清泉流淌，看山听水，

八里沟

山险峻、水碧绿、泉叮咚,植被绿、雾缭绕、瀑流淌,好一个云雾缭绕的人间仙境!

太行峡谷的险峻造就了云海奇峰的壮观;涛声涌动的回响构成了碧水丹崖的绝美!远处,错落有致的瀑布仿佛透明的水幕,层层叠嶂,倒挂山中,一弯弯清泉闪烁磷光,其山水的灵动、小溪的婀娜,让我尽情地欣赏着山水之美。

小桥、石洞、倒影、杏花、绿树时而变幻着角度,推出让你诗意涌动的景色,蒙蒙细雨中,我们脚踏清泉浸透的步道或卵石,观赏着沿途风景,静心潭、将军瀑、一线天、太行天河瀑布……水的恬静与涌动用自己的独特方式展现着其柔性与韧性的美。漫步景区,忽然,一把写着"八里沟"三个字的大茶壶用空中悬流的方式,从壶嘴处流出奔涌不绝的泉水,让游客充满了遐想。忽然,在一潭碧水旁,几支粉色的杏花、桃花鲜艳绽放,一个"春天

山险峻,雾缭绕

在八里"的景观跃入眼帘，成为游客争相拍照的打卡地。

再往前走，穿过丝丝水雾的水帘洞，造型奇妙的钟乳石悬吊其中，让你仿佛步入了《西游记》中的水帘洞，好一个梦幻世界！八里沟，不愧为太行山水之精华，兼有泰山之雄、华山之险、九寨之幽、黄山之秀，堪称"太行之魂，中华风骨"。

据景区工作人员介绍，八里沟还有天界山、九莲山等三个景区，需要两三天才能走完，因下雨、体力不支，而且时间不充裕，我们只重点游览了八里沟。八里沟景区还有许多宫殿庙宇、园林及人文典故，但时间关系，我们只能做暂时告别。八里沟集奇、险、俊、秀、幽于一谷，赢得了国家5A级景区、国家地质公园、自然猕猴保护区、河南省十佳景区等称号，真是让我不虚此行！

走出八里沟，一块儿有国家5A级旅游景区标识的石雕上写有"八里沟"，在巨石前面，一行"行走河南，读懂中国"的大字赫然映入眼帘，这8个大字也正好表达了我此行河南的鲜明感受：殷墟积淀，文化悠远；比干赤心，忠诚献国；八里沟景，胜地忘返；红旗渠颂，太行风骨；中原大地，中华古韵。此行河南，大有探中华文脉，寻中华精神之意义，我被大美中华自然山水所吸引，更被古老的中华文明所折服！离开河南新乡，进入山西晋城，皇城相府，是我们此行探寻中华文脉的又一打卡地。

皇城相府

皇城相府，单看大门，是类似北京前门的造型，有门洞、屋檐、层楼等，颇有皇家风范，停车场附近导游云集，可见此景点的文化厚重和旅游热度。

位于山西省的景点，怎么会叫"皇城"呢？原来，皇城相府原名叫中道庄，是康熙朝经筵讲官，文渊阁大学士，历任吏、户、刑、工四部尚书，康熙大帝的老师，《康熙字典》总阅官，清代名相陈廷敬的府邸，后因康熙皇帝两次下榻于此,故名"皇城","相府"则意为"宰相"的府邸。

哦,原来,这里与康熙有着这么多的关联,怪不得叫"皇城相府"呢!历经近400年岁月的洗礼,宏大的规模和城堡式官宦住宅建筑群仍保留着明清两代的特点和文化风格。穿过灰色的雕花牌楼,仰头望去,陡峭的台阶仿佛天梯,两旁的阁楼错落有致,缓慢上升,御书楼金碧辉煌,中道庄巍峨壮观,斗筑居府院连绵,河山楼雄伟险峻,藏兵洞层叠奇妙,被专家誉为"中国北方第一文化巨族之宅"的皇城相府果然名不虚传。

皇城相府总面积3.6万平方米,游览面积10万多平方米,由内城、外城两部分组成。内城斗筑居为陈廷敬伯父陈昌言为避战乱在明崇祯六年(1633年)而建。环绕整个建筑,内城多为居室、阁楼,外层有类似城墙一样的通道,可在上面畅快通行。沿着被称为"外城"的"城墙"游览,皇城相府的

皇城相府一景

气派和风格可见一斑，书房、小姐院及管家院、功德牌楼、南书院、花园、状元桥、飞鱼阁、八卦亭、祖师庙、止园书堂等彰显着这里的书香气息。

环顾四周，府内最高的建筑当属城北的一座7层楼高的城堡，名曰河山楼。走上城堡，晋城风貌也可看个大概。俯视楼下，府内东北、东南角的制高点是春秋阁和文昌阁，城墙内四周设藏兵洞，计5层125间，为战时家丁、垛夫藏身小憩之用，有暗道通往城外，是战乱时族人避敌藏身之处。建于1632年的河山楼工程尚未完工，流寇便不期而至，陈氏家族及附近村民800余人入楼避难。流寇久攻不下，扬言要采取火攻，楼内村民将井水从楼顶泼下，以显示准备充分，不惧围困。流寇最终知难而退，撤兵离去。此后10个月里，流寇又3次进犯，来此避难的村民多达数千人次。看来，河山楼的防御功用确实强大。

皇城相府最让我感兴趣的地方当数中华词典博物馆了。《康熙字典》是中国第一部用字典命名的字书，也是康熙帝在中国文化方面的一大贡献。而主编《康熙字典》的正是当朝72岁的内阁宰相陈廷敬。这部字典取材丰厚，

皇城相府一景

内涵甚广,全书42卷,47000多字,在民间流传甚广,影响很大。参观中华字典博物馆,有先秦两汉时期的部分字书、汉简、西汉杨雄编撰的中国第一部方言字典及很多专业、行业辞典的介绍,字词量浩瀚、专业细分的各类大辞典是中华文化的浓缩,也是传承文化的重要载体。

  皇城相府浓浓的书香气息也孕育出诸多文人雅士,从明孝宗到清乾隆(1501—1760年)的260年中,这里共出现了41位贡生、19位举人,9人中进士,6人入翰林。

  相府内还有建于明嘉靖年间的陈氏宗祠,结构为两进院落,前为祭祖堂,后为先贤祠。府内的陈廷敬纪念馆较为全面地介绍了陈廷敬的一生,让我对这里的主人有了进一步的了解。

皇城相府一景

  穿廊走巷,我们步入了一个云雾缭绕的园林景观,这里塔亭错落,池塘碧水、竹松相间,时而被人工喷出的白雾所笼罩,时而被荷叶田田、金鱼戏水的清爽所陶醉,哦,这就是建成于清顺治十八年(1661年)名叫止园的相府园林吧?当年,这里就是相府主人经常召集文人墨客饮酒作诗的场所。拥有此景,诗意怎能不被激发,佳作怎能不迭出呢?

炎帝陵

5月4日下午，我们来到了晋城高平市的庄里村。西望羊头山，巍然挺拔，南眺丹河谷地，云蒸霞蔚。小东仓河涓涓流淌，中华民族的始祖炎帝就长眠于此。

步入景区，幽静清爽，不像我想象的苍老而破旧，修葺一新的朝圣大道全长500米，全部由当地的黄砂岩铺墁，道路两旁皇旗猎猎，草坪青青，108个台阶中间镶嵌着12块雕龙丹陛石，108意为12个月、24节气、72候之和，每9个踏步为一个梯段的天梯，每个平台进深5米，寓意为九五之尊，左右栏版雕刻有五谷图和百草图。

相传远古时期，神农炎帝就在山西上党地区羊头山一带活动，在此得嘉禾、播五谷、制耒耜、兴稼穑、尝百草，开创了中华5000年农耕文明和医药文明。炎帝晚年在尝百草时，误食"百足虫"而中毒身亡，长眠于此。

炎帝陵内的各类殿堂、展览用图片、农具、雕塑、文书画等讲述着中华

炎帝陵

农耕文化的演进与蜕变。炎帝被世人尊称为神农,堪称中华民族的始祖,是中华第一大帝,解决了民以食为天的问题。2014年开始修建的始祖陵保留了原址、原冢、原庙,开发、创修了停车场、牌坊、朝圣大道、天梯、广场、山门、功德殿、始祖殿、炎帝大殿、农耕堂、百草殿、溯源堂、根源堂、医药堂、颂德堂、碑廊、游客服务中心和消防水池等设施,形成了国内规模最大、设施最齐全的祭祀始祖殿堂群,白墙青瓦的建筑,也显示着中国建筑的传统风格。

双塔村中央后方委员会旧址

5月5日早上8点30分,我们从山西吕梁出发踏上返程之路,沿途经过位于临县三交镇双塔村,熟悉历史的先生又建议绕道参观一下中央后方委员会

中央后委旧址

旧址。

紧靠高速公路的双塔村东靠吕梁山脉，湫水河绕村而过，快到目的地时有个小岔路，稍微一拐便到了双塔村。村头小巷干净，房屋整齐，村落间的大树下，三三两两的老人悠闲地坐在墙边晒着太阳。经打听，我们终于找到了中央后委旧址。1947年3月至1948年3月，毛泽东、叶剑英等老一辈无产阶级革命家东渡黄河后在双塔村集结，使此地成为爱国主义教育基地。

双塔村交通方便，东连晋绥边区和晋察冀边区，西与陕甘宁边区隔黄河相望，是一处十分理想的屯兵之地和中转站，当年成为中央后方委员会的枢纽机关所在地。

看了展览，我才知道，这里还是新中国成立前中央外事局的旧址。展览以"新中国外交从这里起航"为标题，介绍了中共中央外事局成立的背景和情况。

展厅院内，几间窑洞恢复了当年中央外事局的办公场景，办公桌、油印机、小炕桌、煤油灯、被褥等仿佛把人们带回了当年的岁月。院内一位村民说，前几年，他还在这里居住着，为了红色教育，他们一家人搬了出来，恢复了当年的模样。是啊！在这里，我们仿佛听到了共和国即将启程的脚步声，感受到了红色脉搏旺盛的生命力！

鹧鸪天·行吟

五一驱车晋豫行，中华血脉触其英。
仰天炎帝神农祭，回地殷墟甲骨呈。
思鼻祖，现文明，世传中华继先灵。
红旗舞动渠欢唱，铭记忠魂太行情。

东方欲晓，日出蓬勃！此次河南、山西的7天之旅，我祭拜了中华农耕文化的始祖炎帝的陵墓，聆听了来自殷墟车马坑的车轮声，观赏了甲骨文的造字法，了解了纣王、比干的历史故事，让我对殷商时期的历史有了粗略认识。红旗渠的奇迹、八里沟的美景，让我深刻感知了太行魂；马氏山庄、皇城相府的文化内涵；中央后委旧址的勃勃生机，让我探寻了中华文脉，了解了中华历史，感受了民族精神，增强了民族自信。

  读书与行路，丰盈了我的视野，充实了我的心灵，我为古老中华而骄傲，我为大美中国而自豪！

2023年5月20日

后记

  《路上风景》是我的旅游拾零,也是我的旅游感悟。原以为我的游记单薄,缺乏厚度;文笔一般,缺乏优美;单凭游记难以成书,经粗略整理,仅国内游记就约30万字了。在朋友的鼓励下,我终于将拙作端出,供大家品鉴。

  掩卷深思,此书字数不乏,厚度适中,但我担心它的厚度和深度,它的视角是否新颖,观点是否有说服力,游记是否有感染力?但另一种声音一直在耳畔鼓励着我:大多数人将旅游作为一种消遣消费,游山玩水,吃喝拍照,你能将旅游中的见闻、景点背后的历史和故事以及自己的思考整理成文,已经算是有心人了!看了你的游记,就像一位导游陪我们旅游了一次,景点清楚,历史渊源明晰,文化内涵厚重,帮助我们对景点有了进一步的了解,引导我们做一个有心的旅游者,你这才叫不白旅游。正是这些鼓励增添了我出书的信心。但我毕竟不是旅游达人,也不是历史文化方面的专家,蜻蜓点水,边游边学的旅游分享,边观察边思考的旅游感悟,还有很多不足,希望这本书能帮助读者培养旅游情趣,养成旅游中学习,学习中旅游的习惯,做个有心的旅游者。

  旅游是一种深层次的文化博览,阅读是站在浓缩的知识宝库里与智者对话,旅行就是用脚丈量文明的宽度,用心感受历史的厚度。旅行者会将地域、风情、民族、典故、历史、文化、饮食等个性内容得以体验,从而变成一种知识的互动与转换吧,这也是我将自己的旅游见闻集结成册的初衷。

　　亲爱的读者:感谢您的阅读,期待您的指正!愿行走的日记会变成知识的积累、路上的阅读,也希望走心的旅游会帮助我们培养高雅情趣,成为我们继续前行的动力!

2023年6月6日